刘庆邦 著

到处有道

莫言题

作家出版社

目 录 Contents

第一辑

在国内

闻香而至

我们人类的目光是有限的，许多事物本来活生生地存在着，我们的肉眼却看不到。作为一个不大不小的酒徒，我早就听说过，茅台酒之所以风味独特，尊贵典雅，不可模仿，不可复制，盖因为茅台镇的上空麇集、活跃着大量的微生物群，数以千万亿的微生物在默默地参与着酿酒过程，酱香深厚的琼浆里有着无数生命的投入。正所谓一方水土养一方微生物，一方微生物养一方酒，离开茅台镇就造不出茅台酒。知道了这个奥秘，在深秋一个微雨的日子，和朋友们一到向往已久的茅台镇，我就禁不住仰脸往空中瞅，想看看微生物是什么样子，想欣赏一下集结起来的微生物群是何等壮观的景象。可空中空空的，我什么都看不见。我把眼睛睁大再眯起来，眯起来再睁大，还是什么都看不见。空气的透明度不太高，灰暗中还有那么一点濡。那是缭绕的云雾和丝丝细雨造成的，与传说中的微生物似乎没什么关系。然而酒香袭来了，酒香一袭来就如风如雨、如云如雾，就是包围性的、笼罩性的。我们不必特意去闻，只要置身于茅台镇，只要能呼吸，酒香自然而然就进入我们的肺腑里了。这种香是饱满的，又是滋润的，是醇厚的，又是悠长的，还没喝到茅台酒，空气中弥漫的酒分子好像已先让我们有了几分醉意。我还是不甘心，既然微生物是形成茅台酒的重要因素，甚至可以说是产生茅台美酒不可替代的功臣，到了茅台古镇，怎么可以不一睹微生物的芳容呢！怎么可以不与微生物们共同干一杯呢！可爱的微生物们，你们在哪里？

虽然我的眼睛看不见微生物，但好在我有一颗心，有一双心目，还不乏想见的能力，可以尽情地把微生物想象一下。在我的想象中，微生物是有翅膀的，它们的翅膀是透明的，透明得好像没有翅膀一样。它们可以像鱼一样在水中游，也可以像鸟一样在天上飞。因它们的体形微乎其微，仿佛地球的引力对它们是无效的，它们游得和飞得非常快，几近超音的速度。微风吹来，它们闻到了曲香和酒香。它们张圆了鼻翼，振起翅膀，纷纷朝着香气飘来的方向蜂拥而去。它们先是发现了一大片一大片的高粱，加起来有七八十万亩，简直一望无际。正值中秋，高粱红透，称得上万亩红遍，坡坡尽染。红土地与红高粱相映，仿佛连高粱的叶子也变成了红的。从高处往下看，它们如同飞行在红色的海洋上。它们知道，这些高粱是专为茅台酒厂种的。这种生长在本地高原的红高粱，韧性强、耐蒸煮，有着异乎寻常的优良品质，被称为糯高粱。而外地的高粱虽然价格便宜，但结构松散，一煮就糟了。茅台酒厂宁可多花高于外地高粱四倍到五倍的价钱，也只买本地的高粱作酿酒原料。微生物还知道，这么好的高粱，平均需要五斤高粱才能酿出一斤酒。如此说来，高粱就是美酒的前身，酒的美好味道就蕴藏在火红的高粱穗子里头。一时间，它们产生了一些错觉，分不清酒香是从茅台镇传过来的，还是从高粱地里蒸发出来的。它们变成超低空飞行，在美丽如画的高粱地上方盘桓了好一阵儿，才恋恋不舍似的继续向茅台镇进发。

它们必须飞越一条河，这条河是著名的赤水河。赤水河发源于云南，一路穿峡越谷，蜿蜒流过连绵青山，途经贵州仁怀市的茅台镇，最后汇入长江。春夏频雨季节，雨水裹着两岸紫红的泥土流入奔腾不息的河里，使河水的波浪呈现出赤红的颜色，赤水河由此而得名。将近九月九重阳节，河水渐趋平缓，直至浮华落尽，变得澄清起来。这时的赤水河，倒映着两岸的青山，变得碧蓝碧蓝。有小小渔船泊在岸边，渔夫的女人在船侧探着身子洗一把青菜。水面的船上有一个女人，水底的船上也有一个同样的女人。船上的女人举着一把青菜，水底的女人也举着一把青菜。女人大概把饭做好了，须把船撑走，给丈夫送饭。当船篙触动岸边的浅底时，水面便泛起一朵粉红，如一朵桃花飘然而降。粉色的泛起，不但不影响河水的清澈，有一朵红做点缀，反衬得河水更清更明，颇有些万绿丛中一点红的意思。这时酒厂的人开始下河取水了，所有酿酒之水都取自此时的赤水河。水质清凉微甜，酸碱适度，并含有钙、镁等多种有益的微量元素。此水应是天上有，最适合造就茅台酒。微生物们在河边停下了，望着对岸的茅台镇，它们怀着近乎朝圣的心情，要把自己好好梳洗打扮一番。它们洗了头、洗了脸、洗了脖子，全身上下无处不洗到。洗过一遍，它们以水面作镜子检查一番，还要再洗一遍。待洗得一尘不染，它们才整起队伍向茅台镇飞去。

进入茅台镇，微生物们才知道，茅台镇坐落在一个四面环山的山谷内，冬暖夏热，最合适微生物生活、繁衍，此地已经生存着大量的微生物。青山依次升上去，山顶立着几棵高树。山坡上的一层层绿不是梯田和庄稼，而是茅草和灌木。有风吹过来，微生物群不会被吹走，也不会被驱散，因为屏障一样的青山把风给挡住了，风变得很微弱。这样的风只会使微生物感到更舒服。换句话说，这个山谷是微生物的温床，也是微生物的圣地和天堂。当地的微生物对闻香而至的外来的微生物并不排斥，有朋自远方来，不亦乐乎！它们捧出十五年，甚至五十年的陈酿欢迎外面来的客人。它们像是举行盛大的招待宴会，又像是进行旷世的狂欢，干杯之声不绝于耳，每个微生物都很亢奋，都喝得红头涨脸。有的开始跳舞，有的开始唱歌，还有的一再高呼好酒！好酒！

　　当然，微生物中有男有女，有雄有雌，有公有母。美酒的力量使它们浑身的血流加快，性别意识得到加强，加强到空前放浪、空前自由、空前生机勃发，所向披靡。它们省略了铺垫，省略了许多程式化的东西，甚至省略了牵手、拥抱和接吻，一上来就直奔主题。它们和一个微生物奔了主题还不够，还要和另外一个微生物再奔主题。它们和十个微生物奔了主题不尽欢，还要和一百个微生物轮番进行车轮大战。要知道，微生物的生命力是相当旺盛的，并以繁殖速度奇快而著称。于是它们的后代一生百，百生万，以百万倍的速度快速增长，一夜之间，一对男女微生物便可以生产出数以万亿计的子女。周边地区微生物的大量涌入，不仅使生殖资源不断得到扩大和更新，还便于资源的合理和优化配置，避免了近亲结婚造成的种族衰退。同时，微生物的杂交，还实现了种群的优胜劣汰，为微生物带来新的遗传基因，注入了新的活力。是不是可以做出这样的判断：在我们这个星球上，茅台镇的微生物是最多的，从单位面积所容纳的微生物数量来看，茅台镇的微生物密度是最高的。倘把一个个微生物扩大成一只只蜜蜂，茅台镇的蜂鸣当压倒一切。倘把微生物群扩大成鸽群，茅台镇的上空当遮天蔽日。倘把微生物想象成凤凰呢，我的天，那简直不敢想象！

说到凤凰，茅台镇微生物们的精神其实就是凤凰涅槃的精神。它们是上天派来的精灵，当它们循着香气来到开放式发酵的曲醅堆上方，就毫不犹豫地投身到曲醅里去，并将自己的身躯溶进了曲醅。茅台美酒在全世界飘香之时，它们也因此获得新生。

2005年10月26日于北京

悠悠水韵

我对开封心怀敬畏。早就想写一点对开封的感受，迟迟未能动笔。七朝古都，文化名城。开封的历史文化太过厚重，我找不到撬动开封的支点，不知从哪里写起。我曾想过写一写汴菊、汴绣和官瓷。这几样由来已久的生活艺术，都是重造型、重细节、重想象、重韵味，与文学创作有颇多相通之处。从物质文化的传承方面来理解，这几种文化式样也是高雅的线索，循此可以触摸到开封生生不息的文脉和气脉，并可进一步探讨开封人气定神闲、自信超然的心理渊源。然而我想来想去，觉得切入点还是有些小了。无论写哪种工艺品，无论品相怎样巧夺天工，似乎都缺少统摄全局的力量，不及巍巍开封之万一。罢罢罢，还是等等再说吧。

2007年10月中旬，开封市举办菊花花会期间，我受邀前往。一天晚上，东道主安排我们到清明上河园看一场大型演出。舞台搭建在水中，是开放式的，也是多元的。我们就坐在露天的水边看演出。水面很宽阔，像是一个湖泊。演出开始前，灯光没有打开，水面有些发黑，一切都静悄悄的。秋风从水上掠过，袭来阵阵凉意。我偶尔看见，水底有半块月亮。举头往天上看，天上也有半块月亮。水底的月亮与天上的月亮正交相辉映。这种景象给人一种旷远的感觉。我灵机一动，有了，写开封应当从水写起，上善若水呀！水，贯穿开封古今，是开封的一大特色。水，是开封的灵气之所在，也象征着开封明净而不屈的魂魄啊！

　　开封水系发达，水脉旺盛，被称为北方水城。据史料记载，古代的开封有牧泽、逢池、寸金淀等湖泊。宋代的开封更是河流纵横，为全国水运中心。现在的开封，有惠济河、北支河、护城河在市区穿流。市内还有杨家湖、潘家湖、铁塔湖、阳光湖、包公湖，五湖相连。开封的水域所占城区面积的比例之大，在北方城市中实属罕见。所谓一城宋韵半城水，或半园烟柳半清波，就是对开封水景的描绘与赞美。2000年春夏，为陪护生病的母亲，我在开封住了数月，对开封充沛的水源有所目睹。城郊的农人在地里刨藕，同时会刨出活蹦乱跳的泥鳅。在一块看似无水的荒地上，苇芽钻出来了，莲叶也铺展开来，并举起朵朵莲花。数日前还是一块草地，还有长着巨乳的奶牛在那里吃草；数日后再到那里去看，草地已变成盈盈的水塘。有水鸟从水塘上方倏地扎下，长嘴里旋即叼出一条银色小鱼。

　　"问渠那得清如许？为有源头活水来。"开封的水源自然来自城北不远处的滔滔黄河。自明代以来，"大河涛声"就成为开封八景之一。黄河从西边冲出邙山之后，落差骤然变小，河面逐渐变宽，致使泥沙大量沉积。至今，开封段的黄河河床，已高出开封地表将近十米，居高临下，形成"悬河"之势。换句话说，黄河好像是开封的一个取之不尽、用之不竭的水塔，开封的水量哪能不充沛呢!

　　不必讳言,黄河水也曾给开封人民带来过无数次的灭顶之灾。仅在明代,黄河就在开封辖区内决口五十八次,两次水淹城区。最严重的一次,"波中可见者,惟钟鼓两楼及各王府屋脊、相国寺顶、周王紫禁城、上方寺铁塔而已"。"六百里尽成区浸","房屋尽倾,邑无居人"。然而开封人又回来了,在被泥沙埋没的城址上又建起一座新城。开封被淹一次,他们就重建一次。十米以下,有完整的明代石桥;八米以下,有庞大的宋代东京。城叠城、城摞城,堪称世界奇迹。正是这屡毁屡建的过程,造就了开封人愈挫愈勇、坚忍不拔的精神品质,也体现了中华文化中与物无争、随物赋形的水性文化和水性智慧。

　　目前的世界,局部战争不断。究其原因,多数战争不过是为了争夺和占有资源。以前,人类看重的资源多是土地和矿产。随着地球气候变化,人口不断增加,以及人类对淡水的需求量越来越大,水越来越成为一种宝贵的资源。在我国西部,有的古城因没了水,只剩下千年遗址。在我国北方,有的城市因水资源枯竭,也到了濒临死城的境地。而得天独厚的水资源,无疑是开封的一大优势。岁月流逝,水韵悠悠。祝福在如水般岁月中伫立数千年的巍巍开封。

2008 年 2 月 18 日于北京

黄梅少年

2007年秋天到湖北看黄梅，转眼一年过去了。每每想起黄梅之行，有一件小事萦绕于心，不记下来像欠了一笔账似的。不是欠别人的账，是欠自己的。

那天上午参观四祖寺。四祖认为，修行并不神秘，日常生活就是修行，种田就是修行。一边种田，一边修行，自食其力，方可修行得好。我受到启示，想到写作也是一种修行。修行需要静心、安心、专心，一个人一辈子只干好一件事就行了。这与写作的道理是相通的。

接着参观毗庐塔。据说此塔建于唐代，是四祖寺前唯一一座唐代建筑遗存，不可不看。我们拾级而上，一座方形的白塔赫然矗立在我们面前。同行的朋友们，有的在塔前驻足仰视，有的绕着塔转，有的选角度在塔边照相。我却一眼在塔侧的松树下看到一位少年。松树根部建有水泥方池，那少年在池沿边靠坐着。我走过去一看，见少年用短扁担挑了两只蛇皮塑料袋子，一只袋子里装满香品，另一只袋子里装的是矿泉水之类的饮料。显然，这些东西都是准备卖给香客和游客的，我们走过来时，已经看见有人在路边摆开了摊子，在卖同样的东西。可是，这少年为何躲在一边，不把东西拿出来卖呢？我猜，少年可能在等一个人，等的人十有八九是他的奶奶，等奶奶来到之后，由奶奶把东西拿出来卖。我猜得没错，一问，果然是这样。他们的家离这里比较远，又都是山间小路，他挑着担子走得快，奶奶走得慢，他就提前到了。秋季开学后，少年刚上小学四年级。这天是星期六，少年不上课，就帮奶奶挑东西上山。少年的眉眼挺清秀的，只是有些瘦弱，脸色也有些发黄。

　　初小玲也过来了，俯着身子，关切地看着少年，轻声和少年交谈。少年很羞怯的样子，初小玲问一句，他就答一句，不问，他就不说话，还低着头、低着眉，不敢看人。我听出来了，少年的父母都在杭州打工，家里剩他一个人，只好跟着奶奶过活。在我国农村，目前有数以千万计的留守少年儿童，这位少年无疑是其中的一个。我的老家也在农村，对农村留守儿童的情况知道一些。在我二姐那个村，有一个孩子留给爷爷看管。一天午后，孙子掉进水井里淹死了。爷爷把孙子放到床上，搂着孙子，自己喝下农药也死了。还有一个当奶奶的，腿上有残疾。当听说孙子掉进了河里，她一边往河边爬，一边喊人救她的孙子。孙子被人送到医院抢救，奶奶在家里准备好了农药，一旦孩子救不活，她也不活了。幸好，孙子被救过来了，奶奶才没有死。没有死的奶奶接着看孙子。想想那些留守儿童，看看眼前这位从小就不能和父母生活在一起的少年，我心里一酸，泪水顿时涌满了眼眶。我控制着，没让眼泪流出来。一个人老大不小了，动不动就流眼泪，显得感情太脆弱，也容易让朋友们笑话。

少年的奶奶还没来，我有些等不及了，想帮少年的生意开一下张。我问他矿泉水卖不卖。他说卖。我指着一瓶娃哈哈矿泉水，问多少钱一瓶。他说两块。我给了他两块钱，他给我拿了一瓶矿泉水。我自己买一瓶少了点，还想帮少年推销。我问孙郁喝不喝水，孙郁把手中的矿泉水瓶举了一下，说他已经有了。孙郁瓶中的矿泉水所剩不多，他很快领会了我的意思，之后三口两口把水喝完，把空瓶给了少年。少年面露欣喜，很快把瓶子接过去了。看得出来，少年知道空瓶子也能卖钱，他对空瓶子是在意的。我见陈戎没拿矿泉水，把她喊过来，执意给她买一瓶。娃哈哈矿泉水没有了，只有纯净水。我问少年："纯净水也是两块钱一瓶吧？"我这样问，若是生意油子会顺水推舟，说是的。可少年说："不是，纯净水一块五一瓶。"我没有零钱，照样掏出两块钱给少年。少年也没有零钱找给我，他的样子有些为难。我说："算了，不用找了，就算也是两块钱一瓶吧。"

绕过毗庐塔往上走，山上还有更高的建筑。我们登到高处，举目远眺，见天是那么蓝，云是那么白，山是那么青，水是那么绿。山下有大块的棉田，棉田里开遍了温暖的花朵。田埂上有水牛在吃草。乌鸦翩然飞来，落在水牛背上。乌鸦一落在牛背上，似乎就凝固下来，凝成了一幅画。在河边和水渠边，妇女们在那里洗衣、漂衣。她们洗好的衣物，就手展开，搭在岸边丛生的茅草上晾晒。在秋阳的照耀下，那些衣物五彩斑斓，十分亮丽。这里那里种了许多橘子树，橘子已经熟了，绿中带黄的累累硕果压弯了枝头，几乎坠到地上。黄梅真是一个美丽的地方，难怪禅宗的前三位祖师四处云游，没有固定居所，直到四祖、五祖才在黄梅选址建寺，有了弘扬佛法的固定场所。

　　我们下山原路返回。走到塔前的一个摊位边，一位老奶奶拦住了我。我正不知怎么回事，老奶奶说："你买水多给了五毛钱，我孙子告诉我了。不找给你钱了，给你几个橘子吧！"说着，两手各抓着两个大橘子往我手里塞。我一看，可不是嘛，那少年正站在摊位后边不声不响地看着我。我不能接受老奶奶给我的橘子。再说，五毛钱也值不了这么多橘子呀。我连说不要不要，我们已经买了橘子。紧走几步，把老奶奶躲开了。

　　走了一段回头看，那少年还站在那里看着我。不难想象，少年的奶奶一赶到，他就把我多付了五毛钱的事对奶奶讲了，而后，他哪里都不去，一直在那里等我。一看到我，他就把我指给奶奶看。

　　这个黄梅少年啊，让人怎能忘记你呢！

2008年10月8日于北京

月光下的抚仙湖

我看电视有一搭无一搭。看到搞笑热闹的场面，很快就换台，偶尔遇到自然清新的画面，我就看一会儿。

我曾在电视上看到几个渔民在湖边捕鱼。他们捕鱼的方法很原始，也很特别。渔民在湖边开掘两条在拐弯处相通的渠道，一条是进水口，一条是出水口，他们并排安装两台手动式木轮水车，不停地从湖里向渠道内抽水。抽进渠道内的水，只装模作样地稍稍旅行一下，便从出水口重新流进湖里。人们利用鱼儿总愿意逆流而上去产卵的习惯，在出水口给鱼儿造成一种有水自远方来的假象。鱼儿对水流是敏感的，立春时节它们急于繁殖后代的心情也很迫切，于是便纷纷向出水口游去。不料有一个机关正潜伏在出水口上游不远处等待着它们。那个机关是一只竹编的鱼篓，鱼篓的大肚子像水牛腰那样粗，刚好可以卡进渠道里。而鱼篓的开口却像酒坛子的坛口那样小。这样一来，鱼儿一旦钻进鱼篓里，再想退出来就难了。人们适时将鱼篓取出，滤掉的是水，余下的是活蹦乱跳碎银一样的小鱼儿。据说这个湖的湖水极清澈，能见度达七八米。俗话说水至清则无鱼。大概因为这个湖的水太清了，虽然湖里也有鱼，但鱼很少，也很小，每一条小鱼都像一根金针花的花苞一样。也许是水清的缘故，这个湖里生长的小鱼儿味道格外鲜美。电视节目主持人不无夸张地说，就算把全世界所有的鱼种都数一遍，也比不上这种生性爱清洁的小鱼儿好吃。可惜，电视看过了，我没有记住电视上所说的湖泊在我国什么地方，也没记住小鱼儿的名字叫什么。

我还在电视上看过一个节目，说是在一个很深很深的湖底，发现了一个古代的城郭遗址。那是一档探索类的现场直播节目，屏幕上呈现出身穿潜水服的考古队员正在水下抚摸古城城基的情景。随着水下考古的画面不断展开，我看到了水底的石头台阶、塔形建筑、刻在石头上的人物脸谱，以及石板铺地的街道，等等。2006年10月间，我曾到意大利的那不勒斯参观过因火山爆发而被掩埋的庞贝古城遗址，一座生气勃勃的城市突然被毁灭让我深感震撼。这次看到的淹没在水下的城郭，同样让我震撼。在我的想象里，这座面积并不算小的城市也曾车水马龙、商贾云集、灯红酒绿、人声鼎沸，而现在却成了鱼儿穿行的水下世界。这种巨变不是沧海与桑田的关系，而是沧海与城市的关系。这次看罢我记住了，这座水下城遗址在我国的云南。至于在云南的什么地区，我没有弄清楚。

以上两个电视节目是我前些年看的，但时光流逝，在我的记忆中像两个梦一样，已经有些遥远，有些朦胧。随着时间的继续推移，也许这"两个梦"会逐渐淡去，以至于在记忆中消失。试想，我们每个人都做过很多梦，梦醒即是梦散，有多少梦能长久留在我们的记忆中呢!

2009年11月底,到云南玉溪参加一个笔会。笔会的最后一天,也就是11月29日,笔会的组织者把我们拉到了澄江县一个叫抚仙湖的地方。抚仙湖?我怎么从来没听说过?抚仙湖有什么好看的?及至到了抚仙湖看了湖水,听了当地人对抚仙湖的介绍,并翻阅了宾馆床头上放的有关抚仙湖的资料,我不由得兴奋起来,啊,天爷,原来我记忆中两个节目中的情景都发生在抚仙湖,都是在抚仙湖拍摄的。有把记忆中的云朵变成雨水的吗?有把"梦中"的情景变成活生生的现实展现在眼前的吗?这样的事情我就遇到了,这让我大喜过望,深感幸运。

抚仙湖的美,当然取决于抚仙湖的水。有人说抚仙湖的水如钻石般透明,也有人说抚仙湖的水如翡翠般美丽,我都不愿认同。因为钻石和翡翠不管怎样宝贵,还都是物质性的东西。直到看见明代的一个文学家把抚仙湖的水说成是"碧醍醐",我才觉得有些意思了。醍醐虽然也具有物质的性质,但同时又被赋予了仙性、佛性和神性,用醍醐比喻抚仙湖的水是合适的。下午我们在湖里划船时,我就暗暗打定主意,要下到水里游一游。我看了湖边竖立的标牌,说下湖游泳是可以的,为安全起见,天黑之后最好别下湖。有这等好水,又有下水游泳的机会,我可不愿错过。愚钝如我辈,何不借机接受一下"醍醐"的灌顶呢!

从船上下来,朋友们上街去购物。我换上游泳裤,开始下湖。季节到了小雪,加上天色已是傍晚,湖水极凉,跟冰水差不多。可我把身体沉浸在水里就不觉得凉了,相反,似乎还有些温暖。我在水边蛙泳、自由泳、仰泳,来来回回游了好几趟。望着远山青黛的脊梁,望着天空已经升起的将圆的月亮,我畅快得直想大声呼喊。我真的喊了，我在水里举起双臂喊了好几声。我听见我的长啸一样的喊声贴着清波荡漾的湖面传得很远很远。哎呀太痛快了！我们不远千里万里，跑到这里，跑到那里，原来追寻的都是自然之美啊！我们最想投入的还是自然的怀抱啊！亏得这次来到了抚仙湖，不然的话，我可能一辈子都无缘得到抚仙湖的抚慰啊！

晚饭之后安排的是歌舞晚会，我没有按时到晚会上去，还想到湖边去看看月亮，再看看月光下的抚仙湖。当晚是农历十月十三，月亮早早地就升了起来，而且月亮眼看就要圆了。月亮哪儿都有，但要看到真正明亮的月亮却不是很容易。抚仙湖上空的月亮无疑是明亮的，我不能辜负这么好的月亮和月光。

湖边铺展着开阔而洁净的沙滩，我仰面躺在沙滩上，久久地望着月亮。天空没有云彩，星子在闪烁。在深邃的天空和群星的衬托下，月亮像一个巨大的晶体，在无声地放着清辉。过去我一直认为，太阳是有光芒的，而月亮只有光，却无芒。这次在抚仙湖边看月亮，我改变了以往对月亮的看法，其实月亮也是有芒的。我觉出来了，月亮的道道光芒从高天照射下来，像是直接照到了我眼上。只不过，太阳的光芒是强烈的，人们不敢正视它。而月亮的光芒是柔和的，给人的是一种普度众生的感觉。

我坐起来，眺望月光下的湖面。远山看不到了，波光粼粼的湖面一望无际。白天看，湖面是深蓝色的，比天空还要蓝。夜晚看，湖面有些发紫，宛如薰衣草花正遍地盛开。月亮映进湖里，天上有一个月亮，湖底似乎也有一个月亮。天上的月亮往下照，湖底的月亮往上照，两个月亮交相辉映。我想起湖底的古城遗址。湖水的透明度这样高，月光的穿透力又这样好，古城的街道也应该洒满了月光吧，留在古城里的那些魂魄大概也在踏月而行吧。我还想起那些捕鱼的渔民。因季节不对，我没有看到那些渔民的身影。但我看到了水边的水车和立在岸边上的一只只巨大的鱼篓。没有风，没有人声，也没有鸟鸣，一切是那么静穆。湖水偶尔拍一下岸，发出的声音是那样轻柔，好像还有一点羞怯，如少女含情脉脉的温言软语。要是有一幅油画就好了，可以把停泊在湖边的游船、船边水中的月影，以及岸边的草亭和树林画下来，那将是一幅多么静美的图画，可惜我不会画画；要是有一首诗就好了，可以把眼前的美景描绘一下，把心中的情感抒发一下，可惜我不是诗人；要是有首歌就好了……想到歌，我真的轻轻地唱了起来。那是一支关于月亮的歌，曲子舒缓、悠长，还有那么一点伤感。唱完了歌，一种虚幻感让我一时有些走神儿，身体仿佛飘浮起来，在向月亮接近。我知道，那不是我的身体在飘浮，而是灵魂在飘浮，那种感觉真是美妙极了。人往往追求实感，殊不知，至高的美的境界是虚，是太虚。白天为实，夜晚为虚；阳光为实，月光为虚；湖水为实，氤氲为虚。人从虚空来，还到虚空去，虚的境界才更值得我们追寻。

2010年1月9日于北京小黄庄

遍地诗篇

我国许多美好的地方，比如三山、五岳、五湖、四海等，我差不多都去过了，自以为眼福已经到了饱和的状态。随着年龄增大，腿脚变懒，一般情况下，能不去的地方我就不去了。当有朋友相邀去阿尔山看看时，我的态度不是很积极。阿尔山？以前没听说过呀，阿尔山在哪儿？朋友说：阿尔山在内蒙古的大兴安岭，靠近中蒙边界。我问：阿尔山有什么好看的？朋友说：据说阿尔山很美，养在深山人未知，去看看就知道了。北京焖热的，到那里权当避避暑吧。有直达航班，一翅子就飞到了。盛情难却，那好吧。

把阿尔山上上下下、里里外外读了几天，我不敢说把阿尔山读熟了、读懂了，但总算读了个大概，对此山有了一个初步的印象。怎么来概括我的印象呢？一水一灵韵，一花一诗眼，原来阿尔山到处都是诗啊！

左看右看，前看后看，阿尔山到处铺展着绿色的草原。草原从脚下铺起，铺到河边，铺到村庄，铺满了整个大地。草原铺到山脚前并不停止，它顺着山坡，一直向山上铺去，几乎与蓝天连成一片。阿尔山的草原还不是诗，它是用来写诗的大面积的纸张。只不过，一般的诗纸是白色或粉红色的，而阿尔山的诗纸是绿色的，纯粹的绿色。天上飘过一朵白云，白云投下的影子使草原中的一块颜色变深，像是由初春的柳绿变成了夏天的麦绿。白云是飘动的，投在草原上的深色影子也在移动。在我的想象里，那是白云要把诗纸铺展得更平整一些，并一遍一遍地擦拭，仿佛在大声召唤：诗人们，纸给你们准备好了，快来写诗吧！

如果说原上的草还不能称为诗的话，阿尔山漫山遍野的林木应该是写在大地上的生机勃勃的诗行吧。阿尔山的森林有原始森林，也有人工林，林地总面积将近七百万亩，森林覆盖率达到百分之七十以上。树种除了落叶松、樟子松、白桦、云杉等，还有数不清的灌木。诗行有长句，有短句，显得不是那么整齐。这样的诗有着野生和自由的特点，正与新诗相对应。每一棵树都宛如诗行中的一个字，众多的字集合起来，就构成了生动的诗句和蔚为大观的诗篇。这些诗扎根大地，直指天空，有着深厚的根基，高远的精神向度。这些诗句被春风吹拂过，被秋霜染红过，被白雪覆盖过，有着丰富的经历和内涵。更重要的是，这些诗有着坚强的意志，高贵的品质，一旦构思成熟，一旦落笔，它们就站在一个地方坚持到底。风来了，雨来了，它们只是微笑一下。霜来了，雪来了，它们也没有任何转移的动向。这样的诗，谁不喜欢呢！

阿尔山的水系是诗篇的灵气所在。不管什么地方，如果缺了水，就谈不上有灵气，就少了诗意。而阿尔山的水系是发达的，水源是充沛的，被誉为高山泽国。在阿尔山期间，我们看到了哈拉哈河、伊敏河、天池湖、杜鹃湖、三潭峡等河流和湖泊，在大池子里享受了真正的天然温泉，每天都沐浴在诗篇的灵气里。值得一提的还有阿尔山的矿泉水，它清澈透明，装进瓶子里，如装进一首诗。"诗"透明得好像什么都没有，但里面却溶入了丰富的矿物质和宝贵的微量元素。

写诗要找到诗的眼睛，阿尔山到处都是诗篇，它的诗眼在哪里呢？按我自己的理解，那在清风中摇曳的花朵应该是明亮的诗眼吧。我在阿尔山欣赏到了多种以前在别的地方从未看见过的花，如金老梅、银老梅、金莲花、金露梅、野百合等。那些花有红有黄，有蓝有白，称得上五颜六色。它们不是人工所养，都是在肥沃的黑土地里自己长出来的。它们的生长是顺其自然，也是天择的结果。所以每朵花都显得很有底气，都鲜艳无比。那天在刚刚开通的中蒙阿尔山口岸参观，我见绿色的草原上盛开着一盏盏硕大的白色的花朵，觉得甚是罕见。请教当地的司机师傅，才知道那是野百合花。万绿丛中一点白，它白得那么醒目，又那么夺目，不是光彩烁烁的诗眼又是什么呢！

最能识别生态环境优劣的不是我们人类，而是各类昆虫。别看昆虫不起眼，它们的感官却非常灵敏，对环境条件的要求格外高。哪里聚集着大量的昆虫，就表明哪里的环境适合生存；哪里能得到快乐，便于哪里繁衍生息。看天池需要登一座小山，在登山的路上，我听到了多种鸟语，看到了翩翩翻飞的蝴蝶和忽上忽下的蜻蜓。蝴蝶多是捉对起舞，对对色彩斑斓的蝴蝶如飞翔的花朵。一对身手矫捷的蜻蜓更有绝的，它们一边交尾，还一边在空中云游。我看到的更多的是在花蕊间钻进钻出、忙于采集花粉和酿造蜂蜜的蜜蜂，哪里有花，哪里就有它们辛勤劳动的身影。这些小鸟和昆虫在阿尔山的诗篇中扮演着什么角色呢？它们应该是一种诗魂吧！

阿尔山之行，此行不虚。

2013年9月2日于北京和平里

草原上的河流

我多次看过大江、大海、大河，却一直没有看过草原上的河流。我只在电影、电视和画报上看见过草原之河，那些景象多是远景，或鸟瞰之景。在我的印象里，草原上的河流蜿蜒逶迤，犹如在绿色的草原上随意挥舞的银绸，煞是漂亮动人。这样的印象，是别人经过加工后传递给我的，并不是我走到河边亲眼所见。别人的传递也有好处，它起码起到了一个宣传作用，不断提示着我对草原河流的向往。我想，如果有机会，能近距离地感受一下草原上的河流就好了。

机会来了，2014年初夏，应朋友之约，我来到了向往已久的呼伦贝尔大草原，终于见到了流淌在草原上的河流。那里的主要河流有伊敏河、海拉尔河，还有额尔古纳河等。更多的是分布在草原各处名不见经传的支流。如同人体上的毛细血管，草原铺展到哪里，哪里就有流淌不息的支流。水的源头有的来自大兴安岭融化的冰雪，有的是上天赐予的雨水，还有的是地底涌出来的清泉。与南方的河流相比，草原上的河流有一个突出的特点，那就是自由。左手一指是河流，右手一指是河流，它随心所欲，我行我素，想流到哪里都可以。我看见一条河流，河面闪着鳞片样的光点，正淙淙地从眼前流过。我刚要和它打一个招呼，说一声再见，它有些调皮似的，绕一个弯子，又掉头回来了。它仿佛眨着眼睛对我说：朋友，我没有走，我在这儿呢！

在河流臂弯环绕的地方，是一片片绿洲。由于河水的滋润，明水的衬托，绿洲上的草长得更茂盛，绿得更深沉。有羊群涉过水流，到洲子上吃草去了。白色的羊群对绿洲有所点化似的，绿洲好像顿时变成了一幅生动的油画。

而南方的河流被高高的堤坝规约着，只能在固定的河道里流淌。洪水袭来，它一旦溃堤，就会造成灾难。草原是不怕的，草原随时敞开辽阔的胸怀，不管有多少水，它都可以接纳。水大的时候，顶多把草原淹没就是了。但水一退下去，草原很快就会恢复它青绿的本色。绿色的草原上除了会增加一些水流，还会留下一些湖泊和众多的水泡子。从高处往下看，那些湖泊和水泡子宛如散落在草原上的颗颗明珠。

在一处被称为"亚洲第一敖包"的草原上，我见几个牧民坐在河边的草坡上喝酒，走过去和他们攀谈了几句。通过聊天得知，他们四个是一家人，父亲和儿子，婆婆和儿媳。在羊圈里剪羊毛告一段落，他们就带上羊肉和酒，坐在松软的草地上喝酒。他们没有带酒杯，就那么人嘴对着瓶嘴喝。他们四个都会喝，父亲喝一口，把酒瓶递给儿子；婆婆喝一口，把酒瓶递给儿媳。他们邀我也喝一点，我说谢谢，我们一会儿到蒙古包里去喝。我问他们河水深不深，能不能下水游泳。小伙子答话，说水不深，天热时可以到河里游一游。正说着，我看见三匹马从对岸走来，轻车熟路般地下到河里。河水只没过了它们的膝盖，连肚皮都没湿到。马儿下到河里并不是都喝水，有的在河里走来走去，像是把河水当成了镜子，在对着"镜子"把自己的面容照一照。我又问他们，河里有没有鱼。小伙子说：鱼当然有，河里有鲫鱼、鲇鱼、鲤子，还有当地特有的老头儿鱼。老头儿鱼最好吃。那么，月光下的河流是什么样子呢？小伙子笑了，说月亮一出来，满河都是月亮，可以在漂满月亮的河边唱长调。

又来到一条小河边，我看见河两边的湿地上开着一簇簇白色的花朵。草原上的野花自然很多，数不胜数。红色的是萨日朗，紫色的是野苜蓿，明黄的是野罂粟，蓝色的是勿忘我。这种白色的花朵是什么花呢？我正要趋近观察一番，不对呀，花朵怎么会飞呢？再一看，原来不是花朵，是聚集在一起的蝴蝶。蝴蝶是乳白色的，翅膀上长着黑色的条纹，这一片蝴蝶至少有上百只。蝴蝶们就那么"吸附"在地上，个别蝴蝶飞走了，很快又有后来者加入进去。这么多蝴蝶聚在一起干什么呢？同行的朋友们纷纷做出猜测，有人说蝴蝶在开会，有人说蝴蝶在谈恋爱，还有人说蝴蝶在产卵。蝴蝶们不说话，它们旁若无人似的，该干什么还干什么。

我想和蝴蝶做一点游戏，往蝴蝶群中撩了一点水。这条小河里的水很凉，也很清澈，像是从地底涌出的泉水汇聚而成。水珠落在蝴蝶身上，蝴蝶像是有些吃惊，纷纷飞扬起来。一时间，纷飞的蝴蝶显得有些缭乱，水边犹如开满了长翅膀的白花。蝶纷纷，"花"纷纷，人也纷纷，朋友们纷纷拿出手机，拍下这难得的画面。

河水那么清，应该可以喝。我以手代勺，舀起一些水尝了一口。果然，清冽的泉水有着甘甜的味道。

　　倘若是我一个人独行，我会毫不犹豫地下到河里去，尽情地把泉水享受一下。因是集体出行，我只能和小河告别，眼睁睁地看着河水曲曲折折地流向远方，远方。

　　我该怎样描绘草原上的河流呢？我拿什么概括它、升华它呢？平日里，我对自己的文字能力还是有些自信的，可面对草原上的道道河流，我感到有些无能，甚至有些发愁。直到有一天晚上，我们来到被誉为"长调之乡"的新巴尔虎左旗，听了蒙古长调歌手的演唱。感动得热泪盈眶之余，我才突然意识到，我终于找到和草原上的河流相对应的东西了，这就是悠远、自由、苍茫、忧伤的蒙古长调啊！长调的婉转对应河流的蜿蜒，长调的起伏对应河流的波浪，长调的悠远对应河流的不息，长调的颤音对应河流的浪花……我不知道是草原上的河流孕育了蒙古长调，还是蒙古长调升华了河流，反正从此之后，我会把长调与河流联系起来，不管在哪里，只要一听到动人情肠的蒙古长调，我都会想起草原上的河流。

2014年6月26日于北京和平里

神木有石峁

　　我与神木有缘。作为一个小说作者，别人介绍我时，几乎都会提到神木，把我的名字和神木联系到了一起。这是因为我曾写过一部中篇小说，题目叫《神木》。这部小说2000年在《十月》发表后，被广泛转载，收入多种选本，获得过《十月》文学奖和第二届老舍文学奖，并翻译成了英、法、日、意大利、西班牙等语种，在国外出版。此外，《神木》还被拍成了电影《盲井》。《盲井》在获得了第五十三届柏林电影艺术节最佳艺术贡献银熊奖之后，又在全世界范围内得了二十多项大奖。电影等于为《神木》插上了翅膀，带领《神木》飞向了远方。

　　有不少读者和记者问我，为什么给小说起名"神木"，与陕西的神木是不是有关系？我的回答是：既有关系，也没有关系。说有关系，是我在《中国煤炭报》当记者时，曾到神木采访过，"神木"这两个字，好像触动了我心中的敏感点，让我难以忘怀。当时我就想，日后或许会以"神木"为题目写一篇小说。说没关系，是说我所写的故事不是发生在神木，而是发生在别的地方的煤矿。之所以用"神木"作为小说的题目，是因为我听说有的地方的古人不知煤为何物，见煤能燃烧，就把煤说成神的木头。我去台湾的阿里山，见当地人把树龄超过三千年以上的古树尊为神灵，标为"神木"。人们一来到参天的神木面前，就肃然起敬，顶礼膜拜，并感到了人生的短暂和自己的渺小。我看重的是神木的"神"字，天地有灵，万物有灵，我想通过小说赋予物质生活以无所不在的神性。小说总是从实到虚，实现实与虚的完美结合。而"神木"二字，树木为实，神灵为虚，仅两个字，便形神兼备，实和虚都有了。有这样现成的美好字眼，何不为我所用呢！

我第一次到神木是1986年的秋天，主要采访对象是煤田地质勘探队员。当时，神木的煤炭矿藏还没有大规模开发，尚处在勘探阶段。在我的印象里，神木到处是茫茫的荒原，还有从附近的毛乌素沙漠弥漫过去的迷人眼的风沙。荒原上立着一些简易的井架，钻探队员劳动的身影在风沙中显得有些朦胧。应当承认，我那次对神木的了解并不全面，也不深入。拿勘探作比，我看到的只是一些裸露的、浅层次的煤炭，并没有看到蕴藏在神木地层深处的大海般浩瀚的煤田。但一个人到哪个地方去过，对那个地方的关注度就会高一些。我毕竟到神木采访过，又拿"神木"作了自己小说的题目，后来一听人说到神木，或在媒体上看到有关神木的报道，就格外留意。我陆续知道了，形成于侏罗纪时期的神木煤田，终于迎来了它的黄金时代，被大规模开发。我国现代化程度最高的矿井和煤炭产量最高的矿井，都建在神木，神木遂成为当时全国第一产煤大县。煤炭工业的快速发展，大大提升了整个神木的经济发展水平，使神木一跃成为全国经济综合竞争力百强县之一，在中国十大最关爱民生县评比中亦占有一席。

2015年11月上旬，秋霖脉脉之中，我第三次踏上神木的土地。如果说前两次神木之行仅与煤炭相关的话，这次专程到神木，主要是想了解神木的历史文化。在神木的两天里，我们马不停蹄，先后看了石峁遗址、高家堡古镇、万佛洞石窟、杨家城、天台山和神木博物馆等历史遗存和文化景点，首先使我终于弄清了神木地名的来历。相传在唐代的古麟州城外，有三棵大松树，每棵松树须两三人手拉手才抱得住。这三棵松树被老百姓尊为神木，敬为神明，神木由此得名。其次让我深感惊异的是，神木不仅有丰富的矿藏资源，还有着厚重的文化底蕴。被国务院确定为全国重点文物保护单位的石峁遗址，堪称神木厚重文化的代表。

据介绍，石峁遗址是我国目前发现的规模最大的文化遗址，也是新石器晚期到夏早期北方地质的一处中心城址。在三千八百到四千年前，这座城市人口集中，物质丰富，市场繁荣，文化先进，处于鼎盛时期。不难想象，当时的人们对这座城市是何其向往。

怀着敬畏之心，冒着纷纷的秋雨，我们踏上了由中华民族的先驱们留下的石峁古城遗址。古城由石块砌成，有高高的城墙和门楼，还有内外瓮城。城墙向外突出部分被称为马面。登上马面，可以更好地观察敌人，有效地抵御敌人的入侵。城墙的石缝里露出的木头，被说成是纤木。长长的纤木所起的作用如同现在的钢筋，有纤木的联结和拉扯，城墙会变得更加牢固。我看见，由于岁月的剥蚀，有一根纤木已经萎缩，使墙缝几乎变成了一个空洞。但纤木并没有完全腐朽，还顽强地存在着。像纤木这样的木头，是不是也可以被称为神木呢！

　　听同行的一位博学的作家朋友讲，在石峁遗址所发掘出的文物中，最宝贵最让人惊叹的是古玉，甚至说石峁是中国玉文化重要的发祥地。玉当然好，我国的玉文化源远流长，对玉的喜爱早已溶入中国人的血液中，谁不谈玉眼亮呢！据说散失在民间的出自石峁的玉器相当多，有的给小孩子当了玩意儿，有的老汉把玉器拴在烟袋上做了饰坠儿。又据说有人在参观石峁遗址时，看见坍颓千年的城墙石头缝里有一个光点，凑近一瞅，那里竟嵌着一件玉器。我看遗址看得也很仔细，希望自己也能发现一件玉器。然而我没有那么幸运，走遍雨中湿漉漉的石峁遗址，我连一块玉器都没能看到。

　　来到神木博物馆，我才从展柜中欣赏到了一件件从石峁出土的玉器，我在别的博物馆也看过不少玉器，但石峁玉器给了我新的启示。石峁玉器不但有璇玑、人头雕像、璜等艺术品，还有一些实用性的玉刀、玉斧、玉钺、玉铲等。这与艺术的演变规律是一致的，都是从实到虚，从实用到无用，从生活到艺术。

　　　　　　　　　　　　2015年11月17日于北京和平里

龟峰有座写作营

　　江西有上饶，上饶有弋阳，弋阳有龟峰，龟峰名胜风景区里还有一座文学写作营。我国幅员辽阔，历史悠久，分布在全国各地的风景名胜数不胜数。但在景区内建写作营，我以前还没听说过。我听说过夏令营、冬令营之类，那都是面向学生们举办的一些临时性活动，是流动性的，并没有固定场所。而龟峰写作营是一座古典式独立建筑，里面有阅览室、写作间，还有休息品茗的地方，让人一见就心生静意，想在写作营里住下来，成为一名在写作营里写作的营员。对于写作营所处的环境，以及对环境变幻的想象，我在后面会提到。我急于想说的是，在自然景区给文学一席之地，实行自然景观与心灵景观的结合，实在是一大创举。它们珠联璧合、相得益彰，自然激发着文学的创造，文学又升华着自然。

　　先说龟峰的自然景观。龟峰者，顾名思义，是说山峰有着龟一样的形状。的确，那里被人们说成是无山不龟，无石不龟，到处都如同卧伏着高高低低、大大小小的沉默的龟，仿佛全世界的龟都集中到了那里。这种自然的造化，正是龟峰的奇特之处，也是龟峰的优势所在。中国著名的三山五岳我都去过，龟峰虽不在"三五"之列，但在我看来，龟峰的特色却是那些山岳所没有的。其无可替代之处，在于它的圆满。山山石石看上去像龟，也像冬瓜和鹅卵。是的，它们不以峭拔和险峻名世，也没有了棱角和锋芒，而是内敛、沉静和谦恭。我们沿着栈道往山顶攀登，我不时观察和抚摸手边的岩石。那些被称为丹霞地貌的岩石层次分明，每一层都有着不同的色彩。它们或赤或橙，如丹如霞，像是展现着天然的图画，并诉说着其厚重的历史。岩石的表面呈颗粒状，手感一点儿都不光滑，而是有些粗粝。我想造山运动刚形成这些山峰时，它们的形状不会是这样，经过亿万年的磨炼，它们才变得如此圆满。我见过满河坡的鹅卵石，也见过从昆仑山上冲到新疆和田的玉石子料，知道卵石和玉石都是在水流运动中长期相互摩擦的结果。而龟峰的山峦不是这样，它们一旦生成，就像入定一样岿然不动。风来了，雨来了，它们不动。霜来了，雪来了，它们还是不动。它们之间没有摩擦，日复一日、年复一年雕塑它们的只能是风霜雪雨，还有阳光和月光。登上龟峰的金钟顶，面对群山，我不由得直抒胸臆，长啸了几声。我听见我的声音在山谷中回响。据载，旅行家、文学家徐霞客曾到过龟峰，对龟峰峦嶂的奇特之美赞赏有加。

再说龟峰的写作营。写作营是上饶市三清女子文学研究会和龟峰景区管委会合作建立的。女子文学研究会成立九年来，已有一千多名各行各业的优秀女子成为该会的会员。她们以文学为纽带，以写作营为阵地，以《三清媚》文学刊物为窗口，以滋养心灵、提升素质、改善人生为目的，经常举办各类丰富多彩的文学活动。她们在一定程度上代表着上饶的文化软实力，也是上饶一道亮丽的风景。

据研究会的会长王素珍女士介绍，龟峰写作营是研究会在上饶各景区所建立的第五座写作营。在参加《解放军文艺》组织的文学采风活动期间，我先后去了婺源篁岭的写作营和弋阳龟峰的写作营。篁岭的写作营建在篁岭村的天街，街上人流如织，繁华一些。而龟峰的写作营建在清水湖的水边，显得比较宁静。我在龟峰写作营逗留的时间稍稍长一些。写作营前面建有宽敞的、开放式的廊厦，也是近水亭台。我在廊厦下面的长椅上坐下，看着清水湖里的一湖碧水，不知不觉间思绪就有些飞扬。在我的想象里，湖面上下起了小雨，如丝的细雨无声地洒在湖水里，给人"沾衣欲湿杏花雨"之感。在我的想象里，湖面飘起了雪花，一朵接一朵大大的雪花从高天落下，落到水里就不见了。还是在我的想象里，湖上升起了一轮明月，水中的月亮和天上的月亮交相辉映。这个写作营真是写作的好地方。

写作营的女营长让我为写作营题词，尽管题词我不敢当，因没练过书法，毛笔字也拿不出手，我还是写了几个字，我写的是："龟行峰转，道法自然。"

2016年3月25日于北京小黄庄

佛国与圣人

　　清明节之后的4月中旬，我到闽南泉州走了走。因了"清明时节雨纷纷"的著名诗句，我总是愿意把清明和下雨联系起来，并期望春雨真的能在清明节期间如期而至。然而在清明小长假那几天，北京风干物燥，纷飞的只有柳絮，连一点儿雨都没下。直至到了泉州，才总算赶上了雨天，才得以领略清明后的湿意和诗意。

　　在泉州的三四天时间里，陪伴我们的不是大雨，就是细雨，等于我们一直在雨地里穿行。这太好了，对于生性喜欢下雨的我来说，可说正合吾意。我们白天走了晚上看，走得马不停蹄，看得目不暇接。我们看了太多的历史遗存，太多的人文景观，还看了现代的名牌企业，脑子里装了太多太多的信息。静下心来，我想把信息整理一下，理出一个头绪，试试写一篇东西。然而我竟理不出头绪来，写东西也无从下笔。我走过全国很多地方，有的地方，只有一个寺、一座塔或一条河、一座桥，焦点比较集中，写东西时把笔墨对准焦点就是了。写泉州就不那么容易了。如果我是一只老虎的话，泉州就像广阔的天空，我写泉州从哪里下口呢？我该怎样概括这座伟大的历史文化名城呢？

苦思冥想之中，我突然想起在开元寺看到的一副对联——"此地古称佛国，满街都是圣人"，脑子里明了一下，如同闪过一道佛光，"踏破铁鞋无觅处，得来全不费工夫"，这副对联上的话，不就是现成的、对泉州最好的概括嘛！对联上的木刻书法作品为弘一法师李叔同所写，对联上的话却出自宋代大理学家朱熹对泉州的评价。一代高僧弘一法师的书法当然很好，称得上功德圆满，浑然天成，让人老也欣赏不够。而朱熹的这两句话亦像是信手拈来，古朴自然，毫无雕琢之意。余以为，治学严谨的朱熹，不会轻易为一座城市题词，他定是经过对泉州的全面考量、深入研究，才写出了如此高瞻远瞩的、贴切的妙语。李叔同身在佛界，对书法对象无疑极其挑剔。他之所以愿意把这两句话写成书法作品，至少表明他对朱熹的观点是赞同的。什么叫珠联璧合、相得益彰呢，朱熹题词和李叔同书法的结合堪称典范。朱熹的题词内容使李叔同的书写具有价值，李叔同的书写又使朱熹的题词声名远播，价值得到弘扬。

那么，何谓佛国呢？这就要从泉州作为古代海上丝绸之路的起点说起。没去泉州之前，我对丝绸之路的理解是，丝绸之路是中国通往外国的商品贸易之路。由于中国盛产丝绸，丝绸在对外贸易中成为最著名的商品，贸易之路才被形象化地称为"丝绸之路"。我不知道谁是丝绸之路的命名者，我愿意承认这个命名真是挺好的，它给人一种柔软的、飘逸的、悠远的甚至是艺术性的美感。试想，如果换成茶叶之路或瓷器之路，那感觉就差远了。

也是因为思维停留在商品上、物质上，我对丝绸之路的理解主要是经济意义。到泉州经过学习，我才知道丝绸之路不仅是商品贸易之路，还是文化交流之路。比起商品贸易来，文化交流的意义更加久长、更加深远。文化交流的内容丰富多彩，难以备述。仅拿宗教文化的交流来说，说蔚为大观一点儿都不为过。在宋元时代，泉州不仅成为东方第一大港，还几乎集中了全世界的所有宗教，从佛教、道教、基督教、天主教、景教，到伊斯兰教、摩尼教、印度教、犹太教等，可说应有尽有。每一种宗教都在泉州落地，建立了自己的宗教活动场所。我到穆斯林创建的清净寺看过，得知清净寺建于1009年，距今已有一千多年历史。据说清净寺是伊斯兰教最早在中国所建的清真寺之一。尽管清净寺只剩下残存的遗址，但支撑大厅的石柱还在，基本的框架还在，循迹还可以想见当年恢宏的气势，以及众多教民在寺里做礼拜的情景。既然泉州一时间成为全世界多元宗教汇聚的中心，欧洲各国、阿拉伯、波斯、印度、高丽等外国众多侨民随之而来。举目所见，多种民族、多种肤色、身着各种服饰的人们，在街上摩肩接踵、和谐生活，可不像是佛国嘛！

那么，何谓圣人呢？为什么说满街都是圣人？如此之高的评价是不是有些夸张呢？以前我只知道孔子被尊为圣人，历代帝王被称为圣人，普通民众谁敢与圣人相提并论！就连孔子的诞生地山东曲阜，也没听说过那里满街都是圣人啊！后来听到泉州文学院朋友的解释，我才明白了，朱熹所谓的圣人，指的是文化人、文明人。话若是这么说，当然说得过去。因为不论是古代还是当代，谁都不会否认，在泉州的大街小巷，活动着的人们的确都是有一定文化素养的文化人，和文明程度较高的文明人。由于泉州的传统文化、中原文化、外来文化底蕴丰厚，气氛浓郁，这里形成了一个健康优越的文化生态圈，久而久之，以文化人，文化和文明不仅成为泉州人的日常生活方式，还化入内心，成为泉州人的气质。说到这里，请允许我举一个例子：那天上午，我们刚参观完开元寺，忽听外面传来一阵鞭炮声。鞭炮声断断续续，一会儿一阵。我马上得出判断，这是出殡、送殡的鞭炮。殡葬文化也是源远流长、深入人心的中华文化之一种，这种文化在泉州有着怎样的呈现呢？我，还有邵丽、付秀莹，马上到寺外的大街上去观看。果然，街的对面正行进着一支送殡队伍。队伍浩浩荡荡，一眼望不到头。整个队伍分成若干个方队，走在最前面的是唱挽歌的，接着是抬花圈的，再接着才是死者的孝子贤孙及亲戚，走在最后的是器乐方队。若仔细看，会发现死者亲人所穿的孝服有所不同。有的披麻服、戴孝帽，有的穿白衫、勒白巾，有的有穿白衫、勒红巾。还有几个少年，穿一身红，额头也是勒的红巾。这样复杂的孝服，肯定代表着不同的身份，并各有讲究，只是我们不懂而已。倘若从送殡队伍里请出一个人来，让他讲讲不同孝服的不同内涵，他一定会讲得头头是道。从这个意义上讲，他们何尝不是"圣人"呢！

2016年4月25日于北京小黄庄

在雅安喝藏茶

1988 年春天我去四川，朋友送给我一小盒蒙顶山茶。那盒茶喝完，之后再也没有喝到蒙顶山茶。我对喝茶不是很讲究，逮住什么喝什么。我之所以对蒙顶山茶久久不忘，说实话，并不是茶本身的力量，而是文化的力量，或者说是文字的力量。因为茶盒上印有两句茶联：扬子江中水，蒙山顶上茶。这样质朴的茶联至少使我产生两种联想：一是好茶须配好水，蒙顶山茶与扬子江里的水是配套的；二是蒙顶山茶和扬子江一样，都是历史悠久，源远流长。联想归联想，我想：什么时候能到蒙顶山走一走，喝上一杯真正的蒙顶山茶，证实一下我的联想是否有道理呢？

机会来了，2016 年 7 月 6 日，和朋友们一起走进美丽的雅安并冒雨登上了海拔一千多米的蒙顶山山顶。在山顶的茶馆，我们不仅喝到了顶尖的蒙顶山甘露茶，欣赏了茶侍者精彩的龙行十八式茶艺表演，还学到了有关蒙顶山茶的一些历史知识。据介绍，公元前 53 年西汉年间，一个叫吴理真的人，在蒙顶山首开人工植茶先河，种下了七棵茶树。吴理真因此被称为茶祖，尊为神明。也就是说，蒙顶山不仅是中国茶文化的发源地，也是全世界的茶文化地标。蒙顶山之行，使我二十多年前的联想得到印证。同时我也认识到，人世间任何美好的事物，必须以文命名，与文相伴，靠文弘扬。

我这次主要想说说雅安的藏茶。藏茶对我来说是一种全新的茶，我以前从没有喝过藏茶，甚至闻所未闻。所谓藏茶，顾名思义，应该是西藏的茶吧？可我只听说过西藏有青稞酒、酥油茶，从没听说过西藏产茶呀！在雅安的西康酒店住下来，看了资料，参观了藏茶文化展览，并到雨城区的中国藏茶村品尝了三道地道的藏茶，总算对藏茶略知一二。藏茶原来并不叫藏茶，而被称为黑茶。我国的茶叶，从颜色上分为红、绿、黄、黑、白、青六大系列，主产于雅安的藏茶属于黑茶系列。那么，黑茶为何定名为藏茶呢？黑茶和藏族人民又是什么关系呢？关系当然是有的，可说是密不可分，历史渊源极深。由于藏人所处的高寒地理环境和多油脂饮食习惯，他们对产于雅安的黑茶非常依赖，可说是无茶不成餐，无茶不成饮，天天都须与茶做伴。流传广泛的两句话，道出了自古以来西藏人民对黑茶的评价和珍爱，那就是"宁可三日无粮，不可一日无茶"。从茶的内涵、走向和覆盖面上说，把黑茶命名为藏茶都是贴切的，它不仅具有实用学方面的意义，还有象征民族团结方面的意义。

到雅安一进酒店的房间，我就看到了藏茶。一开始，我看到靠近床头的墙边码放着一些东西，不知为何物。那些东西被用竹片编成的竹箬包裹捆扎成长条状，一条一条码上去，一共是六条。我用手摸了摸，掀了掀，条状的东西很沉，恐怕每一条都有一二十斤。我入住过无数个酒店，酒店的陈设几乎是固定的，无非是沙发、茶桌、床头柜、电视机之类，从没有看见过这种陌生的东西。我的好奇心上来了，一定要把码放在我房间里的东西弄个究竟。我凑上鼻子闻了闻，闻到了一股浓郁的香气，并看见上面装饰着三两片绿叶，突然领悟到，茶砖，这些东西很可能是打碎的茶叶压制成的茶砖。这时服务员往房间里送果盘，我就向服务员请教了一下，得知摆放在房间里的东西果然是茶砖，茶砖的名字叫藏茶。当晚，窗外大雨如注，青衣江的江水波涛滚滚。我在睡眠中听着涛声，闻着茶香，获得的是一种天人合一般的宁静感。

原来，雅安没有藏茶村，在地震后重建过程中，为了弘扬藏茶文化，他们专门建立了一个中国藏茶村。藏茶村不是通常意义上的村落，它是一处集藏茶历史博览、藏茶文化旅游、藏茶产品推销等为一体的创意产业发展基地。在藏茶文化展示馆，我看到一幅描绘文成公主进藏的油画，画面所呈现的诸多嫁妆中，就有马匹驮着的藏茶。它至少可以表明，藏茶从唐代就开始输入藏区。之后藏茶源源不断地运到西藏，形成了茶和马匹交易的茶马市场，并在崇山峻岭之中踩出了雅安通往西藏的茶马古道。往西藏运茶，主要依靠人力背负。背夫被称为茶背子，大都由青壮男人担任，有时也有少量妇女和少年参与其中。一个男性茶背子一次背八至十包，总重量二百斤左右。妇女和少年只能背五六包，一百多斤。运输路线有两条，一条远一些，一条近一些。远的那条路，即使每天起早贪黑，也要走二十多天。在艰难的攀爬过程中，他们不敢随便坐下休息，因为一旦坐下，就很难再站立起来。实在累得不行了，或者需要喝一点水，他们只能用一种特制的被称为拐子的手杖，从后面支撑背架，方可站立一会儿。天长日久，茶马古道的古板路上留下了一个个深深的拐子窝。拐子窝里有千千万万茶背子的汗水，也有他们的泪水。稍近的那条路，因为要翻过布满凶险的二郎山，稍有失足，就有可能连人带茶跌进万丈深渊，有去无回。我想起小时候听到的一支歌：二呀么二郎山，高呀么高万丈。枯树荒草遍山野，巨石满山岗。羊肠小道难行走，康（雅安原为西康省的省会）藏交通被它挡。新中国之后，雅安到西藏修通了公路，汽车喇叭一响，人们再也不用靠人力背负往西藏运茶了。

藏茶的红色茶汤是用沸水煮出来的。在藏茶村的茶室，我目睹了茶博士用玻璃茶壶在电茶炉上烹茶的过程。取一小块藏茶，放进清水里，随着沸水升腾，茶汤很快变成茶花一样的鲜红色。把茶汤倒进茶盏里，即可饮用。红色只是藏茶的四个特色之一，它还有浓、陈、醇的特色。浓者，茶香浓郁，爽口酣畅；陈者，茶魂不老，愈陈愈香；醇者，滑润甘甜，余味绵长。

此次雅安归来时，获赠一盒藏茶。待有闲时煮来，和家人细细品味。

2016年7月20日至25日于北京和平里

由黑转绿

——晋城散记

从二十世纪八十年代以来，山西的晋城我已先后去过四次。前三次都是参加晋城煤业集团公司的一些活动，去过凤凰山、古书院等全国闻名的大型煤矿。第四次应邀去晋城是2016年的7月12日至18日，在晋城市所属的阳城、高平、陵川、泽州等市县走了整整一周。如果说前三次是在"地下活动"的话，这一次则是在地面行走；如果说前三次主要是在黑色世界里穿行，这一次则是在满目葱郁的绿色大地上览胜。综合起来看，我的晋城之行如同一个象征，它象征着这座古城正从挖煤转向挖文化，由黑色转向绿色，由工业文明转向生态文明。

人所共知，晋城既有着丰厚的自然资源，也有着深厚的文化资源。这两种资源被人们称为两座金山，一座是乌金之山，一座是文化之山。这两座山是双峰对峙，互相排斥？还是关系密切，双峰捧月呢？这次在晋城看了诸多的人文景观和自然景观，我得出的结论是，这两座金山之间你中有我，我中有你，一直团结紧密，互相支持。也就是说，是乌金之山助长了文化之山，催生了数不胜数的人文景观；同时也是文化之山滋养了乌金之山，使乌金之光更加璀璨。

还是让事实说话吧。

从坐落在阳城县北留镇皇城村的皇城相府说起。相府为清朝宰相陈廷敬的故居，是一处罕见的明清两代城堡式官宦之家建筑群。它依山而建，次第高升，气势恢宏，特色独具。如此规模的建筑群是怎样形成的呢？陈家掘到的第一桶金是什么呢？在了解这个家族的发家史时我注意到，他们家掘到的第一桶金不是别的，正是乌金。陈家的祖先是从外地来的挖煤人，通过挖煤挣到了钱，积累了财富，才开始供后代读书。后代有了文化，做了官，民间资本就成了官僚资本，财富雪球越滚越大，房子就越盖越多。可以肯定地说，如果不是起初的乌金垫底，陈氏家族就不会有后来的发达。建筑群既然落定在皇城村，又有康熙帝御赐匾额"午亭山村"高悬门楼，是不是就金汤永固，与煤炭没有任何干系了呢？不是的，建筑群在清末、抗战、"文革"等动荡和战乱年代被一次次摧残，已呈破败凋敝之势，"忽喇喇似大厦倾，昏惨惨似灯将尽"。改革开放之后，皇城村的人发现有人对古建筑感兴趣，想把房子修复一下，开展旅游业。可是，有的房子已经坍塌，成了残砖烂瓦，村民穷得连吃饭都成问题，哪里有钱修复大面积的建筑群呢！这时他们又想到了地下埋藏的煤，只有向煤要钱。他们办起了煤矿，赚到了钱，才在附近建起别墅群，动员村民从古建筑里搬出。随后，他们对古建筑群进行了全面修复，旅游业才得到迅速发展。目前，皇城相府已成为全国有名的旅游胜地，旅游业发展得如火如荼。皇城村的煤矿虽然仍在办，但旅游的收入已超过了开矿的收入。皇城村村民的看法是，煤作为不可再生资源，总有一天会挖完，而他们开创的文化旅游产业，会越来越兴旺。

不仅皇城相府如此，别的一些建筑群，如天官王府、砥洎城和被誉为中国历史文化名村的高平良户等，它们的建筑和传承也都离不开煤炭的支持。不仅带有防御功能的居住性建筑群落如此，就连炎帝陵、开化寺、青莲寺等这些著名历史人文景观的落成和修缮，也都有煤炭和冶铁资本所做出的贡献。

晋城诸多的人文景观与乌金之山有着紧密的联系，那么，晋城很多的自然景观，是不是可以游离于乌金山峰之外，自成风景呢？当然，自然景观是自然的造化，"花自飘零水自流"，无须人们多操心。可是，一切景观都是人观，都是相对人类而言，自然景观如果一味"养在深闺人未识"，未被发现和开发，景观就构不成旅游观光资源，只能是闲置。而要把自然资源变成观光资源，就要通路、通电、通水，还要解决游客的住宿和餐饮问题。这些都需要大把花钱，需要有人投资才行。这时，晋城的煤炭人出手了。他们意识到，经济发展需要转型，需要多元化。在开发矿业的同时，他们目光长远，抽出一部分资金，着手自然景观的开发，发展旅游产业和旅游文化。短短几年来，他们已开发出号称"百里画廊"的阳城县蟒河景区，"一座有故事的山"陵川县王莽岭，还有弘扬"东方养生智慧"的彤康庄园。

蟒河景区是由竹林山煤业公司投资开发的。景区内溪水清澈，山峦倒映，瀑布成群，妙境天成，如同开展不尽的山水画卷。更让人喜爱的是活跃在景区的几百只猕猴，它们看着或围着游人蹿上跳下，闪转腾挪，极尽灵动讨喜之能事。有记者问我对蟒河的观感，我记得我说的是，蟒河之美出乎我的意料，北方人看山水不必去江南，看猴子不必去峨眉，到蟒河就可以了。

王莽岭景区的开发管理和经营，都是由大型煤炭企业兰花集团主导。王莽岭因传说王莽追赶，刘秀在此安营扎寨而得名，它是八百里太行自然景观的典型代表，被誉为"太行至尊"。王莽岭高处和低处一千多米的落差，形成了绝壁千仞、群峰林立、峡谷纵横的地质奇观。冷暖气流时常在此交汇，以致四季云雾蒸腾，变幻万千，堪与庐山媲美。我们在王莽岭流连期间，突遇大雨来袭，尽管穿了雨衣，还是湿了裤腿，鞋里也灌了水。朋友戏称我们都成了诗（湿）人，这使我对王莽岭的美好印象更加深刻。当晚，兰花集团的朋友得知我以前长期在煤炭系统工作，如今还兼着中国煤矿作家协会的主席，让我写几句话。我写的是：兰花之香，深厚绵长。

彤康庄园由黑到绿的转变更为典型，因为庄园主几年前还是一位国有煤炭企业的老总，在北京的煤炭大厦的总部有他的办公室。在能源结构调整和绿色发展理念的作用下，他毅然走下高楼，走出北京，在晋城泽州县置下了六千余亩土地，带领员工搞起了以"净天、养地、裕民、利己"为愿景的有机山楂种植，并以品质独特的"泽州红"山楂为原料，酿造出了以山楂红酒为主体、具有民族特色的庄园酒。他们所创造的富含黄酮的山楂酒的生产方法，获得国家发明专利。同时，彤康庄园还是全世界唯一一家生产山楂白兰地的地方。我们参观了山楂园，品尝了各种山楂酒，还吃到了庄园里的苦菜、苋菜等多种野菜，再次体会到，一切幸福生活都离不开绿色。

2016年7月28日至8月15日（中间去内蒙古11天）

于北京小黄庄

群英垂竿向渔滩

"芦苇吐穗柑橘鲜，阿蓬江水碧如蓝。秋闲钓鱼何处去？群英垂竿向渔滩。"这是我在2016年9月24日去重庆黔江的阿蓬江边看过钓鱼比赛之后，顺手写下的几句顺口溜。

这次黔江之行，能看到一场全国性的群英垂钓大赛，对我来说是一个"得来全不费工夫"的意外收获。当我听说黔江有"体彩杯"2016中国群英垂钓大赛，心里一动，顿时来了兴致。我从小就喜欢钓鱼，在农村老家时，除了冬天冰封了水面不能钓，春天、夏天和秋天，我都会拿上竹子做的钓竿到水边钓鱼。有一次，我把鱼钩往水里甩时，鱼钩还钩到了蹲在我身后在岸上看钓鱼的小伙伴的嘴唇子，把小伙伴钓得哇哇大哭。钓鱼钓到了人，把人嘴钓成了鱼嘴，这件被村里人当笑谈的钓鱼插曲给我留下了终生难忘的印象。走出家乡参加工作后，我钓鱼的机会几乎没有了。大概因为关于钓鱼的记忆还在，兴趣也没有失去，看见哪里有人钓鱼，我总是愿意驻足看一会儿。我认为能长时间专注于鱼漂的人都是有意志力的人，而意志力的核心就是耐心。至于大规模的钓鱼赛事，我只在电视上偶尔看见过，还没有到比赛现场看过。既然遇到了到现场看钓鱼比赛的宝贵机会，我当然不想错过。

此前，我在黔江已经看了蒲花暗河、濯水古镇、小南海等多个景点。暗河自然造化的神奇、壮观，古镇文化的幽深、厚重，小南海水域的辽阔以及由清代地震形成的堰塞湖的历史传说，都大有文章可做。可看了钓鱼比赛之后，我更想写一写对钓鱼比赛的观感。相比之下，我觉得钓鱼比赛更能反映黔江的发展变化，也更能概括黔江的生态文明。

举办全国性的大型垂钓比赛活动，并非易事，它不是什么时候想举办都可以，也不是哪个地方想举办就办得起来。在我看来，它至少必须具备两个条件，或者说必须得到两个环境的保证，一个是国泰民安的大环境，再一个是生态优良的小环境。如果一个国家处在战乱、动乱和其他非正常状态，不可能组织带有休闲性、娱乐性的钓鱼比赛。同样的道理，如果一个地方环境脏乱，水质不清，鱼虾不生，谁会去那里钓鱼呢！目前我们国家的大环境就不用说了，人人都有切身感受。那么钓鱼比赛场所，黔江市冯家社区渔滩村的生态小环境究竟如何呢，还是让我们实地走一走、看一看吧！

一来到渔滩村，我就看到了阿蓬江宽阔的江面和江边沟沟汊汊里大片大片的明水。因下游不远处建了电站，修了水坝，使水位升高，水面平静。水面明如镜，万物映其中。秋日的蓝天，蓝天下的朵朵白云，都映在明水里。江边缓缓升起的青山，青山上的树林、农舍、梯田等，也映在明水里。山峦有多高，映在水底就有多深。一只白鹤贴着水面翩翩地飞过来了，水上的白鹤与水中的白鹤相逐相随，颇有些相看两不厌的意思。垂钓大赛已经开始，从全国25个省、市集中到渔滩的360名垂钓高手，三人一组，分散到120个用木板搭成的钓鱼台，正钓得全神贯注。钓鱼者使用的鱼饵、鱼漂都是统一的，连他们身上穿的蓝白相间的服装也是一样的。朝江水的对面望去，只见坐在钓鱼台上的那些钓鱼者也倒映在水里，好像他们都变成了水中的鱼。据介绍，这种在自然水域举办的垂钓大赛，此前黔江市已举办过两届。钓上来的鱼种只有鲤鱼、鲫鱼、草鱼三种可以参加称重。前两届比赛中，获得冠军的选手竟钓到了总重427斤的鱼。而单尾重量排第一的获得者钓到了一条62斤的鱼王。不管钓到多少鱼，也不管钓到多么大的鱼，待比赛结束，人们会把这些鱼都放回阿蓬江，让鱼儿重归自然。

水上有一座高架铁索桥，我沿着桥到对岸去，并在江边的小路上走了一段。给我的感觉，在小路上移步换景，我们如同走在多姿多彩的画廊里。靠近江边的一侧栽的多是垂柳、凤尾竹、柚子树和柑橘树。季节到了中秋，树上黄中带绿的柑橘结得硕果累累，有的还落到了地上。靠近村边的一侧种的多是花木，那些花木有木槿、百日红，还有产于当地的一种开着黄灿灿花朵的槐树。当然了，村边的菜园里种的还有豌豆、辣椒、大葱、小白菜等各种各样的蔬菜。每一种蔬菜都青翠欲滴，让人一见就想吃。渔滩村的生态环境如此优美，怪不得把全国的垂钓中心选在这里呢！

垂钓大赛日，像是渔滩村民的节日，村里的大人、孩子、妇女、老人等，穿上新衣服，纷纷走出家门，到江边观看比赛。这样的节日与一般的节日不同，一般的节日是热闹的节日，而因垂钓大赛而起的节日是安静的节日。村民们懂得比赛的规矩，对垂钓文化也有所理解，他们脸上带着甜美的笑容，都静静地坐在岸边，或站在钓鱼台的栏杆外面看比赛。偶尔传来一两声公鸡的鸣叫，不但不会打破现场的宁静，反而使宁静显得更加旷古，更加深邃。

就在十几年前，渔滩村还是一个贫困的山村，村民们连日常的衣食温饱都成问题。自从渔滩村的生态环境得到改变，由"桑田"变成了"沧海"，自从偏僻的小山村成了有名的垂钓基地，各地腰包鼓鼓的垂钓者纷至沓来，当地的村民坐地生财，很快富裕起来。他们纷纷盖起了楼房，开起了饭店，办起了农家乐，日子一天比一天红火。当地土家族山歌里有一句唱词，叫高粱生起节节高。依我看，渔滩村的面貌和村民的生活质量也是节节高。

谁能说渔滩村不是重庆黔江市发展变化的一个缩影呢！

2016 年 9 月 29 日于北京和平里

野苋菜

夏日去了一趟江苏泗阳，返京时带回了两瓶梦之蓝白酒和一塑料兜子野苋菜。泗阳为洋河蓝系列白酒的生产地，海之深为蓝，天之高为蓝，梦之遥为蓝，梦之蓝为蓝系列白酒的上品，当然值得带。而野苋菜野生野长，一钱不值，千里迢迢带回一兜子野苋菜，是不是有点儿可笑呢？我不认为这有什么可笑，人要吃荤，也要吃素，喝酒，也要就菜，带野苋菜有什么不可以呢！世间的万事万物都不是孤立的，互相之间是有联系的。我隐隐觉得，说不定梦之蓝和野苋菜之间还有一些联系呢！

我以前没去过泗阳，2017年6月13日下午到泗阳住下，第二天一大早，我就一个人到穿城而过的京杭大运河的堤岸上走了走。我在别的地方也见过运河，印象中那里的运河河面比较窄，河里也没有行船。而运河的泗阳段河面宽阔，像我在开封看到的黄河一样。加之河面上晨雾缭绕，对岸树朦胧，庙朦胧，几乎望不到边。河中一艘长得像列车一样的货船在缓缓前行，船上载的是煤炭。在船尾一侧的甲板上，我看见一位水手，赤裸着上身，端着大海碗，在蹲着吃饭，呈现的是古朴的画面。堤岸上绿树成荫，树荫下是长长的运河风景带和健身步道。有一段步道建成了长廊，长廊一侧的展牌上展示的是泗阳好人的事迹。一条大河接千古，运河在泗阳打通和串联的是古代和现代，传统和现实，自然和社会，给人以无尽的遐想。

在文学活动和采风阶段，我们在大禾庄园参加了泗阳的文学刊物《林中凤凰》举办的颁奖盛典，并就近到庄园内的生态农业园观光、采摘。大棚里的葡萄都已熟透，熟得发紫，紫得彻头彻尾，色泽均匀，连一粒青的都没有。而且每粒葡萄上都敷着一层白霜，像搽了粉一样。摘一粒来尝，甜汁如迸，很是可口。

可是，我只摘了一串葡萄，就从大棚里出来了。因为进大棚之前，我眼前一亮，在大棚门口一侧的土沟里发现了苋菜，野苋菜。葡萄虽好，比起野苋菜来，后者对我来说更有吸引力。苋菜分人种和野生。在我们老家，苋菜不叫苋菜，人们在菜园里种的苋菜叫米谷菜和颖颖菜。米谷菜叶尖，颖颖菜叶圆。米谷菜的绿色深一些，颖颖菜的绿色浅一些。野生的苋菜叫野米谷菜。野苋菜与人工种的苋菜主要区别在于，野苋菜的叶片上生有一些绒毛，而人工种苋菜的叶片上光光的，一点儿绒毛都没有。北京的菜市场上也有卖苋菜的，只是北京的苋菜一半绿一半紫红，一下锅出的是红汤子，像添加了红墨水一样，吃起来总让人有些心理障碍。想吃苋菜了怎么办呢？由妻子驾车，我们到北京的郊区去掐野苋菜。我们去密云、昌平、顺义掐过野苋菜。掐的野苋菜一顿两顿吃不完，妻子用开水一焯，在凉水里过一下，攥团去水，放进冰箱里冷冻起来保鲜，随时都可以拿出来吃。野苋菜可以烧汤，可以炒着吃，也可以做馅儿，似乎怎么吃都可以。我们吃野苋菜不计成本，也不深究什么营养价值，因为爱吃，所以如此。

野苋菜分布极广，好像全世界都有。前不久我和妻子去尼泊尔，在车上看见加德满都郊区的路边生有大片的野苋菜，顿时兴奋起来，说好，这下有菜吃了。不料我们来到海拔较高的宾馆，竟连一棵野苋菜都找不到了，未免让人失望。

既然庄园里的野苋菜碰到了眼上，我要不要掐一些呢？别人摘葡萄，我掐野苋菜，是不是舍果求叶呢？在我犹豫之间，采摘活动又转移到附近的桃园里去了。满园的桃树上结满红色的桃子，看上去更加诱人。然而，我在桃树林里看到了更多的野苋菜，野苋菜又肥又嫩，连生的我都想吃。不行，我不能再犹豫了，我得掐。于是，别人在树上摘桃子，我在树下掐野苋菜。泗阳的朋友见我没摘桃子，大概有些过意不去，就替我摘了两三个桃子，放在我盛野苋菜的塑料兜子里。

我不惜跑到全国最美丽县城之一的泗阳掐野苋菜，也是出于对泗阳自然生态的信任。泗阳是全国有名的国家卫生县城、文明县城、园林县城、十佳宜居县、首批绿色能源示范县，还是国家优良自然生态县。我个人认为，衡量一个地方的自然生态是否优良，一个"野"字十分重要，或者说野生的东西是优良自然生态的重要标志。一个地方如果野生的东西都消失了，恐怕很难说那个地方生态好。"礼失求诸野"，解决生态问题也得求诸"野"。野生的东西包括野山野水、野鸡野鸭、野鱼野鸟、野虫野果、野树野苇，等等，当然也包括野草野菜。泗阳的野苋菜长得好，它不是用化肥催起来的，也不用打农药，显示的是原始的、野性的、自然的蓬勃生机。

我前面说到的野苋菜与梦之蓝的联系，也是出于这样的考虑。全世界范围内的事实一再表明，出好酒的地方必定有好粮、好水、好空气，好酒与好生态有着不争的内在联系。

　　把野苋菜带回北京的当天，我们做晚饭时就吃了一顿。妻子说掐少了。我跟妻子说笑话，说没关系，等吃完了我再去泗阳掐。

2017年6月20日于北京和平里

井下新宫

　　如同人的生命有限，矿井的生命也有限。矿井的生命似乎对应着人类的生命，一座矿井的煤炭储量所规定的开采年限，也就是五六十年，或七八十年，极少有超过百年的。一个人的生命结束之日，即烟消云散之时。一座矿井下的煤采完了呢，这座矿井就会报废、关闭。随着互联网时代的到来，随着全球性能源结构的调整和我国煤炭去产能政策的出台，被关闭的矿井越来越多。

　　我曾到一座破产关闭的矿井井口和井口工业广场看过。天轮被抽去了灵魂似的无极钢索，凝固不动。锅炉房早已熄火，人去房空。偌大的工业广场空旷寂静，只有一种灰鸟在不知名的地方叫上几声，像是在为报废的矿井唱挽歌。通往井口的铁轨还在，铁轨两侧和道心内，煤尘上面是灰尘，几乎把铁轨掩埋了。我怀着一种追寻的心情，踏着积尘，向斜井的井口走去。粗钢管焊成的栅栏把井口封死了，透过栅栏的缝隙，我使劲往里看。里面黑洞洞的，什么都看不见，只有我所熟悉的、矿井共有的气息正徐徐地从井底涌出来。不难想象，井下曾是一派龙腾虎跃的生动景象，有多少矿工在这里献出了他们的汗水、青春乃至生命。然而转眼工夫，这里就成了废墟。我看见了残留在井口两侧墙壁上用红漆写成的大字对联，上联是"汗水洒煤海深处"，下联是"乌金献祖国母亲"。母亲的说法使我的双眼突然间涌满热泪。

让人欣慰的是，有的矿井虽然不再出煤了，却没有废弃，没有封井，而是因地制宜，成功转型。他们在地面建起了丰富多彩的矿山公园，把井下的巷道和工作面变成了供人们探秘游览的场所，在转型中获得了新生。这样的矿井，山西大同煤业集团的晋华宫矿就是一个范例。我以前长期在煤炭系统工作，曾去过晋华宫矿，对该矿的情况略知一二。晋华宫矿于1956年1月建成投产，出产的优质动力煤以低硫、低灰、高发热量广受欢迎。到2012年7月12日，晋华宫矿南山井送走最后一列车煤炭，这个矿累计为国家贡献了一点五亿吨煤炭。由于管理有方，成绩突出，这个矿还获得过诸如"全国煤炭工业双十佳煤矿""全国煤炭系统文明煤矿"等十多项荣誉称号。然而煤作为不可再生的一次性化石能源，挖一块，少一块，总有被挖完的那一天。每座煤矿作为一个产煤单元，资源也有枯竭的时候。资源枯竭以后怎么办？这是每座煤矿都必然面临的问题。晋华宫南山井的完美收官，华丽转身，对这个问题交出了很好的答卷。

对于转变后的晋华宫矿，我听朋友们说起过，也看过一些有关它的报道，但没有去实地踏看。全国各地的矿井我下过无数，包括一些开采条件十分落后的小煤窑。只不过我以前下过的所有矿井，都是煤浪涌动、正在生产的矿井，把井下变成静态的展览馆的矿井，我从来没有看见过。一个愿望从心底生起，有机会一定去晋华宫井下看看。

2017年的8月中旬，我如愿得到了这样的机会。青山之上，"晋华宫国家矿山公园"九个红色的大字标牌格外醒目，我们远远地就看见了。据介绍，公园总面积四十多万平方米，拥有煤炭博物馆、工业遗址、仰佛台、晋阳潭、石头村、井下探秘、棚户遗址区七大园区，是发展矿山旅游、为世人留下矿业完整记忆的文化创意园，也是集环境治理与绿色矿山为一体的生态示范园。我们首先来到由过去的矸石山改建的仰佛台。矸石是煤的伴生物，有煤必有矸石，矸石山是矿山的组成部分。矸石山作为工业废渣的堆积山，上面寸草不生，只产生灰尘和毒烟，为影响空气质量的污染源之一。矿山公园的建设者们，拿出敢教黑山变绿山的劲头，对矸石山加以平整，整成一个平台，然后从别处拉来熟土，对矸石山进行全覆盖。创造好了种植条件，他们就开始在土壤层里栽种油松、国槐、银杏、桃树、山楂树、紫荆、刺梅、扶桑、月季等乔木、果木、灌木和花草。只四五年工夫，原来光秃秃的矸石山就变成了林木葱茏、鲜花盛开、莺歌燕舞的花果山。这个由矸石山建成的园林式平台，之所以被命名为仰佛台，是因为站在观景台上，即可隔河眺望一处驰名中外的佛教圣地，那就是世界文化遗产云冈石窟。

看完了仰佛台，接下来面临两个选择，是下井？还是在地面参观煤炭博物馆？作为一个1970年到煤矿参加工作的"老矿工"，我当然要下井。我历来认为，煤在井下，采煤工作面在井下，井下才是煤矿的核心。只有下到幽深的井底，才能嗅到侏罗纪或石炭纪的煤香，才能进入暖湿而危机四伏的特殊氛围，体会迥异于太阳下面的生存况味。到了煤矿如果不下井，跟没到煤矿也差不多。可活动的组织者考虑到作家们大都已年过六旬，下一趟井不容易，并不主张作家们下井。在征求作家们的意见时，我生怕错过下井机会似的，第一个高高举起手臂，毅然决然地大声说："我下！"在我的鼓动下，好几位从未下过井的作家跟我一块儿下了井。

　　跟下井挖煤一样，我们穿上工作服，蹬上深勒胶靴，佩上自救器，戴上安全帽和矿灯，全副武装起来。南山井是一座斜井，我们沿着巷道一侧的石头台阶，一步一步往矿井深处走。我们走过一千多个台阶，四百多米长的斜坡，才下到了井底。我见同行的作家们个个神情新奇，还有那么一点紧张。而我如同回到阔别已久的青春岁月，一种久违的亲切感油然而生。井下巷道纵横，灯火通明，还是一座地下不夜城的样子。然而这里已不再生产原煤，它摇身一变，变成了冬暖夏凉的地下展览馆。展览共分特种设备、矿石、地质、历史遗迹、化石、支护、五大地质灾害、古代采煤、近代采煤、现代采煤、通风十一个展示区。我们在每一个展示区都看得兴致勃勃。在支护展示区，我看到两位用塑钢塑成的年轻矿工，正用一根木头支柱支护顶板。这让我想到，当年我在井下挖煤的时候，也是通过打眼放炮落煤，而后用木头支柱支护顶板。我不禁走上前去，轻轻拍了拍其中一位矿工的肩膀，打招呼说："哥们儿你好啊，忙着呢！"那位矿工正忙着干活儿，没有搭理我。但我仿佛看见，他像认识我似的，对我微笑了一下。

　　我曾在河南的新密矿区工作生活了九年，原以为对煤矿的一切都已经很熟悉。这次看了展览我才认识到，熟悉背后往往隐藏着陌生，越是自以为熟悉的东西，越要重新学习。比如在古代采煤展示区，我看到古代的矿工横躺在底板上，用镐头在煤层最下方掏槽，槽坑掏到一定深度，矿工就用镐头奋力击打悬空的煤层上部，使煤层脱落下来。这种原始的、被称为"刨根凿垛"的采煤法，我以前没听说过。古代矿工的智慧，启示了当代"厚煤层综合机械化掏底放顶一次采全高"采煤新工艺的产生，使采煤效率、资源回收率和安全系数大大提高。也是在古代采煤展示区，我看到采煤窝头上方挂着一只鸟笼子，笼子里有一只小鸟标本。这样的设置，当然不是出于矿工的闲情逸致，我猜想，矿工可能是利用小鸟的敏感嗅觉测量瓦斯的浓度。当瓦斯聚集到一定浓度，小鸟不堪忍受，会变得焦躁不安，在笼子里乱飞乱扑，急于逃走。如果出现这样的情况，矿工就得随着小鸟的意志转移，赶紧从采煤窝头撤离。我的猜想还没来得及分享，讲解员就说了出来，讲解员的讲解跟我的判断是一样的。可讲解员接着提了一个问题，让我一时不能作答。讲解员问："矿工为什么用小鸟测量瓦斯，而不是用小兔小猫等其他小动物测量瓦斯呢？"这个这个，我脑子里没有转过弯来，没敢贸然抢答。我们得到的解释是，瓦斯是很轻的有害气体，生出来会浮在高处，瓦斯一旦在高处聚集，同样被安置在高处的小鸟会及时察觉。而其他小动物习惯生活在低处，难以收到及时报警的效果。原来如此，我又长了一个见识。

更让人过目难忘的是，我们在化石展示区巷道的顶板上看到一段树木化石。那段化石如一根树干横卧在顶板上，年轮可辨，纹路清晰，有着立体般的视觉效果。顺着这根树木化石展开想象，我仿佛看见，亿万年前这里是大面积的湖泊、沼泽、茂密的森林、活跃的恐龙。在地面和沼泽中堆积的腐烂植物，由于地壳的不断沉降而埋入地下，长期与空气隔绝，并在高温、高压、缺氧的环境下，经过一系列复杂的物理、化学变化，形成了煤。

总之，到晋华宫井下走了一趟，给我的突出感觉是，这里并没有停产，而是在继续生产。只不过他们不再生产煤，而是在生产煤文化、煤精神。比起物质性的煤炭来，煤文化和煤精神的力量也许更强大，更久远，更无限。

"山重水复疑无路，柳暗花明又一村。"把废旧的煤矿建成国家矿山公园，无论在我国，还是在亚洲，晋华宫矿都是具有开创意义的第一家。开园五年来，到公园旅游的游客越来越多。目前，晋华宫国家矿山公园被国际休闲产业协会授予"国际休闲生态旅游示范区"称号，被评为国家4A级旅游景区，井下探秘游被中国科协命名为"全国科普教育基地"。

2017年8月23日于北京和平里

又见红高粱

莫言自谦，愿意把自己写的诗说成是打油诗。可他有些诗的内容并不谦虚。比如他在一首诗里写道："左手书法右手诗，莫言之才世无匹。狂语皆因文胆壮，天下因我知高密。"听听，莫言的口气是不是很牛。然而谁不想承认都不行，随着莫言在小说里标出了"高密东北乡"的文学地标，随着他获得诺贝尔文学奖后名声大振，高密的知名度的确随之大幅度提高。或者说，高密已和莫言的名字绑在一起，人们一提高密，首先想到的就是莫言，莫言几乎成了高密的代名词。

红高粱也是。高粱只是一种普通的粮食，而且是一种比较粗糙的粮食，尽管它带一个红字，也"红"不到哪里去。可是呢，自从莫言以"红高粱"为题写了系列小说，自从张艺谋把《红高粱》拍成了电影，并获得了柏林电影艺术节金熊奖，不得了，红高粱一下子红光闪闪，大放异彩，不仅"红"遍了全中国，还"红"遍了全世界。

其实我的豫东南老家也种高粱，只不过我们那里一般不把高粱叫高粱，而叫秫秫。玉米不叫玉米，叫玉蜀黍，或棒子。也有人把秫秫说成高粱，这样说我们也听得懂，不会把高粱理解成树木。我个人比较喜欢高粱这个名字，因为高粱的确是高，它比大豆、谷子、芝麻、玉米等任何庄稼都高出许多，叫高粱名副其实。我还喜欢在高粱前面冠以"红"字，这样它就以其独具的特色与其他粮食区别开了。是呀，别的成熟的粮食大都是黄色，也有绿色、麻色、白色、黑色等，只有高粱成熟后呈现的是红色。

记得小时候，我们生产队每年都种高粱，有时整块地里种的都是高粱，一种就是几十亩，甚至上百亩。我很喜欢钻进高粱地里去玩，高粱地带给我许多乐趣，给我留下了不少难忘的记忆。有一种高粱不结穗子，我们叫它"哑巴秆"。它的秆子比较甜，我和小伙伴们就把它挑出来折断，当甘蔗吃。还有一种高粱，仰脸看着它鼓泡了，里面孕育的却不是高粱穗子，是一种黑黑的叫"乌墨"的东西。我们把"乌墨"剥出来吃，吃得我们的手和嘴都染上了黑色。我们在高粱棵子钻着钻着，面前会陡地出现一座坟包，吓得我们毛骨悚然。我们遇到意外的惊喜，那必是在高粱棵子的稀疏之处摘到了一个或几个野生的小甜瓜。在初中毕业人生最苦闷的阶段，我曾一个人躺进森林一样幽深的高粱地里，一支接一支地唱歌，直唱得眼泪顺着眼角流下，沉沉睡去。我多次参与收高粱。我们收高粱的办法，是待高粱接近成熟时，先逐棵把高粱的叶子打去。这个活儿不算重，但大刀片子一样的高粱叶子的边缘有许多锋利的小刺，那些小刺会把我的手臂划出一道道血口子。据说这样做是便于高粱地通风，是让高粱全身的养分都集中在高粱穗子上，再把高粱的颗粒充实一下，也是便于高粱晒米。这时高粱秆子成了光秆，火红的高粱穗子被高高举起，重点得到充分显示。若大面积望去，集中连片的高粱穗子如天边的红云，壮丽极了！当高粱红得不能再红，我们用一种钎刀把高粱穗子钎下来，然后用镢头铲子连根把高粱秆子刨出，高粱才算收完了。

更让我难忘的是，我还在高粱地里抓过鱼。有一年我们那里发大水，河水漫过河堤，河里的鱼就跑到高粱地里去了，挺大的鱼像狐狸一样在高粱棵子里乱窜。我把父亲带我在高粱地里抓鱼的事写成了一篇短篇小说，题目就叫《发大水》。

是的，我们那里处在黄淮海平原的低洼地带，差不多每年夏秋之交都要下大雨，发大水。大水一来，那些诸如红薯、豆子、谷子等拖秧子的或矮秆的农作物就泡汤了。只有高粱在大水中屹然挺立，如浇不灭的火把。雨下得越大，"火把"似乎燃得越旺。朋友们知道了吧，我们那里为什么热衷于大面积种高粱呢？高粱因其站得高，立得稳，大水不能淹没它，就有了鹤立鸡群般的独特优势。

可惜我们那里现在不怎么种高粱了，几十年都不种了。不仅高粱很少种，其他种类繁多的杂粮也不怎么种了。不种高粱的原因很清楚，一是水系通过治理，不再发大水，高粱的优势尽失；二是高粱产量低，价钱也低；三是高粱粗拉拉的，不好吃。那么肥沃的地里种什么呢？玉米，清一色的玉米。东地西地，南地北地，千家万户，种的都是玉米。玉米也是粗粮，也不好吃，大家干吗都种玉米呢？人们种玉米并不是为了吃，每年夏季所收的小麦都吃不完，谁还去吃玉米呢！说白了，人们一哄而上种玉米，受的是经济利益的驱使，玉米产量高，收购价也高，谁不想多挣钱呢！我每年秋天都回老家，看到田里种的都是玉米，一棵高粱都没有，品种和色彩一点儿都不丰富，未免有些失望。高粱呢？我的高粱呢？高粱真的从此退出历史舞台了吗！

不承想在电影银幕上看到了红高粱。在劲风的吹拂下，一望无际的红高粱连天波涌，如同赤色的海潮。同时伴以高亢的、响彻云天般的唢呐声，所有的男女高粱都随之起舞，似乎进入一种前所未有的狂欢状态。这样的画面和音乐深深触动了我，震撼了我，使我得到了灵魂放飞般的艺术享受。

不用说，这样的红高粱是莫言的小说里写的，是电影的场景里规定的，是属于高密的，也可以说是属于莫言个人的。据说莫言写高粱也是一种回忆状态，他的家乡后来也不怎么种高粱了。但为了在电影里重现红高粱，高密东北乡必须把高粱种起来。高粱种子播下了，出苗了，由于天气干旱，高粱苗子却迟迟不能长高，可把拍电影的人急坏了。好在老天爷终于降下甘霖，遍地的高粱得以生长起来，才最终以火红的面貌呈现在电影里。高密东北乡的红高粱从此被以电影的形式固定下来，可以设想，不管过多少年，我们只要再看《红高粱》这部电影，都能看到莫言家乡的红高粱。

那么，电影拍摄的任务完成之后，以巩俐、姜文为主要角色的电影演员"刀枪"入库之后，高密是不是不再种高粱了呢？不是的，从那以后，三十几年来，高密年年都种高粱，而且每年都不少种。加上后来又有电视剧版《红高粱》在高密的拍摄，高粱的种植面积再次扩大，遂使高粱成为当地的一大景观，每年都会吸引不少中国乃至世界的游客前去参观。

我去高密有些晚了，直到2017年秋天，我才有机会经潍坊，过青州，之后到高密走了一趟。作为与莫言相识多年的文友，我去高密当然是冲着莫言的故乡去的，同时有一个不必否认的念头是，我也很想看看久违的红高粱。莫言家平安庄的老房子已无人居住，大门门口一侧挂的是"莫言旧居"的牌子。门外的一个书摊上，卖有莫言的许多著作。我在书摊上买了一本莫言大哥管谟贤写的《大哥说莫言》一书。此书使我了解到，莫言的家乡和我的老家有许多相似的地方。高密东北乡也是平原，也是地势低洼，涝灾频繁，所以才广种具有抗涝能力的高粱。还有一个更为相似的情况是，我们那里四九年前土匪横行，十分猖獗。而高密东北乡处在三县交界处，地广人稀、芦苇丛生、野草遍地，又有两三米深的高粱地构成的青纱帐作掩护，在旧社会也是土匪出没活动的天然场所。就是因为此地太不平安，人们出于一种祝愿的心理，才把村庄叫成平安庄。莫言的大哥说："莫言小学五年级辍学在家当了十年农民，种高粱，锄高粱，打高粱叶子（作青贮饲料），砍高粱，卡高粱穗，吃高粱饼子，拉高粱屎，满脑袋高粱花子，做了十年高粱梦，终于成了大器。"

总算又看到红高粱了，时隔几十年之后，我终于又看到了大面积的红高粱。一走进红高粱影视基地，我就仿佛一下子扑进红高粱的海洋里，前后左右，四面八方，拥过来的全是高粱。如同回到了青少年时代，欣喜油然而生。我赶紧来到高粱地边和高粱丛中，请同行的作家朋友为我拍照。我自己也拿出手机，对着眼前的高粱照了一张又一张。我不仅照了远景画面，还把手机贴近高粱穗子，照了一些特写镜头。在特写镜头里，硕大的高粱穗子颗粒饱满，每一粒高粱米都像一只瞪大了的红色的鸽子眼。我看着"鸽子眼"，"鸽子眼"也看着我，似乎在对我说："我是不是很好看？"我说："那当然！"我走进为剧中的土匪搭建的屋子，透过一个桥门洞往外一看，门外密密麻麻，站立的全是高粱。登上居高临下的观景台呢，"百里高粱地，风吹赤浪天"，景象更是壮观。

在高密东北乡，不但有红高粱影视基地，连新建成的美食城也是以"红高粱"命名。

这样说来，红高粱就不仅是粮食和物质意义上的红高粱，还成为一种品牌、一种文化，升华为文化和精神意义上的红高粱。世界上不管什么物质，一旦被赋予文化和精神的意义，它的价值就会大大提高。比如玉，在外国人眼里，玉不过是一种石头。可在国人心目中，由于它的文化和精神意义不断积累，其价值竟超过了黄金。再比如紫砂壶，起初紫砂壶不过是一种茶具，但由于它后来成为一种审美对象，艺术品位不断提升，文化价值也超过了实用价值。我看红高粱的发展趋势也是如此，它的主要用途不是用来吃的，也不是用来酿酒的，而是用来观赏的，用来想象的。随着红高粱的文化价值不断增加，若干年后，谁知道红高粱会红火成什么样呢！

作为"红高粱之父"的莫言，也会为之窃喜吧！

　　　　　2017年国庆节、中秋节期间于北京和平里

银杏的节日

以前我听说过牡丹节、菊花节、桃花节、梨花节等，这些节日都是为某种花儿设立的，也是花开时节的盛事。据我所知，虽说许多花儿是开在树上，树木是花朵的根本，但从未听说过哪个地方为某种树木设立一个节日。忽而收到一份来自江苏邳州市的邀请，邀我去那里参加银杏节，并出席首届银杏文化高峰论坛。我这才知道，树木的节日是有的，不但有银杏节，还有银杏文化论坛，而且是国际性论坛，少见，新鲜！接到邀请，出于好奇，我没有任何犹豫，放下手头正写的长篇小说，欣然前往。

我对银杏并不陌生。我曾任主编的《阳光》杂志编辑部，就坐落在被称为银杏一条街的北京兴华路。我坐在三楼临街的办公室，扭脸往窗外一看，就可以看到一街两行的银杏树。特别是到了秋天，当银杏枝头浓密如盖的叶子黄满一树时，我常常对着满树明黄的叶子久久凝视，老也看不够。是的，为了表达我对银杏叶子的独特感受，我没有随众把秋天的银杏叶说成金黄色，而是写成明黄或铂黄。虽然金黄仍是黄的底色，但就色调和光彩而言，明黄、铂黄与金黄的确有着微妙的区别。出于对银杏的欣赏，我多次以银杏为背景照过相，还不止一次捡起扇形的、美丽的银杏叶片夹在书中，以示像"书香"一样珍视。但这些都跟节日不沾边，既没有节日的规模、节日的隆重，又没有节日的气氛。

我到邳州参加银杏节期间，仿佛每天都在无穷无尽的银杏林里穿行，看到的、听到的都是银杏，甚至连喝到的、吃到的，也都与银杏有关，每天都沉浸在浓浓的节日气氛中。世界上的万事万物，一旦形成了节日，一旦以节日的形式出现，那就不得了，它不仅有了仪式感、神圣感和历史感，还能在特定的节点燃起人们热烈的情感，凝聚起巨大的能量。作为一个应邀到邳州参加银杏节的宾客，我不仅享受到了节日带来的快乐，更难得的是，通过参加银杏节和银杏文化国际论坛，使我对银杏，特别对邳州的银杏，有了进一步了解。记得在接受邳州电视台记者的采访时，我说了三个意思，认为邳州银杏节是绿色的节日、文化的节日，也是健康的节日。

我所说的绿色的节日，主要是指银杏带给邳州市的生态文明和生态效益。我们到四户镇的银杏林里看过。那天天气很好，金色的阳光照得满树的银杏叶金灿灿的，给人一种华贵的感觉。地上也落了不少银杏叶和银杏果，几乎把地面都覆盖了，让人不忍心往上踩。树林里有菜园，菜园里种的有白菜、萝卜、芫荽、蒜苗等，蔬菜的叶子青翠欲滴。而银杏明黄的叶子落在翠绿的蔬菜上相得益彰，使不同的色彩有了鲜明的对比。树林外结婚礼庆的炮声不时传来，我们拿出手机照树冠，照落叶，照绿叶上点缀的黄叶，迟迟不愿离去。据介绍，像四户镇这样的银杏树林邳州有很多很多，集中连片的有30万亩，都加起来超过了50万亩。银杏的总棵数如果平均到人头，邳州人均拥有银杏树200多棵，总数超过了3亿棵。这是多么广阔的面积，多么惊人的数字。难怪有"世界银杏看中国，中国银杏看邳州，邳州银杏甲天下"之谓。

我所说的文化的节日，更有说头儿。银杏的生成和存在历史悠久，据说在亿万年前的恐龙时代就有了银杏树。银杏树在古书上又称公孙树，是指此树生长周期长，有"公种而孙得食"之意。因银杏树这种树种一直延续下来，至今仍生机勃勃，被称为植物的活化石。我在邳州的白马寺看到一棵古老得让人肃然起敬的银杏树，此树为北魏正光年间所植，树龄已达1500余年，被中国林业学会评为"全国十大最美古银杏树"之一。从这些意义上说，银杏树已经是文化之树。有了文化性还不够，随着历代文人墨客把银杏树作为审美对象不断吟诵，银杏树还有了艺术性。欧阳修、杨万里、李清照、郭沫若等，都写过关于银杏树的诗。他们歌咏银杏的角度各不相同，或坚毅，或不屈，或高洁，或伟岸，或凌云，或独立，不一而足。在邳州银杏博物馆里，我还读到了德国诗人歌德写的关于银杏的诗，歌德以银杏比喻爱情，并希望爱情有着银杏一样的品质。

所谓健康的节日，是指银杏从叶到果，从树皮到树根，全身都是宝。之前我多次吃过银杏果，从中品出一种特殊的苦香味。我还喝过用银杏叶制成的茶，知道此茶有清热解毒、降低血脂的功用。在神话传说中，被称为白果的银杏的果实，曾经是伏羲、女娲食用的圣药。李时珍在《本草纲目》里，也说白果有"生食降痰、消毒杀虫，熟食润肺益气，定咳喘"等药用功效。因此，不管是从食用意义还是药用意义上看，说银杏节是健康的节日都是名副其实。

邳州大面积种植银杏、大规模举办银杏节，标志着国人观念的改变。回想起来，在我老家的村庄，从没有看见过银杏树，人们栽植的都是一些诸如桐树、杨树、椿树等速生树种，代表的是急功近利的观念。银杏树的普遍种植和推广，表明在改革开放和长期和平的环境中，人们胸怀宽了，目光远了，有了长远的思维。同时我还想到，树运和国运相连。在战乱、饥馑和动乱年代，树木也跟着遭殃，不是横遭砍伐，就是连小树都被扒光了树皮。只有到了国运昌盛的好时代，各种树木才会越种越多，并蔚为大观，才有可能为银杏设立和举办节日。

2017年12月6日于北京和平里

吴承恩 "取经"

我很小的时候，就听爷爷给我讲过孙悟空的故事，知道孙悟空能腾云驾雾，一个跟头就是十万八千里。当时我的想象能力还不健全，想象不出十万八千里究竟有多远，只知道远得很，不是常人所能及。我还听爷爷说过，孙悟空的本事大得很，什么妖魔鬼怪都会被他打败，什么艰难困苦他都能克服。出于对孙悟空的崇拜，我想我得向孙悟空学习，自己也变成孙悟空才好。有一次，我生病发高烧烧迷糊了，不顾二姐的阻拦，拼命向村外跑去。跑到村口，一条丈余宽的护村坑拦住了我的去路。我想我不就是孙悟空嘛，这小小河沟算得了什么。于是我纵身一跃，向对岸跳去。结果可想而知，我一下子坠入水中，并向水底沉去，只有帽子漂在水面。好在我会凫水，很快水淋淋地爬上了岸。秋水一激，我清醒了些，意识到自己还不是孙悟空，比孙悟空的能耐差得很远，恐怕十万八千里都不止。

我的意思是说，孙悟空的知名度是很高的，在全中国可以说是家喻户晓，妇孺皆知。人们只要知道猴子，就知道其中一个猴子姓孙，叫孙猴子，也叫孙悟空、孙行者、美猴王、齐天大圣等。不必隐瞒自己的无知，在上学之前，我只知道孙悟空，却不知道孙悟空是从哪里来的。直到上了中学，我才知道孙悟空是《西游记》里一个重要角色。除了孙悟空，我还知道了猪八戒、沙僧、唐僧、白龙马等，他们都是从《西游记》里"游"出来的。还有一个不应有的无知是，我虽然知道了孙悟空生于《西游记》，却很长时间不知道《西游记》的作者是谁。我们在青少年时期的阅读，大都存在这样一个问题，那就是往往只关注书中的人物，对塑造人物的作者却不大在意。对《西游记》也是如此，直到自己也开始学着写小说了，我才对《西游记》的作者重视起来，并记住了吴承恩的名字。

让我万万没有想到的是，有朝一日，我的名字竟和吴承恩的鼎鼎大名有了联系。那就是，一个叫刘庆邦的小子，所写的长篇小说《黑白男女》，竟有幸获得了首届以吴承恩命名的长篇小说奖。这如何是好，让人如何当得起，我只有诚惶诚恐的份儿。这表明，诞生于五百多年前的吴承恩，他的恩泽还在滋润惠及后来的写作者。由于这个奖项是由江苏省淮安区委区政府设立的，我才知道了吴承恩的家乡在淮安。知恩感恩，我产生了一个愿望，什么时候应该找个机会去一趟淮安，以拜谒吴承恩大师的故居，并了解一下《西游记》的创作历程。

2018年初夏，我真的如愿以偿，和好几位作家朋友一同去了历史名城淮安。在淮安的两三天时间里，天一直下着小雨，凉爽宜人。走进吴承恩故居，我听讲解听得格外专注，看展品看得格外仔细。在吴承恩写《西游记》的桌案前，我看到了笔砚、笔筒，还似乎看到了吴承恩伏案写作的身影。吴承恩故居的院子里，有一眼吴家人曾经使用过的水井，井里水位很高，井水清澈。我尝试着从水井里打上了一桶水。据介绍，吴承恩天资聪慧，勤学善思，多才多艺，极有学问。然而他却屡试不中，和他一起读蒙学的同窗好友沈坤都考中了状元，他仍然名落孙山。就是在这种情况下，吴承恩另辟蹊径，选择了创作《西游记》，这才有了伟大著作的传世。试想，如果吴承恩考上了状元、榜眼之类，一生在宦海沉浮，也许他早就"荒冢一堆草没了"，并不会为人所知。而正是因为他倾毕生精力创作了《西游记》，才使坏事变成了好事。只要《西游记》活着，吴承恩就会活在读者的心中。

让我一听就感到吃惊并难忘的是，讲解员介绍说，一部《西游记》，吴承恩前前后后、断断续续写了三十年。三十年哪，一个人一辈子能有几个三十年呢！《红楼梦》是"十年辛苦不寻常"，《西游记》付出的是三十年辛苦，更是不寻常。联想起《西游记》所描绘的一系列故事，我恍然有悟，原来吴承恩写《西游记》的过程，正是他不断克服障碍、不断战胜艰难险阻的过程啊！按吴承恩的构思，唐僧师徒在去西天取经的路上，刚刚战胜了一个妖怪，就又来了一个妖怪。而且妖怪一个比一个厉害，每个妖怪都惦记着吃唐僧的肉，都是不可战胜的样子。可不管遇到多么厉害的妖怪，不管遇到多么大的困难，吴承恩总是千方百计让唐僧师徒打败妖怪，战胜困难，取得胜利。我想，吴承恩写《西游记》的过程，与唐僧师徒去西天取经的过程，应有共同之处，也会遇到"白骨精""火焰山"，也有困难重重、写不下去的时候。但吴承恩发扬唐僧的精神，坚守如唐僧一样的信念，硬是把《西游记》写了下去，并最终取得了成功。

　　我想，吴承恩在塑造唐僧这个人物的时候，他找到的是自己，找到自己的心灵与唐僧的联系。也就是说，他把自己的灵魂附在唐僧的身体上，唐僧的一切行动都是听他指挥，他让唐僧去哪里，唐僧就去哪里；他让唐僧怎么表现，唐僧就怎么表现。考证者认为，《西游记》中唐僧这个人物是有原型的，他就是唐代的著名高僧玄奘。佛祖释迦牟尼的诞生地在尼泊尔的蓝毗尼，2017年夏天我和夫人去过蓝毗尼。据说玄奘到过蓝毗尼，我在蓝毗尼的中国馆门前也看到了玄奘背着行囊的雕像。我不知道玄奘去蓝毗尼走了多长时间，也不知道他到底取到经没有。但是我敢说，吴承恩却取到了"经"，他取的"经"就是《西游记》。

2018年6月24日至25日于北京和平里

为酒而生

别误会，这个题目说的不是我自己。虽说我也喜欢喝一点儿酒，喝了酒也飘飘欲仙，颇感享受，但还没夸张到为酒而生、为酒而活的程度。我说的是高粱，而且是川地泸州区域的高粱。

我对高粱并不陌生。在农村老家当农民时，我种过高粱，锄过高粱。高粱成熟后，我打过高粱叶子，用钐刀钐过高粱穗子，还用一种特制的镢头铲子连根砍过高粱秆子。每个人从小都做过藏猫猫的游戏，都有藏身的愿望。可我们那里是一马平川的大平原，地平线上的东西一览无余，人们常常无处躲，无处藏。到了夏末秋初，遍地的高粱长起来就好了，平地起屏障，人们总算有了赖以藏身的地方。一个黑衣男人，或一个红衣女人，正在高粱夹岸似的田间小路上走，转眼就不见了。怎么，难道他们施了隐身之术？不不，他们一定是身子随便一拐，钻进密林一样的高粱地里去了。这时的高粱地又被称为青纱帐，他们定是钻到"帐子"里去了。

当然了，我自己也曾在高粱地里躲藏过，穿行过，唱过歌曲，流过眼泪，留下了一些难忘的记忆。听我母亲讲过，在大饥荒年代，由于青黄不接，人们等不及高粱完全成熟，就开始吃哑巴秆。高粱的成熟是自上而下逐粒逐层实现的。高粱成熟的标志是发红，嵌在高粱壳内只露出一半的高粱颗粒，由青变白，由白再变红，等到整个高粱穗头变成一个红脸关公的样子，这棵高粱才算彻底成熟了。母亲说的吃高粱的办法，是把高粱秆子扳得倾斜着，用剪刀把高粱穗子顶部先红的尖子剪下来，脱下高粱的颗粒，放进石头碓窑里砸碎，下到锅里熬成稀饭喝。我喝过用几乎还是水仁儿的高粱砸成的糊糊打成的稀饭，只能喝一个水饱儿，很快就饿了。我还吃过用高粱面做成的贴饼子，和高粱面掺别的面粉擀成的面条，吃起来都有些硬，有些涩，口感不是很好。还有，不管用高粱做成什么样的饭，都带有红色。

我的意思是说，我们那里种高粱为的是吃，为的是挡饥，从来舍不得把高粱酿成酒喝。我们老家的人也会酿酒，但酿酒的原料主要是红薯干，甚至是发霉变质的红薯干。用这样的红薯干酿出的酒我尝过，沾舌一股苦味，堪称苦酒。从老家走出来后，我走南上北，遍尝全国各地的好酒，才知道了酒与酒之间的区别。我多次喝过泸州老窖，知道泸州和老窖的紧密联系，泸州因老窖而闻名于世，成为四季充溢着酒香的酒城。我还知道，有着悠久历史的泸州老窖主要是用本地所产的红高粱酿成的。去泸州如果仅仅是看酒厂，看酿酒的工艺过程，我不一定感兴趣。因为之前我已经看过不少酒厂了，得知酒的酿造过程几乎是一样的。但去泸州看成熟的红高粱对我而言是充满新鲜感和诱惑力的。

2018年8月3日上午，在位于泸州郊区的永兴村高粱种植基地，我看到了蔚为壮观的盛景。站在乡村公路边放眼望去，大面积的高粱已经红了，红云一样向天边涌去，像是映红了天际。世界上不管什么东西，就怕形成集体，构成规模，起了阵势。鸟多了，会遮天蔽日；万马奔腾，会排山倒海；大水合流，会摧枯拉朽，一泻千里。如果单看一棵红高粱，虽说也很好看，但不能让人眼界大开，给人以震撼般的力量。而无数棵红高粱集合起来呢，它带给人的视觉冲击和心灵冲击就大了，那磅礴般的壮观不能不让人感叹！

下了乡村公路，沿着田间小路往下走，我就走进了高粱地。地边的一些高粱穗子已被收去，高粱秆子也被砍倒，一顺头像箔一样平铺在地上。天刚下过小雨，地里湿漉漉的。我们踩着铺在地上的高粱秆子往地里走，可以避免刚下地就沾一脚泥。踩在雨水淋过的高粱秆子上，我闻到了高粱秆子散发的甜丝丝的气息。我还闻到了高粱秆子下面泥土的气息。褐色的泥土是肥沃的，它散发的气息不是甜的，像是有一点腥。但我知道，泥土里所包含的味道极其丰富，可以说无所不包，你想要什么味道，泥土都可以为你提供。你种甜瓜，土地提供的是甜味；你种苦瓜，土地提供的是苦味；你种辣椒，从土地里汲取的是辣味；你种臭枳蛋子，从土地里汲取的就是酸味。我还知道，土地里包含有各种各样的颜色，世界上有多少种花朵，土地里就有多少种花朵的颜色。粮食也是，世界上不管有多少种颜色的粮食，都是深厚而神奇的土地赋予的。每年收进仓里的粮食多为黄色、白色、黑色、绿色等，而高粱却是红色。真的，除了高粱是红色的，我一时想不起还有哪些粮食是红色的。

我拿起一把永兴村的村民事先为我们准备的镰刀，试着割下了几穗高粱。高粱紫红的穗头呈垂散状，拿在手里沉甸甸的，颇有一些分量。我还试着把并在一起的高粱穗子在一口木制方斗子的横箅子上摔打，摔得颗粒饱满的高粱欢呼跳跃，纷纷落在斗子里。把高粱摔干净，我抬眼再看站立着的高粱，见一棵高粱仿佛在对我笑，夸我摔得还可以，像干过农活儿的样子。我见那棵高粱满脸通红，像是喝酒喝高了。这个情景让我想起著名画家石鲁所画的一幅画，一大片高粱。他把高粱画得极有特色，我一见就把整个画面牢牢记在心里。多少年过去了，只要一见到高粱，我就会联想起石鲁先生所作的高粱画。之所以说他的画特色独具，让人过目不忘，是因为他不仅把高粱穗子画成了红色，连高粱秆子和高粱叶子也全都画成了红色，高粱从上到下，从根到梢儿，红得彻头彻尾。咦，这是什么画法？高粱的秆子和叶子不是绿的吗，他怎么全给画成了红色呢，这真实吗？这符合"现实"的逻辑吗？这样的画虽然给了我艺术的享受，也给了我心灵的冲击，但我对画家这样画一直不是很理解。在泸州的永兴村看红高粱期间，我看此红高粱，想彼红高粱，像是突然有了觉悟，终于对石鲁的高粱画有所理解。在石鲁先生的想象里，高粱身上是有血液的，同时高粱的血管里也有酒在流淌。血液是红色的，而酒和血液一结合，高粱不热血奔涌才怪，不满身通红才怪，不激情燃烧才怪！画家的画法是拟人化或人格化的画法，表面上画的是高粱，其实画的是他自己。他在画中注入了自己的血液，是自己的灵魂在高粱身上附体。试想，如果画家把高粱的秆子和叶子都画成绿色，就没什么新鲜的，那只能是写实，而不是虚构；只能是客观，而不是主观；只能是照搬，而不是艺术。好比同样是看红高粱，如果只看到了高粱的食用功能，看不到高粱的酒用功能，观点就没得到升华，等于没看到高粱的酒性、精神性和艺术性。

我们看高粱，不存在看不到高粱酒性的问题。因为在看到高粱之前，我们的思维已经得到了提示，知道了高粱和酒的联系，特别是知道了高粱和泸州老窖之间天然、紧密的联系。所以我们在看到红高粱的时候，像是同时看到了酒。在我的幻觉里，高粱本身就是一个酒的载体，或者说高粱穗子就是一樽盛满酒浆的红色的酒杯。高粱已经把"酒杯"高高举起，仿佛在说：我在此等你很久了，来，我的朋友，让我们共同干杯！一阵风吹来，满地的高粱叶子哗哗作响。这像是掌声，像是欢呼声，又像是在盛大无比的酒宴上，万千高粱在和我们这些远道而来的客人共同干杯。

当然了，我们知道高粱里所蕴含的有酒，并不等于高粱本身就是酒。在泸州期间，我吃到了多种由本地的高粱加工成的食品，包括用新高粱米做成的沙拉，都挺好吃的。反正比我们老家的高粱食品好吃得多。一方水土长一方庄稼，据介绍，泸州地区的高粱叫糯红高粱，做出的食品比较软，比较黏，含糖量也比较高。可是，不管吃哪种高粱食品，我都没有从中吃到一点儿酒味。这表明，酒味还在高粱中潜伏着，没有被提炼出来。我个人认为，酒才是泸州糯红高粱的核心价值所在，做成任何食品，都是小打小闹，不能真正体现泸州高粱的价值。这就回到本文的题目要表达的意思了，泸州老窖，还有国窖1573，都是用泸州的糯红高粱酿成的，离开了泸州的糯红高粱，就不可能酿出具有独特风味的泸州老窖。从这个意义上说，泸州糯红高粱的本质就是为酒而生，高粱变成了酒，才算完成了它的使命。

红高粱变成酒，并不是一件容易的事。说得痛苦一点，高粱变酒的过程也是历经磨难的过程，它至少要渡过碾压、掩埋、发酵、蒸煮、窖藏等多道难关，最终才能变成酒。

　　泸州老窖的窖藏也叫洞藏，洞藏一藏就是几年、几十年，说来也很有意思，也值得做一篇文章。关于洞藏的文章，就留给一同前往的别的作家朋友去做吧。

2018年8月16日至18日于北京和平里

去夏津吃桑椹

　　首先需要说明的是，我把桑葚写成桑椹，并没有写白字。在山东的夏津，桑椹的"椹"的确只能写成木字旁，而不能写成草字头。倘若写成草字头，夏津人会说你写白了。把桑树的果实写成桑椹，好像是夏津的一项"专利"，有了这项"专利"，他们就可以独树一帜，把此桑果与彼桑果相区别。这没办法，谁让夏津以桑树种植面积广而闻名于全中国呢！谁让夏津以树龄数百年乃至逾千年的古桑树群闻名于世呢！谁让夏津因古桑树群被联合国粮农组织命名为"全球重要农业文化遗产"而众所周知呢！

　　在我的记忆里，我老家的村子里也有桑树，而且桑树还不小，我从小就吃过桑葚子。记得大姐在一座由庙宇改成的小学上学时，学校门前就有两棵高大的桑树。每到麦子和杏子发黄时，树上紫红的桑葚子就成熟了。一阵风吹来或小鸟在树上啄吃，桑葚子就会落在地上。桑树一般来说是野生的，树上结的果子也是野果子，谁都可以摘着吃或捡着吃。树太高，我们爬不上去，大姐只能带我捡落在地上的桑葚子吃。我们吃了一个又一个，桑葚子紫红的汁液不但染紫了我们的手，染紫了我们的嘴唇，似乎连牙齿都被染成了紫色。不但人爱吃桑葚子，水里的鱼也很爱吃。村西的护村坑边长有一棵桑树，每当桑葚子落果儿时节，水里的大小鱼儿像听到了盛宴的召唤，纷纷到树下赴宴。夏天我端着饭碗到坑边的树荫下吃饭，常常看见鱼们因争食桑葚子闹得不可开交，把水面搅成了一锅翻滚的粥。

除了吃桑葚子，母亲和大姐、二姐还用桑叶养蚕。我也帮她们采过桑叶。蚕吃桑叶是很好看的，蚕宝宝的牙齿啃在桑叶的边沿，你几乎看不见它们牙齿的错动，也几乎听不见蚕食桑叶时发出的声响，只见大片的桑叶在很快变小，由整个月亮变成了半个月亮，又由半个月亮变成了月牙儿，眨眼之间，月牙儿也不见了。刚把新鲜的桑叶撒在蚕床上时，蚕床上呈现的是一片碧绿。但很快，蚕床上就变成了一片白色。那是蚕吃掉了覆盖在它们身上的桑叶，白胖的身体暴露出来。蚕的白是粉白，也是明白，像是茧的颜色，又像是丝绸的颜色，很是美丽可爱。

自从十九岁那年出来参加工作，几十年过去了，我再也没有吃过桑葚子。在北京的街头，我曾看见过卖桑葚子的，紫得有些发黑的桑葚子在平板车上堆成一堆，我想买一点儿，尝尝桑葚子是否还是过去的味道。我犹豫了一会儿，到底没有买。我不知道桑葚子是哪里运来的，看去不是那么新鲜。还有，我要是吃桑葚子，恐怕还会把手指和嘴唇染紫，那样会显得不太雅观，算了，不吃了。

我还以为再也吃不到桑葚子了呢，不想作家出版社的一位朋友打电话告诉我，夏津有大面积的古桑园，那里的桑葚子又大又甜，甚是好吃，不妨去尝尝。人从小吃过什么，味觉会留下记忆。而要唤起记忆，唯一的办法是把小时候吃过的东西重新吃一吃。夏津在德州，好在北京离德州并不远，坐高铁一个多小时就到了，跟到北京郊区走一趟差不多。到了夏津我才知道，津是渡口的意思，而夏津曾是黄河一个渡口的所在地。在古代，黄河流经夏津之际，应是黄水滔滔，裹泥挟沙，一泻千里。后来黄河改道南移，夏津就成了黄河故道。黄河水没有了，夏津人民再也不会遭受黄水泛滥之灾。但故道里流淌的还有别的东西，那就是漫漫黄沙。长风从河滩吹过，黄沙滚滚，遮天蔽日，以致锅里碗里都是沙子，造成了灾害。为了防风固沙，变害为利，夏津人民就因地制宜，种起了桑树。从"农桑""桑梓""沧桑"等与桑树有关的词来看，我国栽种桑树的历史非常久远，可以说桑树是原始树、自然树、历史树，也是日常树、人民树。桑树随遇而安，易种易活，且根深叶茂，坚韧顽强。夏津人像接力赛跑一样，一代一代把植桑、保桑的接力棒传下去。让人称奇的是，在夏津竟存在有那么多的古桑树。众所周知，长期以来我国经受过外敌入侵、战乱、动乱、"大跃进"、大饥荒等灾难，人遭殃，树也跟着遭殃。别说树木了，连许多文物都遭到了破坏。在人的生存都很艰难的情况下，夏津的古桑树群仍屹立在夏津的土地上，这不能不说是一个让全世界瞩目的奇迹。

2018年6月9日上午，天下着小雨，我们打着雨伞，到一处叫颐寿园的桑树林里去摘桑椹吃。桑树当年的挂果期已经接近尾声，树上的果子不是很多了，但我们仍能在枝叶间找到一些桑椹。有雨水的冲洗，我们不必担心桑椹上落有尘土，摘下来即可放在嘴里吃。这个园子里的桑椹多是乳白色，吃到嘴里甜汁四溢，使我品尝到了久违的桑椹独特的味道。到果园里摘果子往往就是这样，摘到一个，就会发现两个、三个，越发现越多。发现得越多，就摘得越多，吃得越多。此行不虚，我们如同赴了一回吃桑椹的盛宴。有作家朋友说，亏得我们吃的是白桑椹，要是吃紫桑椹的话，手指和嘴唇不知会紫成什么样呢！桑园管理人员说不怕，要是吃紫桑椹染了色，用白桑椹的汁液一擦就掉了，这解释让我们再次领略到桑椹的神奇。

我们不仅吃到了现摘现吃的生桑椹，还在饭桌上吃到了油炸桑椹。更让我没有想到的是，平生第一次，我还吃了桑树叶子。桑树叶子也像是用油炸过，叶片平展，叶面的颜色还是绿的。桑叶是喂蚕用的，难道人也可以吃吗？我用筷子夹了一片桑叶尝了一下，炸过的桑叶不但酥脆可口，还有一股清香之气。我一连吃了好几片桑叶。桑叶里面蕴含有丝，我吃了桑叶，是不是也会像春蚕一样吐出真丝来呢？

2018年8月19日至20日于北京和平里

阿驴

　　去山东东阿,我最感兴趣的是到集中养驴的地方看驴。我看过养鸡场、养猪场、养牛场,还没有看过养驴场。也许我的骨子里有农民的基因,就不愿看机器类的东西,而喜欢看家禽和家畜。好比我在电视里不喜欢看人类世界,比较爱看动物世界。人类世界大都戴着面具,假模假式,带有一定的表演性。动物世界里各种动物都不失本性,相对来说比较真实。还有,好多东西单看并不起眼,谈不上壮观,而一旦形成集体、队伍和规模效应,那给人的观感就不一样了。驴子也是一样,一两只驴子在地里吃草,不一定能引起人们的注意。众多的驴子集中在一起呢,看去黑压压一片,说奔跑都奔跑,说叫唤都叫唤,恐怕谁都会被吸引,都会驻足看一看。

　　说来我对驴子并不陌生。1958年"大跃进"期间,我们村成立了大食堂,全村人都去食堂吃饭。我母亲呢,天天套上驴子,在磨坊里磨面。我放学后只要去磨坊里找母亲,必定能看见小驴子在磨道里打圈儿转。小驴子在拉磨时，双眼都被戴上了罩，处在被蒙蔽的状态。我曾就此举问过母亲，为什么要蒙上驴的眼睛呢？母亲对我说，原因有两个：一是不让驴看见磨顶上的粮食和磨盘上的面，防止它偷吃；二是驴也怕苦怕累，它看见磨顶上堆的粮食太多，拉磨的步子会慢下来，有时还会站下来不走。母亲还对我说，她从来不怕小驴子跟她调皮捣蛋，因为她摸准了小驴子的脾气，掌握住了小驴子拉磨的规律。每当磨顶上的粮食快下完、她用扫把扫磨顶时，小驴子就会加快拉磨的速度。摸到驴的这个规律后，母亲每发现驴拉磨有所松懈，就拿起扫把在磨顶的边沿刺啦刺啦扫几下。驴听到响声，如条件反射一样，精神一振，拉磨的速度顿时快起来。人也是动物，人这种高级动物总是在奴役和愚弄其他动物。驴的脸虽说比较长，头也很大，但它的脑袋并不开化，并不发达。驴的表现是可笑的，也是可怜的。

大食堂解散后，全村那么多人家，那么多磨，生产队里的驴子不让用了，各家吃面各家的人自己推磨。人推着沉重的石磨，不断地重复自己的动作，恐怕是人世间最乏味、最枯燥的事。母亲每次招呼我推磨，我都有些发愁。我曾写过一篇关于推磨的长篇散文，题目就叫《推磨》，发在《人民日报》上。推磨把人变成了驴，我通过推磨，体会到了驴子的艰辛，也磨炼了自己的意志。

刚到东阿时，我并没有看到驴子，学到的是一些关于东阿阿胶方面的知识。知道了阿胶和人参、鹿茸一起，被称为中国医药补品的三件宝。还知道了，东阿阿胶与同仁堂、云南白药、片仔癀一起，被并称为中国传统医药界的四大家族。据说，东阿阿胶由于养气补血的特殊功效，被国人服用和推崇已有三千多年的历史。中华历史上的一些名医，如华佗、张仲景、李时珍等，都高度评价过东阿阿胶就不说了，连唐代著名的杨贵妃都得益于东阿阿胶的滋补和养颜作用。只是杨玉环认为自己是"天生丽质"，不愿承认自己沾了阿胶的光而已。有唐诗为证："铅华洗尽依丰盈，雨落荷叶珠难停。暗服阿胶不肯道，却说生来为君容。"东阿阿胶不但在国内长期普遍受欢迎，还远销东南亚各国及欧美市场，曾荣获传统药"长城"国际金奖。

东阿阿胶的质量这么高，这么出名，当然与东阿的驴子有直接关系。也可以说，没有东阿的阿驴，就没有东阿的阿胶，是阿驴的品质决定了阿胶的品质。类似的胶外地也有制造，也有出售。但那些胶品只能叫驴皮胶，而不能叫阿胶。只有用山东东阿县本地驴子的驴皮熬制的胶才能称为正宗的阿胶。

这么一说我们就知道了，东阿的驴子不是用来干活的，不是用来拉磨的，而是专驴专用，阿驴阿用，只取其皮，提取皮的精华，用来加工阿胶的。到了东阿第二天，我们到郊区的驴子繁育和养殖基地，才看到了众多的驴子。东阿的驴都是清一色的黑驴，浑身上下，又黑又亮，似乎连一根杂毛都没有。我们老家的驴都是灰毛驴，全身灰突突的，好像一摸就能沾一手灰。东阿的驴细腿长身，都比较高大，跟马的身材差不多。我们老家的驴个子都比较矮小，好像一抬腿就能骑上去。一方水土养一方驴，我想，用我们那里小小的灰毛驴炼胶恐怕不行。我们看到东阿的驴子时，它们正排成长长的队列，在宽敞明亮的饲养室里吃草。它们一头头都很标致、英俊，神情也有些骄傲。对于我们的参观和欣赏，它们似乎司空见惯，无动于衷，连看我们一眼都懒得看。

特别是那匹独居一室、被称为"黑驴王子"的种驴，威武雄壮，气宇轩昂，更是高贵得可以。有朋友想给它照相，它一点儿都不愿配合，仿佛在说：照什么照，想跟我合影的人多了去了！据介绍，这些驴子吃饱喝足之后，还要到露天的场院里晒太阳、散步、聊天，进行一些休闲娱乐活动，在保证它们身体健康的同时，还要保证它们心情的愉悦。只有心情愉悦了，它们的皮子质量才会好，才能制成更优质的阿胶。

除了阿驴，东阿的阿水也很重要。科学实验证明，东阿的水质在全国独一无二，比重最高，最适合炼制阿胶。阿驴只有遇见了阿水，二阿有机地结合起来，才能生产出举世无双的阿胶。

从东阿回京，在出租汽车上，司机师傅问我从哪里回来。我说从山东东阿。师傅说，东阿他知道，出阿胶的地方。在堵车等车期间，师傅探着身子，伸长手臂，在右前方的车斗里扒拉。我以为他在找什么零件或票据，不料他却拿出一小块类似阿胶的东西给我看，让我看一下是不是阿胶。我一眼就看出来了，他拿出的阿胶是冒牌货。我说，真正的阿胶上面都印有"东阿阿胶"的商标，你这个上面没有商标。我顺便问他：你一个大男人，怎么还吃阿胶呢？他说：看您这话说得，难道男人就不需要补养身体吗！我赶紧说：对对对，您说得对，女人需要补养，开车的男人更需要补养。

2018年12月31日至2019年1月2日于北京和平里

湿地的诗意

初夏的山东东营，微风和煦，天蓝花红。来到东营我还没有下车，就看到了车窗外的油井集群和安装在井口的抽油机，耳畔顿时仿佛响起了雄壮豪迈的石油工人之歌："莽莽草原立井架，云雾深处把井打，地下原油见青天，祖国盛开石油花。"因我做过同是产业工人的煤矿工人，对石油工人兄弟有一种油然而生的亲切感。可我在东营胜利油田的抽油机旁并没有看见石油工人，只见抽油机在有条不紊地抽油。我听说过，抽油机俗称磕头机。由于磕头机的头比较长，脸比较长，又被称为驴头。我不大认同驴头的说法，认为那更像是人的头颅。远远看去，每一台抽油机都像是一位大骨架的饱经风霜的汉子，跪伏在大地上，一下一下对大地叩头。每叩一下头，汉子都似乎在对大地乞求说：请您赐给我们一点油吧！油井是很深的，每一口油井都超过千米，抽油机的拉杆每抽出一升油都不容易。然而，"汉子"非常满足，也非常感恩，每抽出一点油，他都会以叩头的方式向大地表示感谢，一再说谢谢您！谢谢您对人类的恩赐！

在东营，我看到了向往已久的黄河入海口。"黄河之水天上来，奔流到海不复回。"黄河是我们的母亲河，她孕育了灿烂的华夏文明。黄河发源于青海省的青藏高原，蜿蜒东流，流过甘肃、宁夏，昂然北上，把生命之水送到了内蒙古草原。在河套平原，黄河以慈母般的宽广胸怀画了一个大大的"几"字，才掉头南下，东流，穿过陕西、山西，流过河南、山东，奔向大海。给我的感觉，黄河之所以走了那么多路，拐了那么多弯，因为她对中华大地是眷恋的，对中华儿女是不舍的。到了入海处，黄河的河面变得开阔起来，河水翻着细细的波浪，也变得平缓起来。黄河像是走累了，她要放慢脚步歇一歇。她又像是一步三回头，一再对她的中华儿女们说：孩子们，我舍不得你们啊，我真的不想离开你们啊！

站在黄河岸边，任万里长风吹拂着我的头发，我真想跳进河水里畅游一番。哪怕不能横渡黄河，只在河边游一游也好啊！有句俗话说：跳进黄河洗不清。仅从字面上的意思理解，说黄河的水是黄的，是浑浊的，跳进黄河里洗澡，怎么洗都洗不干净！我不相信这样的说法，反而坚信黄河之水是洁净的。水里虽有土，有泥，有沙，但并不影响黄河水的洁净。我们到黄河里游泳，不至于把身体染成黄色。即使染成黄色，也没什么。我们本来就是黄种人，黄色是我们的本色，我们跳进黄河的怀抱，不正是回归本色嘛！可是，每当我来到黄河岸边产生下河的想法时，都被同行的人劝阻了。他们告诉我，黄河下面暗流涌动，漩涡很多，下去游泳是危险的。我到黄河里游泳的愿望，一直未能实现，这次到东营也只能望河兴叹。"白日依山尽，黄河入海流。"黄河一如既往地向东流去，一流入大海，先是变成庄稼一样翠绿的颜色，接着就变成像天空一样深蓝的颜色。

这次到东营，我最想看的是位于黄河三角洲的东营湿地保护区，和在湿地里野生野长的大面积的芦苇。一个人最想看的不一定是他没看过的东西，往往是留在记忆里所熟悉的东西。看景的过程，既是唤起记忆的过程，也是重温旧梦的过程。在我童年和少年的记忆里，我们老家的芦苇是很多的。我们村子的周围，有一圈包围着村庄的护村坑，那是当年为防止土匪侵犯而挖的。坑里有水，有鱼，同时生有芦苇。可以说凡是有坑有水的地方，必长有芦苇。芦苇不仅生长在水里，还沿着坑坡，延伸到岸上。初春，我在紫红的芦芽间钓鱼。夏天，村民们用苇叶包粽子。秋天，当芦花甩穗时，人们采下芦穗勒成草鞋。冬天，人们把芦苇劈成篾子，编织帽壳和席子。我曾以《苇子园》为名，写过一篇短篇小说。在一篇长篇小说里，我把我们的村庄写成了苇子庄。由此可见，我对芦苇的印象有多么深刻。让人深感遗憾的是，后来我们那里办起了许多以麦秸为原料的小造纸厂，造纸厂排出的酱油汤子一样的污水流到河里后，就倒灌到我们村的护村坑里去了。要知道，污水是有毒的，而且毒性还很大，毒水一灌到我们村的坑里，所有的芦苇受到严重的毒害，都被毒死了。不光芦苇死掉了，水里的鱼、荷、菱以及多种水草，统统都死掉了。据说芦苇的生命力是很顽强的，年复一年，以前我们村的芦苇每年长得都很茂盛。芦苇碧碧苍苍，曾被我们村的人称为"风水"。可毒水一来，好"风水"就不见了。我有时回到村里，从北坑转到南坑，从西坑转到东坑，连一棵芦苇都看不见。好比人类经不起原子弹的打击，再顽强的芦苇也经不起化学毒水的伤害啊！

我在电视上看到过对东营湿地的介绍，得知湿地是黄河入海时所形成的冲积平原。黄河携带着黄土高原的大量泥沙顺流而下，早年间每年都可以在海边形成超万亩的新大陆。近年来，由于上游用水截流的工程不断增加，黄河水下流量减少，泥沙减少，所形成的新的陆地面积也没有以前多，每年仍有一两千亩。这些新增的平原陆地含水量丰富，大部分成了湿地。湿地被誉为"地球之肾""生命的摇篮"，与森林、海洋并称为"全球三大生态系统类型"。黄河入海口无疑是世界上生长、涵养湿地最多的江河入海口之一。黄河三角洲上最迷人的景观，也莫过于陆海交接处的大面积新生湿地。这是我国暖温带最完整、最广阔、最年轻的湿地生态系统，也是受《拉姆萨尔国际湿地公约》所保护的国际重要湿地，是我国湿地、水域生态系统十六处国际重要保护地之一、中国六大最美湿地之一。

湿地里不种庄稼，也不栽乔木，主要是生长芦苇。也可以说，湿地是芦苇的地盘，遍地生长的芦苇在湿地里具有压倒性的优势。芦苇不需要任何人栽种，只要有湿地，芦苇就会从地里冒出来。芦苇传播的方式是飞播。到了秋天，当灰白色的芦花盛开时，风一吹就会漫天飘舞。而芦苇的种子，就会乘着絮状的芦花在空中飘来飘去。飘到一定时候，它们就会降落在湿地上，开始生根发芽。

我又看见芦苇了，我又看见久违的芦苇了！在东营自然保护区看到大片大片的芦苇时，我不由得有些兴奋，同时也有些疑问：咦，眼下刚刚入夏，还不到秋天，芦苇怎么就开花了呢？同行的朋友马上告诉我，那是还没有落尽的去年秋天开的芦花，新生的芦苇在下面呢！我走近芦苇丛一看，可不是嘛，当年新生的芦苇刚长至去年芦苇的半腰，下半部是绿的，上半部是黄的。绿，绿得结结实实；黄，也黄得密密匝匝。朝整个芦苇荡看过去，绿和黄仿佛是一个不可分割的整体，在这个整体中，绿在慢慢地涨上来，而黄在慢慢地退下去，黄逐渐被新生的绿所取代，完成一个由黄转绿的自然循环。

有一条通往芦苇荡的栈道，栈道是由一块块木板铺成的。我一个人沿着栈道，向芦苇荡深处走了一段。我欣喜地看到，在栈道的木板缝隙里，有一棵棵芦苇钻了出来。芦苇的棵子有些纤细，但它们是那么坚韧。有阵风吹来，芦苇的叶子在频频招手，像是认出了我是谁。是的，我们老家的芦苇没有了，它们是不是转移到这里来了呢？

湿地的植物生态是多样的，除了芦苇，还有翅碱蓬、河柳、刺槐等多种耐盐碱的灌木，以及蒲草、灰灰菜、星星菊等多种花草类植物，计三百九十多种。有水就有鱼，有植物就吸引鸟类。我们在水边走着，随时都会看到鱼儿在水里翻花。同时，我们欣赏到了在湿地里栖息的鸟儿。经有关部门观察和测算，每年经过黄河口湿地的鸟类达六百万只，那里是东北亚内陆和环太平洋鸟类迁徙的重要停歇地和越冬地，被专家形象称为世界鸟类的"国际机场"。在自然保护区，我近距离地看到了丹顶鹤、大天鹅、东方白鹳、大鸨等大型鸟类，还看到了鸿雁、翘鼻鸭、鸳鸯、蓑羽鹤等体形较小的鸟类，看得我兴致勃勃，迟迟不愿离去。有一种灰鹳，它的俗名叫老等。巧了，我在我们老家也见过这种鸟，它的名字叫哇子，也叫老等。之所以叫它老等，是因为它有着异乎寻常的耐心，能长时间站在一个地方一动不动。它站在水边等什么呢，等鱼。等鱼游过来了，它迅速出击，一嘴就把鱼叨住了。看见老等，我生出一种亲切感，就喊它：老等，老等！可老等站在那里一动不动，没有任何回应。俗话说，干慌不如老等，看来在耐心方面我得向老等学习。

2019年5月19日于北京和平里

周克芹的魂

近几年，我去四川多一些，每年都去一次两次，去一次换一个地方。不管去多少次，也不管去过多少地方，都和文学活动有关。一个从事写作的人，是需要迈开双脚，多走一走，看一看。人走多远，心就有多远。看的地方多，心灵的景观就多，就有的可写。不过，我们有走，还要有不走。不走，方可静下来，进入自己的内心世界，找到写作的状态。如果老是走来走去，飞来飞去，卧不下来，就很难下出"蛋"来。我时不时地对自己有所反思：这几年外出采风是不是采"疯"了，显得不够沉静。

反思归反思，《四川文学》的朋友给我发微信，邀我去简阳看看，我在表示了感谢之后，马上回复：我看可以。我第一次去四川，是1988年春天。那次爬了青城山、乐山和峨眉山，还游览了著名的三苏祠和都江堰，收获颇丰。三十多年来，我以为自己已经看尽了蜀地的美景，吃遍了四川的美食，可以不必再去四川。可朋友所说的简阳，我却从没有去过。求新求异，大概是人类的一种本能。凡是自己没去过的地方，我都想去看看，仿佛看了才对得起自己，不看就缺少点什么。而且，你失去这次机会，也许永远都没有去的机会了。在简阳的行程活动中，最让我感兴趣和难忘的，是走进周克芹故里，"再寻周克芹"。我几十年前就读过周克芹的书，当然知道他。但我只知道周克芹是四川作家，并不记得他的老家是在简阳。我们要真正了解一个作家的来龙去脉，就应该知晓他具体的家乡在哪里。比如我们要了解和理解沈从文，不仅要知道他是湖南人、湘西人，还应该知道他是古城凤凰人。我不知道周克芹是简阳人，说明我对周克芹先生并不真正了解。通过到周克芹故里走访，我会补上这一课。

作为一个写了几十年小说的作者，我去寻找周克芹，同时也是在寻找自己。周克芹1990年8月5日辞世，离开我们已经二十九年了。不必讳言，总有那么不可预知的一天，我们跟周克芹一样，也会离开这个世界。不管是走访周克芹生于斯长于斯的家乡，还是拜谒周克芹长眠的坟墓，我们都会不可避免地联想到自己，在心里数一下自己的来日，肃然默然之间，以增加对时间的珍惜，对生命的敬畏。再想得远一点，我们还有可能想到自己的身后，自己的归宿，自己的影响，以及人们对自己的评价，沉思之余，会进一步提高对自己的要求。

出于对文学的热爱，我很早就读过周克芹的小说。他的短篇小说，我读过《勿忘草》和《山月不知心里事》。他的长篇小说，我读过《许茂和他的女儿们》。《许茂和他的女儿们》获得首届茅盾文学奖之前，北京电影制片厂和八一电影制片厂不惜撞车，分别把这部小说拍成了电影。由于电影的强力覆盖和传播，使小说在全国产生了广泛的影响。我没看过电影，只看过小说。

我历来认为，电影的人物形象是有限的，而小说带给人们的想象是无限的，要保持想象的无限性，只看小说就够了。我的岁数虽说比周克芹小一些，但我们都是当代人，他所写的上世纪七十年代的那一段生活，我也非常熟悉。初中毕业后，我回乡当了农民，天天参加生产队的集体劳动，跟社员们一起挣工分。我也出过河工，在挖河工地上累得要死要活。周克芹在小说中所写的很多场景和故事，我似乎都经历过。读周克芹的小说，唤起了我许多在人民公社和"文革"时期的深刻记忆。如果说我跟周克芹的年龄有差距，那么周克芹所写的"女儿们"，应该都跟我年龄相当。读着那些女儿，我想到的是我的大姐、二姐，还有村里众多的姐妹。我对她们的命运感同身受。

周克芹的长篇小说之所以在新时期文学的发轫之初就取得了成功，在于他调动了自己深厚的生活积累，写了自己最熟悉的生活，记录了最深切的生命体验，并在所塑造的人物身上注入了自己的灵魂。说得直白一些，周克芹在写许茂时，寻找的是自己，写的也是自己。小说总是要写人生的艰难困苦，周克芹本人的生活经历就充满了艰辛。作为一个贫苦农家的孩子，他在1953年有幸考进了成都农业技术学校，以为毕业后可以当技术员、当干部。可他在技校学了六年，毕业后连一份工作都没得到。原因是他在"大鸣大放"时写了一张大字报，得到的毕业鉴定是"政治不及格，不予分配工作"，遣返回乡进行劳动改造。周克芹回乡当农民，一当就是二十年。他虽然没有被打成右派分子，但受到的歧视和压制，与被打入另册差不多。他的孩子多，自己的身体又不是很好，为了维持一家人的生计，只得风里雨里拼命干活儿。对于普通农民来说，在那个年代，所受的只是身体上的折磨。周克芹是一位读过六年中专的文化人，他所受的折磨是双重的，既有身体上的，也有精神上的。而精神上的折磨，给他造成的压力和痛苦更大，留下的印象也更深刻。一旦动手写小说，他的生活积累和精神储备不容回避，难免会在他所塑造的人物身上呈现出来。我把这种创作方法叫作托身或灵魂附体。就是托小说所创造的人物之身，将自己的灵魂附在虚构的人物身上。我认为周克芹就是这样，他的小说托的是许茂之身，在许茂身上注入的就是自己的灵魂。

说到这里，请允许我稍稍多说几句。我认为不管什么艺术门类，凡是优秀的作品，都受心魂的驱使，都是灵魂附体之作。写小说是这样，演戏也是如此。京剧大师梅兰芳，之所以把杨贵妃演得出神入化，令人倾倒，就在于他把自己的灵魂与杨贵妃的灵魂融为一体，让自己变成了活灵活现的杨贵妃。豫剧六大名旦之一，著名豫剧表演艺术家阎立品也是如此，她之所以把《秦雪梅吊孝》演得感天动地，令人荡气回肠，也是因为她以由自己的身世和遭际所养成的悲悯情怀，贴近秦雪梅的灵魂，演秦雪梅时，进入一种只有秦雪梅、没有了自己的忘我状态。我们知道了灵魂附体对于作品成功的重要作用，不是随便逮住一个人，就可以把灵魂托付于他，这里面恐怕还有一个排异不排异、接受不接受、投合不投合的问题。也就是说，我们把自己的灵魂托付于文学形象或艺术形象，不是靠一厢情愿就可完成，其中必定有一个契合点在起作用。找到了契合点，我们的灵魂才有可能与笔下的人物形象完美结合，才有望成为典型人物或经典形象。找不到契合点，我们所写的人物就会与我们貌合神离，不能成立，更谈不上传世。我们一辈子要写很多作品，写作品的过程，也是寻找契合点的过程。要真正找到契合点，是很难的，一辈子苦苦追寻，能找到一两个契合点就算不错。每个表演艺术家，一生只有一两个久演不衰的经典剧目；每个作家，一生只有一两部代表性作品，其原因大抵如此。有个说法叫"一本书主义"，这个说法是有道理的。回过头我们再说周克芹的《许茂和他的女儿们》。周克芹之所以成功地创造了许茂的形象，为中国的文学人物画廊增添了新的亮点，在于他找到了许茂这个托魂之人，把自己的魂注入了许茂的身体。周克芹和许茂已密不可分，我们提到周克芹，必定想到许茂。同样，我们一提到许茂，必想起周克芹。许茂几乎成了周克芹的代名词。据阿来说，周克芹还写过一部长篇小说，但未及完成。有这一部"许茂"就可以了，足以使周克芹载入中国文学的史册。

我们在简阳待了两天，先后参观了简阳规划院，听了简阳历史文化讲座，看了现代化的电商物流，走访了脱贫攻坚中的新农村，在2019年7月10日下午，终于来到周克芹的故里，拜谒了周克芹的墓。周克芹在书中所写的村庄叫葫芦坝，他居住的村庄的名字确实就叫葫芦坝。把自己所在村庄的名字直接写进书中，这种情况还不多见，这表明周克芹的坦荡和对自己家乡的热爱。在拜谒周克芹的墓之前，我提出是否先到周克芹的故居看看。陪同我的当地的朋友告诉我，周克芹的故居没有了，他们全家在1979年迁到成都后，房子先由他弟弟住，后来就找不到了。一个作家的故居，是作家生命的起点，也是作家创作的源头，对作家来说是很重要的。周克芹离开我们还不到三十年，他的故居就没有了，未免让人感到遗憾。看不到周克芹的故居，不知有没有周克芹纪念馆，要是有的话，去纪念馆看看也可以。我被告知，周克芹纪念馆还没有建，镇里的文化馆原来倒是展览过周克芹的一些资料，那些资料包括他的照片、著作、文具和手稿等，不知怎么搞的，随着文化馆的功能变来变去，那些资料都散失了，已不可寻觅。听到这个结果，我心里一寒，禁不住感叹：怎么会这样呢，那太可惜了！

让人欣慰的是，周克芹的墓和墓碑还在，我们这些从全国各地来的作家，可以到周克芹墓前凭吊一下。我们沿着山间一条用水泥预制板铺成的小路，向周克芹的墓地走去。据介绍，这条小路原是一条杂草丛生的土路，一下雨满是泥泞，很难通行。为便于人们拜谒周克芹的墓，上级拨了一些钱给村里，村里才垫高了路基，修了这条三尺来宽的水泥板路。周克芹的墓建在一座小山的半山坡，我们俯首拾级而上，到周克芹墓前肃立，三鞠躬，并献花圈，致辞，以表达对周克芹先生的敬意。我注意到周克芹雕像下面所镌刻的周先生的一段话，觉得这段话作为周克芹的墓志铭，的确代表了他的心志和心声，不妨摘录如下："做人应该淡泊一些，甘于寂寞……只有把对物质以及虚名的欲望压制到最低标准，精神之花才得以最完美的开放。"我环顾四周，满目都是青山。静谧之中，传来阵阵虫鸣。虫鸣很繁密，像是在为周克芹唱挽歌，又像是在为周克芹唱颂歌。我想周克芹会听到这些虫鸣，因为他的魂是不散的。很多人死后，魂即烟消云散。周克芹的魂不散，是因为有他的书在。

2019年7月27日至29日于北京和平里

终于如愿以偿

几十年来，借作家采风之便，我从贵州到四川，从江苏到河南，从安徽到新疆，几乎走遍了全国有名的酒厂。至于都去过哪些酒厂，为避免自炫，也避免让天下的酒鬼们眼馋，我就不一一列举了。去过这么多酒厂，我最想去的酒厂却没有去过。我最想去哪家酒厂呢？是山西杏花村的汾酒厂。也可以说，去汾酒厂看看，是我由来已久的愿望，这个愿望迟迟未能实现。有时我不免对汾酒厂心生小小的埋怨，觉得它过于低调，甚至有些保守，不会利用作家手中的笔为汾酒作宣传。

至于我为什么会有这个持久而固执的愿望，还得从我第一次喝酒说起。我第一次喝酒是1958年的大年三十，那年我刚满七周岁。在此之前，我从没有尝过酒是什么滋味。记得过年时，祖父和父亲虽说同意让我和他们一起坐桌吃饭，但没有酒喝。我父亲走南闯北多年，有些馋酒，也喝不到酒。这说明，家家都很穷，想喝点酒是很难的。到了"大跃进"那年，村里成立了大食堂,说是已经实现共产主义了,才由我父亲和一个堂爷酿了酒。那天中午,父亲和当队长的堂叔一边喝酒,一边划拳,把气氛搞得很是热烈。很多人过去围观,我更是看得目不转睛。堂叔注意到了我的表情,问我是不是想尝一下酒。见我没有拒绝,堂叔就拿起一小盅酒给我喝。我一尝热辣辣的,跟我的想象完全不一样,一点儿都不甜。少年的味觉是敏锐的,也是有记忆的,加上这是生来第一次喝酒,我一下子就把这种酒的味道记住了。我父亲1960年去世后,堂爷和堂叔们过年走老亲,只能带上我,让我代替我父亲走亲戚。有一家老亲戚家境好一些,我们每年去,那个我叫他表爷的老人都会给我们筛一瓦壶酒喝。我一喝就喝出来了,表爷家的酒,跟我第一次喝的酒味道是一样的。是什么味道呢?我说不清。味道是用来尝的,不是用来说的,味道总是很难说清。至于是什么香型,我更是说不清,那时我还不知道中国的白酒分多种香型。香型是比较出来的,我只喝过我们河南老家的一种自酿的酒,没有任何比较,哪里知道什么香型不香型呢!

我十九岁走出家门,参加了工作,二十七岁那年调到北京,也开始走南闯北,才喝到了山南海北多种多样的酒。当我喝到汾酒时,我嘴里一碰,胃里一碰,心里一碰,一下子想起来了,这不是我从小喝过的老家的那种酒的味道嘛!原来这种酒的香型叫清香型。我这样说,不是故意拿我们老家烧制的酒与汾酒攀高,不管是原料、工艺,还是清度、香度等任意方面,我们那里小打小闹熬出来的酒,都不能与闻名遐迩的汾酒同日而语。可是,我又不得不承认,只要一喝到汾酒,我就会想起家乡的味道,想起家乡的田陌、河流、秋天飘飞的芦花和冬季茫茫的大雪,甚至想起了爱酒的父亲。我走神儿，我动情，我眼湿。从这个意义上说，喝汾酒唤起的是我的乡愁啊！

我喜欢上了汾酒，或者说对汾酒有所偏爱。朋友们聚会，只要有汾酒，我就不选别的酒，只选汾酒。一次到一个朋友家喝酒，人多，酒也有好多种。我看到其中有一坛老白汾，我说我就喝老白汾，不再换酒。朋友照顾我的选择，不让别人喝老白汾。结果怎么样，那天我一个人把一坛子一斤装的老白汾都干掉了。印象中，那是我喝酒唯一精确量化的一次，也是喝得最多的一次。

我惦着去汾酒厂，还有一个原因。这个原因是文化的原因、文学的原因、诗的原因。这个原因相当厉害，因为它是精神性的、心灵性的、灵魂性的，要比酒的物质性厉害一百倍、一千倍、一万倍。什么原因如此厉害呢？那就是唐代杰出诗人杜牧所作的《清明》。早在一千多年前，杜牧就借牧童之口，为我们去哪里饮酒指明了方向，那就是山西的杏花村。牧童是"牧"，杜牧也是"牧"，二"牧"合一，牧童的意思无疑就是杜牧的意思。我理解，这个牧不是牧羊，不是牧牛，而是牧酒。年年清明，岁岁清明，每到清明节，我们都会情不自禁地吟诵《清明》诗，同时，我们也会不由自主地想起杏花村里的汾酒。

我已年近古稀，难道这一辈子真的没有去汾酒厂的机会了吗？老天不负有愿人，好了，机会来了。2019年7月17日，我终于如愿以偿，来到了中国"第一村"——杏花村；看到了中国历史最悠久的酒厂——汾酒厂。经过实地踏看了新酒城、老酒厂、汾酒博物馆，品尝了刚从蒸馏锅里流出来的热酒，感受当然很多。汾酒被称为"清香之祖、国酒之源、白酒之魂、文化之品”，每种说法背后都有着强有力的支撑，我就不再一一赘述。我只想说两点，这两点是我去汾酒厂看过之后刚刚领略到的。第一点，在汾酒诞生之前，中国没有蒸馏酒，没有清酒，只有稠酒、浊酒，像我们现在还在喝的醪糟汁子一样。所谓筛酒，并不是我们后来理解的把酒烫一烫，而是利用布或其他有过滤功能的东西，把酒糟和别的杂质筛除，是真正意义上的筛酒。是汾酒作坊的先人们，率先发明了用蒸馏法酿酒的技术，使黏稠混浊的酒变成了清酒。清酒无色，透明，一清到底，连一点杂质都没有，比任何清水都要清。别看酒看起来清亮无比，深厚绵长的醇香却尽在其中，喝起来很香，很令人陶醉。这大约就是清香型的来历。汾酒在古代叫汾清，也证实这是汾酒开创了中国白酒“激浊扬清”的新纪元。现在能喝到如此清澈的白酒，举起杯来，我们首先应该念汾酒的好。第二点，汾酒的突出特点是，千百年来汾酒一直沿用地缸发酵。我在老酒厂看到，不仅酿酒作坊里有地缸，院子里有地缸，连老板和账房先生的屋里都埋有地缸，地缸似乎无处不在。别的酒厂大多使用泥池发酵，而汾酒厂保持传统工艺，一直采用地缸发酵。我注意到，汾酒厂使用的地缸是一样的，大小一样，容积一样，连外观都一样，像是一个模子塑造出来的。不管酒厂的规模怎样扩大，酒的产量怎样提高，地缸发酵的工艺一直没有变。这像中国的汉字一样，一旦生成，就世世代代使用下去。地缸发酵的好处在于它的封闭性和洁净性，所以，汾酒也被称为世界上最干净的酒。

　　我也喝过外国的一些洋酒，可能是口舌和胃的记忆中没有洋酒的位置，尽管有的洋酒被说得这好那好，价位也很高，我就是喝不出好来。应当承认，外国的啤酒和葡萄酒味道还可以，白酒真的不行。我个人认为，全世界最好的白酒在中国，而中国最好的白酒在杏花村。我这样说，有替汾酒招徕之嫌，但我说的是心里话，就顾不得那么多了。

既然已经去了汾酒厂，既然多年的愿望得以实现，以后别的酒厂就不必再去了，就此打住。

2019年7月30日至31日于北京怀柔翰高文创园

雪中还送什么

　　因我在矿井下挖过煤炭，对"雪中送炭"的"炭"字是敏感的。炭分两种，一种是煤炭，一种是木炭。煤炭是从几百米下的地层深处挖掘出来的，木炭是用木头加工而成。如果追根求源的话，其实这两种炭都来自木头，只不过，煤炭是由亿万年前的原始森林变成的，变成了被称为"太阳石"的可燃化石。而木炭的生成要容易得多，把原木放进土窑里烧，烧去水分和烟子，烧得变轻、变黑，只保留里面的热量就可以了。

　　煤炭也好，木炭也好，在我小时候的老家都是宝贵东西、稀罕东西。只有在铁匠炉上，我们才能看到炭火把铁块子烧红、烧软，软得像红面团一样，被打制成各种农具。在大雪飘飘的冬季，我们冻得缩成一团，特别希望能有一盆炭火，烤一烤我们冻僵的手，冻木的脚。可是，我们家哪里有一星一点的炭呢！那时家家都很穷，又有谁能送给我们哪怕是一块炭呢！冻得实在受不了，母亲会在泥巴做成的火盆里，用搜集来的锯末，点一点儿暗火，沤起缕缕烟子，给冰窖似的屋子增添一点烟暖。

当然了，"雪中送炭"是一句成语，其中的"炭"字只是一个比喻，它不只局限在炭本身，还包括很多很多东西，如吃的粮食、穿的衣服、喝的水、烧锅的柴、上学的学费、救命的钱，等等，都可以说成是炭。在人最困难的时候，最需要帮助的时候，你给人家送了最需要的东西，这都算雪中送炭。我理解，不仅送物质的东西是雪中送炭，送精神上的东西、智力上的东西，还有别的一些说不分明的东西，都应该是雪中送炭。

很荣幸，在《人民文学》杂志社的组织下，我就参加了一场"雪中送炭"的活动。时间是2019年中秋节前夕，地点是贵州省毕节市的金沙县。到金沙一路看来，山里的秋庄稼已经成熟。红薯的根部鼓起了堆，玉米棒子笑得露出了牙齿，厚墩墩的烟叶有些发黄，串串辣椒开始变红。南瓜的秧子塌了下去，一个个熟金一样的南瓜呈现出来。到处是一派金秋的景象。9月7日上午，我们来到了源村镇。下了两阵小雨，天很快就晴了，阳光洒满了山坳。镇政府的小楼建在半山坡上，从楼门口走下若干台阶，来到一处宽展的场坪。参观了镇政府后面一座颇具规模的古建，我就一个人来到场坪上沐浴阳光。空气里弥漫着浓淡相宜的桂花的香气，很是沁人心脾。这时我抬头，看见从山坡的台阶上走下来一个中年男子，男子的背是驼的，腿是弯的，显然是一个残疾人。他的残疾相当严重，每向下挪一步都非常吃力。我有心上去扶他一把，却见他在旁边矮矮的护墙墙头上坐下了，像是要休息一下，又像是在等待什么。我又看见，从场坪一角停着的一辆小型货车上，两三个小伙子正往下卸东西。他们卸下的东西，有用透明塑料袋子装的棉被，有桶装的食用油，有整袋的大米，还有一瓶白酒。东西卸下后，整齐地码放在一起。中秋节很快就要到了，我猜测这很可能是金沙酒业公司要赶在节前为当地的贫困家庭"送炭"。我这样猜测至少有两个理由。一个理由：通常的"送炭"活动，一般来说不会送酒，送酒会显得有些奢侈，超出了"送炭"的范围。那么酒业公司来"送炭"呢，送酒是符合情理的，生产什么便送什么。他们所送的酒，正是金沙酒业公司出产的金沙回沙酒。第二个理由：金沙酒业的酒厂最初就建在源村，1951年，他们在源村酿出了第一锅金沙酒。改革开放以来，金沙酒业不断发展壮大，已成为贵州省三大酱香白酒之一。在全国白酒行业，营业额和名气也越来越大。酒业公司做大做强了，他们不忘感恩和回报当地村民，就适时地为村民送上一些礼品。我的猜测没有错，不一会儿，就从山坡上走下来一行村民，在场坪上排起了长队。主持"送炭"活动的一位金沙酒业的工作人员，开始大声喊村民的名字，每喊到哪一位，那位村民就从队列中走出来，由我们前往的作家，一对一地把礼品送给他们。我们被说成是"送炭"活动的嘉宾。我为一位上岁数的妇女送上了礼品。她背着一只背篓而来，我把一桶油和一瓶酒帮她放进背篓里。背篓里放不下棉被，她只能提在手里。一袋子大米有五十来斤，她也扛不动。过来一个金沙酒业的小伙子，扛上米袋子，送她回去。阳光暖暖地照耀着一切，那位妇女一直笑着，脸上有些发红。不知为何，我想起了远在老家的大姐。我们县是贫困县，大姐家是贫困户。我们那里要是有一个像金沙酒业的酒厂就好了，节前要是有人给我大姐送些礼品就好了。我注意到，那个残疾男子也是来领取礼品的，他可能担心自己走得慢，就提前来到场坪边等候。可惜他行走艰难，什么礼品都拿不动。镇政府和酒业公司只好派人，把东西送到他家里去。

"送炭"活动还在继续。接着，我们转移到酒厂的制曲车间参观。进车间参观之前，工作人员从车间里喊出一位正干活儿的女工。这位女工的两个孩子都刚刚考上了大学，酒业公司要举行一个简单的仪式，给这位妈妈的两个孩子发金秋助学金。两个红包里各装有三千元现金，由王巨才老师和酒业公司的董事长张道红发给这位妈妈。据介绍，这位妈妈家里原来比较贫困，为了帮助他们家摆脱困境，保证家里的两个孩子能继续上学，酒厂就安排孩子的妈妈到酒厂上班，用就业的方式精准扶贫。除了帮助这位妈妈，金沙酒业公司还以多种形式，大面积地帮助当地村民脱贫、致富。比如：他们以合同订购方式，收购当地农民种的适合酿酒的红高粱。他们还把酒糟提供给酒厂周边的农户，帮他们发展养殖业。这一系列"送炭"活动，让我进一步加深了对金沙酒业"送炭"意义的认识。

更让我感奋不已的，是9月9日下午，金沙酒业在贵阳市所举行的产教融合公益发布会。发布会隆重热烈，吸引了贵州省的很多媒体记者前往采访。发布会的主要内容是，金沙酒业与贵州食品工程职业学院联合起来，主要面向金沙县的贫困家庭招生，把那些未能考上大学的青年招到职业学院学习。学习期间，由金沙酒业提供资金支持，每个学生每年支持五千元，三年支持一万五千元。采用理论和实践、课堂教学与现场实习相结合的办法，到金沙酒业公司学习酿酒。学成毕业拿到大专文凭后，如有愿意到金沙酒业公司参加工作的，公司可以优先安排。2019年年度的招生工作已经完成，第一年共招取了四十名大学生，他们已走进学院的课堂开始学习。按金沙酒业公司党委书记、董事长张道红的设想，下一步他们还要和食品工程学院联合成立金沙白酒学院，专事研究白酒业的创新和发展，培养更多的人才，酿造更优质的白酒，为人民的幸福、民族的复兴，做出更大的贡献。

金沙酒业这样的作为和战略构想，就不再是"送炭"的意义所能概括，也不是送志和送智的意义所能总结的了，他们的着眼点是通过奋斗，参与创造一个无"雪"的世界，到时候哪里都没有"雪"了，"送炭"的事就可以免了。

然而，"人生得意须尽欢，莫使金樽空对月"，酒还是可以送一点的吧！

2019年9月30日至10月2日（70周年国庆期间）
于北京怀柔翰高文创园

谱写遵义新的史诗

　　我是深切经历过极度贫困的人。1960年，我9岁，那年是我国三年大饥荒最严重的一年。因食堂几乎断炊，连杂草、树皮都吃光了，我被饿得大头、细脖子、薄肚皮，两条腿细得像麻秆一样，连走路去上学都很吃力。记得我当时对娘说了一个很大的理想：什么时候馍筐里经常放着馍，想吃就拿一个，不受任何限制就好了。也许因为我的理想过于宏大，实现起来太难了，不但没有得到娘的肯定，还遭到了大姐和二姐的讥笑。

　　一个人有什么比较难忘的经历，就会比较关注什么。近年来，我对我国的脱贫事业一直很关注。我的家庭早就摆脱了贫困，日子过得比小康还小康一些。可是，我老家所在的县却是贫困县，我大姐家、二姐家，还有二姐的大儿子一家，都是建档立卡的贫困户。虽说我对他们每年都有所资助，但能力有限，并不能使他们脱离贫困。还是靠国家脱贫攻坚和精准扶贫政策的持续发力，还有村干部的具体帮助，他们才终于在2019年陆续摘掉了贫困户的帽子，稳步走上了小康之路。我每年都回老家，看到他们现在吃得饱，穿得暖，住得好，手里还不缺钱花，生活一年比一年幸福，心中甚感欣慰。我们那里判断日子过得如何，还是习惯拿馍说事儿，他们说，现在天天都可以吃白馍，每天都跟过年一样。是呀，一年三百六十日，过去每天能吃上用红薯片子面做成的黑馍就算不错，只有到过年那一天，才能吃上一顿用小麦面蒸成的白馍，现在白蒸馍随便吃，可不是天天都像在过年嘛！过年，是生活中最好的日子，也是最快乐的日子，老百姓基于最基本的事实，发出每天都在过年的肺腑之言，这是多么高的评价啊！

通过与老家亲人的经常性联系，我对脱贫攻坚所取得的成果有一些切身感受，但我的感受是局部的、微观的、肤浅的，对这项伟大事业的了解并不够宏观，不够全面，也谈不上有多么深入。我产生了一个愿望，最好能到我老家以外别的贫困地区实地走一走，看一看，在更大范围内访问一下脱贫攻坚的实施情况，以掌握更多的、更有说服力的事实，加深对这项历史性工程深远意义的认识。2020年5月下旬，于"两会"在首都北京召开之际，在全国人民抗击"新冠"肺炎取得积极成效的形势下，我得到一个去遵义采风的机会。

说起遵义，恐怕每一位当代中国人都耳熟能详。遵义和井冈山、瑞金、延安、西柏坡一样，是革命圣地，是人们向往的地方。遵义是和会议联系在一起的，是会议带动了遵义，扩大了遵义的影响，使遵义古城声名大震。遵义会议是中国共产党历史上开始独立自主地解决中国革命和革命战争重大问题的会议，实际上确立了毛泽东在中共中央和红军的领导地位，在极其危急的关头挽救了红军，挽救了党，挽救了中国革命，是党的历史上一个生死攸关的转折点。遵义会议当然十分重要，但我们千万不可忘记，会议之所以能在遵义召开，会议之后，红军之所以能在遵义地区奋战三个多月，完成了"四渡赤水"，摆脱了国民党多路重兵的围追堵截，与遵义人民的支持、奉献和牺牲是分不开的。且不说遵义人民勒紧裤带，省下口粮，在"粮草"上支援红军，更为可歌可泣的，是他们为革命献出了热血和生命。惨烈的湘江血战之后，红军攻克遵义，得到了十二天的休整，并有时间召开会议。休整和会议期间，在红军的宣传和感召下，遵义的青壮年踊跃报名参军，成功"扩红"五千余人，使红军队伍再次壮大。他们刚参军就要参加战斗，有人牺牲在随后的青杠坡等战斗中，成了年轻的烈士。

遵义人民的付出，应该得到回报，革命胜利后，他们应该过上好日子。然而长期以来，由于历史、地理等因素的影响，他们一直被贫困所困扰，日子没多少好转。而且，遵义地处武陵山、乌蒙山集中连片贫困地区，贫困面广，贫困量大，贫困程度深，要全面脱贫谈何容易！判断一个地方是否贫困，除了吃饭、穿衣和义务教育、基本医疗、住房，还有一个重要的指标，是看当地的小伙子是否能找到老婆。遵义贫困山村的姑娘，通过外出打工，纷纷嫁到外地去了。而本地的一些小伙子，只好通过外出打工的办法，到外地找老婆。他们在外地找到了老婆，老婆怀了孕，他们才把老婆带回老家。老婆生下孩子后，很多把孩子扔给家中的老人，就一个人跑掉了。"金凤凰"跑掉的原因，是没看到可供栖息的"梧桐树"，是实在不能忍受山村的贫穷和闭塞。

习近平总书记特别指出："要深入推进扶贫开发，帮助困难群众特别是革命老区、贫困山区困难群众早日脱贫致富。"遵义作为革命老区之一，这种贫困现状再也不能继续下去了。从2014年开始，遵义市、区、县、乡镇各级领导，如同当年的红军指战员听到催征的号角，紧急动员起来，迅速全面地打响了一场深入、持久的脱贫攻坚战。他们在政治上达成了高度一致，认识到脱贫攻坚就是坚守初心，牢记使命，就是目前最突出、最现实的政治责任。"四个意识"强不强，"两个维护"做得到不到位，要在脱贫攻坚这块试金石上试一试。在经济上，他们紧紧牵住脱贫攻坚的牛鼻子，以脱贫攻坚统揽经济社会发展全局，不摆脱贫困，决不罢休。他们既挂帅，又出征，背起简单的行囊，继承革命的传统，走出机关，走出城市，走出自己的小家庭，一头扎进深山老林里的贫困村去。五年多来，全市选派了4475名第一书记、驻村干部奔赴脱贫攻坚战场；市县两级机关单位组织近12万名干部与贫困户挂钩，实行结对脱贫帮扶。脱贫攻坚既像一场阵地战，又像是一场持久战，扶贫队员们付出的努力、经历的艰辛可想而知。他们付出了汗水，付出了眼泪，有人还付出了热血，付出了生命。可以毫不夸张地说，每一位驻村扶贫干部的经历都可以写一本书。

让人深感欣慰的是，经过五年多的艰苦奋战，2020年3月3日，贵州省人民政府庄严而隆重地向全中国、全世界宣告：遵义全境812万老区人民全部脱贫！遵义市的脱贫是高质量、高标准的，没有落下一个民族，没有落下一个村庄，没有落下一户，没有落下一人。这是遵义人民的脱贫史、奋斗史、创业史，也是继遵义会议和"四渡赤水"之后，在遵义这块土地上所谱写的新的壮丽史诗。因为遵义的脱贫所具有的标志性和典型性，不仅在我国历史上具有伟大意义，在人类历史和世界历史上同样意义非凡。脱贫的消息传开，锣鼓敲起来，鞭炮放起来，龙狮舞起来，遵义人民欢喜若狂，驻村干部喜极泪奔。

在遵义期间，我们迎着初夏绿色的暖风，足不停步，连续走访了务川、湄潭、汇川、仁怀、习水、赤水等市、区、县和一些乡镇、山村，通过座谈和实地踏看，我们了解到不少脱贫攻坚的实例。为了对前面概括性的记述作一点具体的补充，我来举一个贫困山村脱贫的例子。

这个例子是汇川区芝麻镇的竹元村。这个村曾是省级一类深度贫困村，全村41个村民组，近五千人，分住在三山加两沟的原始贫瘠地带，从山顶到沟底，海拔落差一千多米。春来时，山下春暖花开，山上仍寒气逼人。在扶贫第一书记谢佳清2016年驻村之前，村里到处都是破房子、烂猪圈，连一栋像样的房子都没有。房子外面破败，里面更是贫穷。一些小伙子眼看长大成人了，却迟迟找不到老婆。无奈之际，他们只好远走他乡，到外面的世界去讨生活。竹元村之所以这样贫穷，原因是多方面的，其中一个主要的原因，是交通问题扼住了竹元村的喉咙。全村没有一条真正的公路，村民出行、交往，只能走山林田地之间劳作用的羊肠小路，下雨天只能走杂草掩没的泥巴路。竹元村成了一个孤岛，与外面的世界几乎是隔绝的状态。山里生长的桃子、李子和蔬菜，因为运不出去，村民们只能眼睁睁地看着它们烂掉。冬天取暖要烧煤，他们只能把煤装进背篓里，一篓一篓往山上背。或是几户人家共养一匹马，用马匹往山上驮沉重的东西。这种状况正如竹元村的村民在花灯调里唱的那样："正月里来正月正，遵义有个竹元村；山高坡陡穷得很，走亲访友路难行。"

扶贫键要按准，一定要按到关键的那个键。竹元村的扶贫团队，在经过反复深入调研所做出的脱贫规划中，把修路放在了突出的关键位置。在一年多的时间里，他们充分发挥村党支部的战斗堡垒作用和共产党员的先锋模范作用，全村动员，上下合力，千方百计，充分调动财力、物力、人力和一切积极因素，硬是修成了一条19.8公里的通村公路，十二条42.9公里的通村民小组的水泥路，实现了"通组连户都硬化，车子开到院坝头"。特别值得一提的是，在修路过程中，村里所有男女劳动力，都被调动起脱贫致富的内生动力，积极参与修筑道路，而且不向村里要一分钱的占地补偿款，不要一分钱的出工费。据史料记载，红军第四次渡赤水后，有一部分红军于1935年3月24日曾在竹元村驻扎过。竹元村的村民在修路过程中表现出了当年支援红军的政治觉悟。

快马加鞭未下鞍。竹元村继修通了道路之后，接着通了电，通了水，通了商，通了网，通了财，通了文，通了情，可谓一通百通，事事皆通。到2019年，全村年人均纯收入达到10000元以上，超过脱贫标准的一倍还多。村里不但对800多栋老旧住房进行了升级改造，不少村民还盖起了宽敞明亮的楼房。以前，竹元村的村民外出不敢说自己是竹元村人，现在他们骄傲地宣称：我是竹元村的！"梧桐树"引来了"金凤凰"，竹元村的小伙子们再也不愁找不到老婆。

这天上午，我们来到了竹元村。在公路两边的地里，我们看到了正在挂果儿的核桃树，看到了大片绿汪汪的高粱，还看到了成群牧养的被冠以"生态"之名的牛羊。在村里，我们看到了新建的办公楼、休闲广场和卫生室，还看到了新建的幼儿园、升级改造后的小学校，以及为老师盖的公租房等。看到竹元村的新面貌，联想起自己的贫困经历和我们老家的变化，我心潮起伏，眼眶湿润。我脑子接连涌现了好几个题目，比如，鲜花盛开的村庄、山村巨变看竹元、竹元开创新纪元等，似乎都不尽意，都不能充分表达我的心情。我想，竹元村完全可以作为一个美丽乡村的旅游目的地，能在竹元村住一晚就好了。因日程安排紧张，我们未能在竹元村留宿。留点念想吧，日后，我或许会一个人到竹元村住上一段时间。

2020年6月3日至8日于北京怀柔翰高文创园

荒山变成花果山

　　我小时候听爷爷说过花果山，还有水帘洞，属于孙悟空，是孙悟空的故乡。孙猴子对其美丽的故乡十分喜欢和留恋，取经途中一旦唐僧对他误解、惩罚，他一个筋斗就回老家享乐去了。《西游记》里说，花果山、水帘洞位于东胜神洲傲来国。您听听这地名，又是胜又是神的，就知道是吴承恩虚构出来的，实际并不存在。而我今天所说的花果山，却有名有实，存在得实实在在，山存在，花存在，果存在，经得起实地踏访，尽情观赏。那么，这座花果山在哪里呢？答：在河北省阜平县阜平镇的大道村。

　　我所说的这座花果山，有的朋友或许还不知道，但对于阜平县应该是知道的。阜平县属保定市，离首都北京只有不到300公里。阜平县是闻名全国的革命老区，1925年就成立了中共党组织，1931年建立北方第一个红色县政权，1937年创建了晋察冀抗日根据地，被毛主席誉为"模范抗日根据地"。抗战时期，英雄的阜平人民以9万人小县，支援了9万多人的部队和工作人员，2万多人参军参战，5000余人光荣牺牲，为民族独立、人民解放做出了巨大贡献。以聂荣臻为司令员兼政委的晋察冀军区司令部就设在阜平县的城南庄。1948年4月11日，毛主席率领中央机关从陕北来到城南庄，召开中共中央书记处扩大会议，审时度势，调整了南线战略，为"三大战役"的胜利奠定了基础，还亲自起草了《纪念一九四八年五一劳动节口号》，发出了建立新中国的动员令。党的十八大胜利召开之后的2012年12月29日至30日，习近平总书记走访的第一个贫困县就是阜平县。总书记冒着零下十几度的严寒，到骆驼湾村、顾家台村，看望慰问困难群众，考察扶贫开发工作，向全党全国发出了脱贫攻坚的庄严号召。

七年多来，阜平县委县政府和各级干部，时刻牢记习近平总书记的深切关怀和殷切嘱托，紧紧围绕"两不愁三保障"的奋斗目标，脚踏实地，开拓创新，一年更比一年抓得紧，一仗更比一仗打得精，高质量地完成了预定的脱贫任务。截至2019年年底，全县贫困人口由2014年的10.81万人，下降到832人；综合贫困发生率由2014年的54.4%，下降到0.45%；农村居民人均可支配收入增长到9844元，是2012年3262元的3倍。2020年2月29日，河北省政府正式宣布，阜平县从此退出贫困县序列。

阜平县的脱贫攻坚是多种模式并举，多管齐下形成合力。归纳起来，主要有以下六种扶贫模式：以"老乡菇"为典型的产业扶贫；以"顾家台、骆驼湾乡村旅游"为示范的旅游扶贫；以"太行山农业创新驿站"为代表的科技扶贫；"集团化职业教育加区域协同发展"的职教扶贫；"荒山绿化"的土地扶贫；"联办共保、风险共担"的金融扶贫。这些扶贫模式因地制宜，扎实有效，可复制，可推广，都取得了经得起检验的扶贫效果。全县在富民产业、公共服务、基础设施建设、群众精神面貌等诸多方面都发生了可喜的变化。

阜平县的上述多种扶贫模式，以及近年来所发生的翻天覆地的变化，我不可能面面都说到，只能重点说说在"荒山绿化"的土地扶贫模式中，大道村的山是怎样从荒山变成花果山的。

阜平地处太行山深山区，人们开门见山，抬头望山，四面八方都是连绵起伏的群山，山场面积将近占全县面积的90%，被称为"九山半水半分田"。俗话说靠山吃山。在抗日战争最艰苦的年代，阜平的抗日战士和老百姓只能靠吃山上的树叶和野菜维持生命。现在虽说不用再吃树叶了，但要实现就地脱贫，还必须挖掘山地的资源，在山头上做文章。大道村的荒山之所以变成了花果山，就在于他们在大型企业的扶持下，在山上做出了锦绣文章。

帮助大道村脱贫攻坚的企业是河北建设集团。集团公司积极响应习近平总书记的号召，勇于承担社会责任，抽出精干力量，投入开发资金，在大道村成立了乾元农业科技开发有限公司。公司2013年4月成立，公司的定位和宗旨是，以产业扶贫为出发点，变"输血"为"造血"，把荒山变成花果山和金山银山，带动大道村及周边百姓增收致富。第一步，他们动员村民把山地流转给公司，由公司按每亩地每年800元的价格付给村民流转费，而且签订协议，村民一次就可领取4年每亩地共3200元的流转费。第二步，他们吸收有劳动能力的村民到公司务工，和公司员工一块儿修路、平整土地、栽树，通过就业扶贫的方式，给务工者发工资，增加收入。公司已吸收了200多位村民到公司务工，使全村人均年收入增加3000元左右。第三步，村民的土地流转集中到公司后，并不意味着村民从此就失去了和土地的联系，而是以土地入股的形式，成为公司的股东。四年之后，村民所参股的每亩地不但可以得到800元的底金，更让人高兴的是，当公司所种的果树开始挂果并有了收益，所有股东可以与公司五五分红。这样一来，大道村的村民就能旱涝保收，长期受益，所得到的利益一年更比一年高。同时，乾元公司、大道村以及大道村周边的百姓不仅得到了经济效益，还收获了花果满山的生态效益和安静祥和的社会效益。

那么，被称为花果山的大道村目前的景况到底如何呢？是否可观呢？除了耳听，我们须到山上实地看一看，才会有比较切实的感受。2020年7月25日下午，我们一行来到了花果山的山顶。既然上花果山，我以为我们要爬山，不料我们乘坐的中巴车，沿着山间的柏油路，一路盘旋着，就开到了海拔一千多米的山顶。陪同我们参观的县人大常委会主任王欣告诉我们，这座山上原来没有路，连羊肠小道都没有，只有野草、荆棘和一些灌木，为了开发这座荒山，公司才修了这条柏油路。山顶有一座八面来风的观景台，我们拾级登上观景台，远眺近观，即可看到花果山的全貌。往远处看，山上建起了层层梯田。梯田里种的不是庄稼，大都是梨树和苹果树。夏风徐徐吹来，满目青山。往近处观，观景台下面的梨树正在挂果，每颗果实上都套着白色、黄色的纸袋，或套着透明的塑料袋。因果子结得比较稠密，我见套了白色纸袋的梨树如同开满了白花。我对身旁的河北作协主席关仁山说：您看树上是不是像开满了花？关仁山对我说，他正在阜平县定点深入生活，春天的时候，他已经来山上看过，那时节，漫山遍野都是盛开的梨花和苹果花，一片雪白，像花的海洋一样，壮观极了！

听得梨树林子里一阵欢声，原来有的朋友到林子里摘梨子吃去了。我说：梨子还不熟吧？关仁山说：已经熟了，可以吃了。这里的梨子是河北的赵州梨和新疆的库尔勒梨嫁接的，特别好吃。说着我们下了观景台，也走进了梨树林子，关仁山指着树上用透明塑料袋包着的梨子，说：你看，梨子已经红了。我一看，梨子上面的确有了一些胭脂色。关仁山随手摘了两个，分给我一个。我剥开塑料袋一尝，梨子又脆又甜，真的很好吃，像是从嘴里一下子甜到了心里。我想这样的梨子应该有一个新的名字，叫它"大道"酥梨如何？

在地球这个星球存在之初，我想中国阜平县大道村的这座山就有了，亿万年来，它一直是一座荒山。直到21世纪的20年代，它才变成了花果山，才开始造福人类。从花果山建了观景台来判断，这里还会发展旅游业，变成观光点。倘若被孙悟空知道了，说不定他也会到新的花果山看一看呢！

2020年7月31日于北京和平里

情满康定

　　我最初知道四川甘孜藏族自治州的康定，是因为《康定情歌》。说老实话，第一次听《康定情歌》时，我还吃不准康定是不是一个地名，以为康定是用来修饰情歌的。是呀，康和定都是美好的字眼，健康的爱情，稳定的爱情，都是人们所向往的，多好呀！后来我才知道，原来有一个地方叫康定，那首情歌产生于康定，所以叫康定情歌。这样一来，在我的心目中，情歌就和康定紧紧绑定在一起，仿佛情歌是为康定准备的，康定也是为情歌准备的，二者谁都离不开谁。又好比，情女是为情男而生，情男也是为情女而生，他们息息相关，不可分离。反正我一听"情歌"二字，马上就想起了康定，一听到"康定"二字呢，马上就想到了情歌。不光我本人有这样的印象，当有的朋友通过微信知道我到了康定时，马上回信说：康定我知道，就是出《康定情歌》的那个地方。由此可见，一件文艺作品，对一个地方的传播和知名度的提升力量是多么巨大。

我记不清第一次听《康定情歌》是在什么时间，什么地点，总之我一听就记住了，再也不会忘怀。情由人发，情由事生，任何情感的抒发，都是以人世间的一些故事为基础。《康定情歌》也有着叙事的功能，所叙述的当然是一个爱情故事。故事很简单，是说在一座叫跑马的山上，山峦起伏，层峦叠翠。在蓝蓝的天空下，飘着一朵洁白的云。是的，白云不多，只有一朵。因其只有一朵，才显得珍稀，更具有象征意义。到了夜晚，代替白云的是一弯新月，月光泼洒下来，照着古老而神秘的康定城，显得十分静谧。就是在这样风景如画的地方，张家的一位大哥，看上了李家的一位大姐。张大哥之所以看上了李大姐，情歌中说了两个原因，一来是李大姐人才好，二来是李大姐会当家。人才好，指的是李大姐长相美丽，出众；会当家呢，指的是李大姐聪明能干，持家有方。作为一个姑娘家，具备这两个条件就足够了，足以让张家大哥动情动心，不懈追求。情歌对男子也有评价，叫"世间溜溜的男子"。我注意到，情歌中所有的评价用语都是"溜溜的"，不管对风景，还是对人物，一律用"溜溜的"来评价。我问了一下当地的朋友，得知"溜溜的"意思相当于美美的、靓靓的、棒棒的，源于当地所流行的溜溜调。"溜溜的"不怕重复使用，重复越多，似乎就越"溜溜的"。这支情歌除了情节简单，曲子也很简单，让人一听就能记住，一学就会唱，一唱就能唤起"溜溜的"情感，让人唱了还想唱。这让我想到，世间一切美好的事物，包括艺术作品，都是简单的，简单如白云，如月光，如流水，如花朵。

　　车子开过被称为"川藏第一桥"的大渡河大桥，穿过世界上最长的隧道——二郎山隧道，我们一进入甘孜州的首府康定市，首先映入眼帘的是一条翻滚奔腾、穿城而过的河流。这条河激越的形态和天籁般的轰鸣，顿时使我兴奋起来。想起在都江堰看到的由雪山上的雪水汇聚而成的岷江，就是这般壮观的样子。虽然还不知道康定的河流叫什么名字，但我心潮起伏，似乎已经喜欢上了这条河流。我有些迫不及待，一到康定情歌大酒店住下来，脸都忘了洗一把，就下楼去看河。我打听出来了，这条河叫折多河，是从折多山上流下来的。折多河离酒店只有一二百米，我一走出酒店的大门，就听见了折多河的涛声。折多河是从西向东流，也是从高处向低处流。

　　站在一座桥上向上游望去，因河流顺着一定的坡度倾泻而下，我简直像是在观看一条长长的瀑布。河床不是很宽，夹岸是用大块的花岗岩条石砌成的石壁。"瀑布"冲击着起伏的河底，撞击着陡立的石壁，使水不再是蓝色，变成了白色，变成了白雪一样的白色。千堆雪，万层雪，满河雪波连天涌，像倾倒的雪山一样。

　　我沿着岸边一处石砌的台阶，下到离水流最近的地方，任飞溅的浪花溅到我的身上、我的脸上。水流带风，扑面而来的河风有些凛冽，是冰的气息，雪的气息。我蹲下身子，伸手把河水撩了两下，河水冰凉冰凉的，像是透过肌肤凉到了骨子里。伏天未尽，北京仍暑热难耐，而康定却是这样一个清凉世界。康定的海拔高度在2500米以上，盛夏的平均温度也就是十几度，怎么能不凉爽宜人呢！站在水边，别的尘世的声音都听不见了，满耳充盈的都是轰鸣的涛声。我沉迷于这样的涛声，涛声越大，内心越是沉静，越是忘我，仿佛到了一种超越尘世的境界。水流的速度极快，快得几乎看不到水在流。以河面上垂柳的枝条为参照，我看到几根没有柳叶的枝条，根本没有机会插入水中，只能顺着水流，在像是硬物质一样的水面上快速颤动。看着看着，我的头微微有些晕眩，有些走神，仿佛自己也变成了水的一分子，在随着水流流向不知名的远方。

看过水看山，看云。举目望去，四面都是高高耸立的青山，每座山的山尖和山腰，都有白云在缭绕。白云不止一朵、两朵，而是一块又一块，一片又一片。那些云彩像是被扯薄的棉絮，又像是透明的轻纱。那些云彩是动态的、变化的，它们在缓慢的移动过程中，一会儿薄，一会儿厚，一会儿宽，一会儿窄，变幻着各种各样让人浮想联翩的形状。青山的某些部分一会儿被遮住了，像是戴上了一层面纱，一会儿面纱飘走了，青山复露出真容。青山是实的，白云是虚的；青山是客观的，白云像是主观的。实的东西因虚的不同而不同，客观的东西因主观的变化而变化。

将目光收回，我看到康定城周边的一些藏式的楼房，那些楼房多是米黄色调，深陷的窗洞上方点缀着一些砖红色的花朵，跟周围的青山十分协调，看去给人以典雅的庄严感。

因《康定情歌》的远播，跑马山早已闻名中外，到了康定，跑马山是必定要看的。到康定的第二天下午，我们就乘坐缆车来到跑马山的山顶。跑马山原名叫"帕姆山"，因与"跑马山"的发音比较接近，又因情歌里唱的是"跑马溜溜的山"，人们就把全称为"多吉帕姆仙女山"叫成了"跑马山"。跑马山上苍松翠柏，山花烂漫，经幡飘飘，云雾缭绕，仿佛充满了仙气。跑马山既然是一座情山，山上的景点处处以情命名，房子为情宫，石头为情石，水池为情人池，树林为情侣林。据传，情人池畔就是张大哥和李大姐在月光下约会的地方。在跑马山的景区中心，还建有一处圆形的草地，叫跑马坪。从全国各地来的男女游客，在宽敞的跑马坪上手拉手围成一个个圆圈唱歌跳舞，他们唱《康定情歌》，也唱别的情歌，激情荡漾，那是一派何等欢乐的景象！

2020年8月9日凌晨4点多一点，我就一个人悄悄走出酒店，到折多河边去看月亮。大概因为我有一个执念，《康定情歌》的四段唱里都有"月亮弯"，如果在康定看不到月亮，我会觉得遗憾。我算了一下，这天是农历的六月二十日，月亮出来得比较晚，在凌晨4点的时候，月亮还应该挂在天上。说来我真是幸运，来到河边抬头一仰望，就看到了月亮。月亮正挂在中天，不圆，也不弯，是半块月亮。月亮晶亮晶亮，像用冰雪擦过一样。月亮虽说只有半块，却丝毫不影响它散发月光的能量，好像发光的能量从整块集中到半块上，月亮越小，光明度就越高。月光从透明度极高的高空普照下来，照在房子上，照在桥面上，照在格桑花的朵瓣上，无处不关照到。月光泼洒到折多河里，是与白天洒满阳光不同的另一番景象，奔腾不息的河水里，闪耀的不再是阳光，而是满河的月光。一河月光向东流，它是不是要流过大渡河，流过泸定河，流过长江，一直流到东海里去呢！

水有源，河有源，我们追寻着折多河的源头，曲曲折折，一路向西，终于来到了折多河的发源地折多山。折多山幅员辽阔，为青藏大雪山一脉，最高峰海拔达4962米。折多山以东，是包括二郎山在内的山区，往西则是青藏高原的东部，进入了真正的藏区。一进入山里，我就看见一股股泉水从山上流下来。山上灌木葱茏，植被丰厚，泉水从山上往下流时，几乎是隐蔽的状态，明明灭灭，显得有些纤细。到了山脚，大约是多泉汇聚，水流才大起来，发出哗哗的响声。这样自上而下的水流，具有一定的推动力。让人眼前一亮的是，山里的藏民们在出水口处安上了带有顶盖的转经轮，水流的力量推动经轮下方的叶轮，在不停转动。我去过西藏、甘肃和青海的一些寺院，看到去寺院祈福的人们都是用手推动经轮。而这里是利用自然的力量推动经轮日日夜夜常转不息，祈愿藏族人民永远幸福。

折多山上有草原、平湖，也有庄稼地。地里的青稞到了成熟期，在阳光的照耀下闪着金黄的光芒。大片的薰衣草，花儿呈蓝紫色，吸引了不少游客前往观光。土豆的花儿也在开放，它的花朵白中带粉，开起来不争不抢，似乎很平常。但土豆花儿也是五彩斑斓之一种，与庄稼地里其他色彩形成了和谐共生的互相支持关系。瓦蓝的平湖里映着天上的白云，乍一看，我还以为是白云落在了湖里呢！湖水映白云不稀罕，湖里怎么还有一块一块的黑云呢？再一看，哪里是什么黑云，原来是披散着长毛的牦牛走到湖水里去了。成群的牦牛在湖边吃着草，它们也许想喝一点水，或是想洗个澡，就慢慢走到并不深的湖水里去了。折多山上的草原一望无际，草原上点缀着各种各样的野花，一如数不尽的星光闪烁在浩瀚的星空。

忽然下起了雨，雨下得还不小，天地间一片迷蒙，车前面挡风玻璃上的雨刷，都刷不及。隔着窗玻璃，我看到右边的山谷里一片白花。大雨不但遮不住白花的白，经过雨水的洗礼，白花似乎更显光辉。我问同车的甘孜州作协主席格绒追美：这是什么花？追美主席说：这是河谷梅花。啊，好漂亮的高山草本梅花！

雨来得快，去得也快。雨过天晴之际，我们登上了折多山的观景台。在观景台远眺，我们竟然看到了向往已久的贡嘎雪山。贡嘎雪山最高峰海拔7556米，被称为"蜀山之王"。雪山上冰雪覆盖，像一座闪着银光的银山。我想，折多河里日夜奔腾的河水，也应该有贡嘎雪山上流下来的雪水吧。

看到这里，也许有的朋友会问：你写的不是康定的情吗，怎么写了这么多的景呢？我的回答是：我是以景写情，景就是情，情就是景。正如王维国所言："一切景语皆情语。"

2020年8月26日于北京怀柔翰高文创园

在大运河的船头思接千古

　　一个人，一辈子能走多少路，过多少桥，乘多少车，坐多少船，自己不会料得到。这跟一个人不能预料自己能活多少岁数的道理是一样的，因为人生充满了未知和不确定性。万万没有想到，在2020年的8月19日，我竟有幸登上大运河的游船，在向往已久的大运河上游了一回。我们早上从济宁的码头登船，顺河南下，行了将近三个小时，行程一百多公里，中午时分到了位于微山湖中央的南阳古镇。一路上，我一次又一次伫立船头，迎万里长风，观两岸风景，听水波新韵，发思古之情，对这里的印象深刻而难忘，值得一记。

　　最早，我是从祖父口中听到关于大运河的传说。我祖父是一个爱听说书的人，也是一个爱讲故事的人。听祖父说，大运河是隋炀帝杨广下令开凿的。隋炀帝是一位昏庸残暴、荒淫无耻的皇帝，他主张开一条运河，是为了方便到江南富庶之地掠夺财富，或到扬州、苏州、杭州等地作花天酒地的游乐。在开凿大运河期间，隋朝统治者仅在河南就征集了上百万民工。不少民工一去不返，不是累死就是病死在工地上。这跟我母亲讲的秦始皇修城墙和孟姜女哭长城的意思差不多，大运河最初留给我的认识是一条血泪之河、苦难之河。后来随着阅历的增加和对一些历史知识的了解，我才知道，隋炀帝与大运河的故事，不像我祖父所讲的那么回事。有历史研究表明，我国历史上之所以多次出现南北割据的局面，而很少出现东西分立的情况，一个主要原因，是东西有长江、黄河、淮河等几条江河的贯通，南北则有几条江河的阻隔。隋炀帝修建的大运河，等于给几条横贯东西的江河从中间打了一个十字，在中华民族的历史上，第一次实现了长河的南北贯通。运河的开通，打通了南北交通的命脉，不仅在政治、经济、军事、文化上有开创性的重要意义，对国家的统一也功不可没。从这些意义上说，隋炀帝是一位具有雄才大略的帝王，开凿大运河非但不是他的罪过，反而是他彪炳史册的历史功绩。

　　大运河的故事听得多了，我产生了一个愿望，能坐船到大运河上游一游才好。我曾在通州、德州、沧州等地看过运河，但从没有实现坐船游运河的愿望。上述有的河段，河床变得很窄，河水变得很浅，河水已不再流动，几乎成了死水。在这样已失去水运功能的河段，哪里还有什么机会在河上坐船呢！到了济宁，我才有机会乘船作运河之游，而且要游向远方，一游就是好几个钟头，这怎能不让人大喜过望，欣喜异常！一上船，我在客舱里的沙发卡座上坐不住，就迫不及待地到船头的三角甲板上站着去了。天空中有一些薄云，阳光不能直射到甲板上，天气一点儿都不热。船行带风，风吹扬着我的头发，鼓动着我的衣襟，风里洋溢着清凉的水意。其实船开得并不是很快，声响也不大，静静的，给人以船在水面滑行的感觉。河水微微有些发蓝，河面上有浮萍的叶片和细碎的绿藻漂过。紫燕在水面掠来掠去，不时点一下水，点出一圈圈涟漪。在岸边飞行的还有白鹭，白鹭飞行时伸着长腿，边飞边发出歌吟般的鸣叫。河水丰盈，河面宽阔，岸边不时升腾起一些雾气。河两岸是不断移动的风景，有树林、庄稼、湿地，还有河汊子。河水淹到了柳树的半腰，我听见有蝉在树上鸣叫。岸边的浅水处，有穿红衣服的女子，用竹竿撑着小木船，像是在采摘菱角。有男子坐在岸边大面积的遮阳伞下，专注地在河里钓鱼。男子光着膀子，脖子里搭着一条白毛巾。有一条机船从对面开过来了，船上坐的有男人，也有女人。我还没看清船上装载的什么货物，船就开了过去。

往事越千年，望着不断流向远方的逝水，我不知不觉间有些走神。我仿佛看见，成千上万的民工，以人海战术，正在工地上挖河。他们穿着破旧的衣服，喘着粗气，全靠锹刨、背驮、肩挑，像成群结队的蚂蚁一样，一点一点从低处往高处搬土。不少人累得倒在泥水里，他们爬起来，撩起衣襟擦去汗水和泪水，再接着往上搬土。两千多年过去，那些民工早就化为泥土，但他们所建的运河还存在着、流淌着，而且继续发挥着航运作用。只要运河在，人民就永远与运河同在。回过神来再看，大运河已没有了人工痕迹，似乎早就变成了一条自然的河流。时间改变一切，任何人工的东西，最终是不是都会被自然所代替呢？

我必须承认，在去济宁之前，我对大运河的了解是粗浅的、笼统的，只知道有大运河，不知道大运河在不同的历史阶段有浙东运河、隋唐大运河和京杭大运河之说，更不知道济宁在整个运河链条中所处的举足轻重的历史地位、现实地位和文化地位。简明扼要来说，大运河南北绵延三千多里，流经八省市和四十多个市区县，而被称为"运河之都"的城市只有一个，那就是济宁市。一个"都"字震乾坤，为什么济宁被称为"运河之都"呢？主要原因有两个：一是管河治河的最高权力机关——运河衙门总督府长期设在济宁；二是运河济宁段既是整条运河的水源供给地，又是运河的制高点，被说成"运河之脊"。说得具体一点，河里有水，才能载船，如果没有水，运河只能是一条干河，什么"运"都说不上。运河的水不是来自黄河，也不是来自长江，而是来自济宁的大汶河和小汶河。这两条汶河的水通过设在南旺镇的分水闸，一部分流向北方，另一部分流向南方，才保证了运河的水川流不息和货运畅通。南来北往的船要在济宁过闸，难免在济宁停留，这就自然而然地形成了济宁货物聚积、商贾云集的繁荣局面。特别值得一提的是，济宁作为孔孟之乡和儒家文化的发源地，不仅通过运河输出了粮食、煤炭、绸缎、茶叶、美酒等物质性的东西，还辐射性地输出了儒家文化。

船继续南行，河面越来越宽阔。有一段，河面大约有二三里宽，河里停泊着很大的货船，因货船上装载的是集装箱，我看不见船上装载的是什么货物。有一艘运行的货船从对面开过来，我看见一壮年男子正坐在船舷边悠闲地抽烟。我友好地对男子招招手，那男子也对我招招手。河中间有一个小岛，岛上建有小房子，房前活动着几只白鹅。当我看到丛生的芦苇、香蒲和大片的荷花时，我知道微山湖就要到了。

据历史文献记载，在康乾盛世时，康熙、乾隆两位皇帝曾分别六次下江南，大都是在运河乘船。他们乘坐的船当然是豪华的龙船，不难想象，当年大运河上船队浩荡，船上旌旗飘扬，那是一派多么壮观的景象！然而，他们反复下江南，并不仅是为了展示他们的威仪，更不单纯是为了游玩，而是有一个重要的任务——巡视河务，加强漕运。康熙曾三次驾临济宁，乾隆每次都在运河的供水枢纽济宁视察，就是有力的证明。多少年过去，水已不是过去的水，船已不是过去的船，岸已不是过去的岸，但这条历史的长河还在续写着新的历史。

我们下船的地方，是被称为"运河第一古镇"的南阳镇。南阳镇位于微山湖北端的湖中，古老的京杭大运河穿镇而过。镇上顺河成街，桥街相连，以船代步，渔舟唱晚，显示出"江北水乡"的神韵。南阳古镇已有两千两百多年的历史，康熙、乾隆皇帝曾多次在镇上驻跸，镇上留有皇粮店、清代钱庄、雕花戏台、皇帝下榻处等三十多处古迹，2014年获"中国历史文化名镇"称号。

大运河和长城一样，是中国人民所创造的人工奇迹，是被列入世界遗产名录的世界文化遗产。大运河是世界上运河中规模最大、线路最长、延续时间最久的运河，被誉为"活着的、流动的人类遗产"，堪称中华文明的瑰宝，流淌在华夏大地上的史诗。不必讳言，随着铁路、公路和海运的不断发展和发达，运河作为我国内陆的水运航道之一，已退居交通运输的次要位置。但是，如同长城失去了它的防御性物质功能却仍要大力弘扬长城文化一样，济宁市成立了运河文化研究会，正在大力保护、传承、利用和弘扬运河文化，因为运河文化彰显的是中华文明特质，体现的是中国人民开拓进取、坚韧顽强、不屈不挠的创造精神。

2020年8月28日至9月1日于北京怀柔翰高文创园

重获新生

　　谈河南南阳市脱贫攻坚所取得的成效，比较有说服力的办法，最好是从事实、个人和细节谈起。南阳市生动而感人的脱贫攻坚故事当然很多，比如我们看到和了解到的：镇平县老庄镇凉水泉村村民易地搬迁住上宽敞明亮楼房的故事；唐河县村村建幸福大院集中供养贫困老人的故事；蔡庄村驻村第一女书记彭叶被群众誉为"能文能武的花木兰"的故事等。可我想来想去，还是选择把脱贫户的一个代表王万才的故事写一写。王万才故事的独特之处在于，他精神贫困在先，物质贫困在后，精神的贫困导致了物质的贫困，成为精神和物质的双料贫困户。而他的脱贫历程，是在驻村扶贫干部的帮扶下，先解除了精神贫困的枷锁，打起重扬生命风帆的精神，才一步一步摆脱了物质上的贫困，实现了精神和物质双脱贫。

　　王万才是唐河县城郊乡王庄乡人，1964年出生。在王万才的青少年时代，大家当时都很贫穷，王万才的家境也不好。上个世纪的八十年代初，他考上了县里的一所重点高中，虽因家境贫寒没能继续求学，但他并没有气馁。改革开放的春风已经吹到了乡村，他家分到了责任田。他相信人勤地也不懒，只要把田种好，日子就不会差到哪里去。结婚有了女儿后，他仍精神头儿十足，不时发一下赞美田园风光的诗兴。精神逐渐萎靡下来，是发生在他的儿子出生之后。儿子的出生，本应带给他新的精神动力，可他发现儿子的智力发育似乎有些问题。夫妇二人一次又一次带儿子去医院看病，把家里所有的积蓄都花完了，儿子被定性为智障，病情不但不见好转，反而越来越严重。叫天天不应，唤地地不灵，王万才陷入了几近绝望的状态。他不想再干活儿了，靠喝劣质白酒麻醉自己。如果不麻醉自己的话，他觉得长夜漫漫，痛苦得连觉都睡不着。妻子受到王万才负面情绪的影响，既不想下地干活儿，也不愿在家里待着，就采取逃避的办法，天天外出和别人打麻将。在精准扶贫的目标没有对准王万才家之前，他们家就是这样的状况，穷得过冬至连顿饺子都吃不起。人的精神垮了，身体很可能也会垮。不难设想，如果没有脱贫攻坚和精准扶贫强有力的政策之手拉王万才一把，他们家不知会贫困潦倒到什么样子呢！

王万才家的转机，出现在2016年的2月13日。日期之所以如此准确，是因为王万才的脱贫日记里有详细记述。这天，唐河县直工委的副书记郭有霞来到了王万才家。王万才被村里确定为建档立卡的贫困户之后，郭有霞是县里派去的帮助王万才家脱贫的直接责任人。郭有霞跟王万才夫妻聊了一会儿，看到屋里屋外到处扔着一些空酒瓶子，地上垃圾多得几乎没下脚的地方，很快就把这个家庭致贫的主要原因找准了，那就是家里的主人失了志。扶贫要先扶志，郭有霞对王万才说：老王哥，你这个精神状态不行啊，要摆脱贫困，必须振奋精神，树立信心。这样吧，咱们今天就从收拾你的小家开始吧！郭有霞说罢，就撸起袖子，拿起扫帚，带头打扫起卫生来。经过三个人的合力整理和打扫，原来被王万才称为"狗窝"的家，很快变得整洁起来。王万才在日记里以"老树"自称，他写道："我忽然发现，原来老树也可以有一个如此可爱的家啊！"

从那以后，郭有霞和村干部就经常去王万才家，除了不断为王万才打气加油，更主要的是帮助王万才出谋划策，发展生产，尽快增加家庭的实际经济收入。当郭有霞知道王万才家的六亩地年复一年只种低效益农作物时，就建议王万才发展高效农业，改善种植结构，变单一种植为间作套种、低效单作为高效轮作，并再向别人租几亩地，以扩大种植规模。郭有霞相信，只要王万才积极投入，精心管理，一年多就可以脱贫。

王万才听从了扶贫干部们的建议，第二年就在自家的责任田里种了六亩西瓜。以前他也种过西瓜，因为缺少技术指导，管理不上心，西瓜的品种也不好，地里的草深得几乎能撵出狼来，为数不多的瓜蛋子深藏不露，找瓜比寻宝都难。这次种西瓜，是扶贫干部帮他从县里请了专家，从选种、育苗、移栽、施肥，还有后续的一系列管理，等于都是专家手把手教他。到了西瓜成熟的日子，看着满地圆滚滚的西瓜，可把王万才高兴坏了。在西瓜开园那天，王万才又特意写了一篇日记，记录了村里一位老瓜把式的评价：从坐纽数量和西瓜个头来看，一亩地的产量不会低于5000斤，按出地价格每斤6角计算，一亩地3000元，6亩西瓜就是18000元，你就等着数钱吧！开园当日，闻讯赶去的几个瓜贩子就拉走了满满几车西瓜，留下了大把红红的票子。

　　除了种西瓜，王万才还广开生财门路，做起了家庭副业生产。他利用红薯淀粉加工粉条，还开了豆腐坊，用黄豆做豆腐。有奋斗就有回报，经过不到两年的苦干，王万才家的人均收入就超过了脱贫标准。王万才及时提出了摘掉贫困户帽子的申请，经驻村扶贫工作队严格考核，并对其家庭生活环境进行全面评估之后，王万才于2017年12月22日领到了由乡人民政府颁发的"脱贫光荣证"。

　　摆脱精神和物质贫困之后的王万才，可谓"老树"逢春，喜事连连。2018年春，他被评为县里的劳动模范，作为"脱贫示范户"的代表在会上作了典型发言。他写了入党申请，被批准成为一名预备党员。他当上了县人大代表，并当选县人大常委委员。《王万才脱贫日记选》也由省里的出版社出版。他在日记里一再感叹，"酒晕子"变成了劳模，"空瓶户"变成了脱贫典型，是脱贫攻坚使自己获得了新生。

　　　　　　　　　　　　2020年9月26日于北京和平里

西凤的凤香

宝鸡市下属的县，有两个县的县名带凤字，一个是凤县，另一个是凤翔县。还有一个县叫扶风县，被不少人误读成扶凤县。是呀，凤行带风，只差那么一点点，风不就是凤嘛！也许我是瞎琢磨，我想，宝鸡二字与凤也是有关系的，因为鸡和凤同属鸟纲。《山海经》里曰："有鸟焉，其状如鸡，五采而文，名曰凤皇。"如此说来，鸡一旦成了"宝鸡"，就不再是普通的鸡，就升华为凤的同义语。

一般来说，某个地方出产的酒，就以当地的地名为酒命名。即使不以地名命名，酒名也与当地的历史文化有着紧密的联系。西凤酒也不例外。西当是古代"西府"的西，是陕西的西，或者是西域的西。凤呢，不用说是凤翔县的凤。因为西凤酒的产地是凤翔县的柳林镇。西凤酒历史悠久，据考证，可以追溯到三千多年前的殷商晚期，公认的说法是，"始于殷商，盛于唐宋"。西凤酒原来不叫西凤酒，曾被称为"秦酒""柳林酒"等。苏东坡在凤翔任职时，因喜爱此酒，就曾在一首词里写过"柳林酒，东湖柳，妇人手"。到了后来，才被命名为西凤酒，并一直延续下来。我个人认为，西凤酒的酒名很美，很富有诗意，能带给人飞翔般的想象，并给人以无边的温柔之感。我国的白酒种类成千上万，如果评选最美的酒名的话，我首先要投西凤一票。

西凤大大的名气无须我多说，大家都知道。我国的八大名酒里有它，四大名酒里也有它。我早听说过西凤酒，也多次品尝过西凤美酒。可恨我不够用心，我只大概知道西凤酒产于陕西，却不知道西凤酒的具体产地在哪里。这次到了宝鸡，我才知道，哦，原来西凤酒的具体产地是在宝鸡市的凤翔县。到什么山，唱什么歌。到什么地方，吃什么地方的饭。我还主张，不管走到哪里，最好是喝当地酿的酒。土有别，粮有别，水有别，气有别，每个地方酿制的酒味道也会有所区别。我喝过不少小作坊或私家酿的酒，那些酒虽说名气不大，但喝起来风味独特，相当可口。那么到了陕西的宝鸡呢，当然要喝西凤酒。回忆起来，从1980年春天开始，四十多年来，我十数次去过陕西，走过许多地方，比如西安、延安、铜川、黄陵、榆林、神木、米脂、绥德，还有秦岭、丹凤等。不管在陕西的什么地方，不喝酒则罢，一喝酒必定是西凤酒。真的，到了陕西为西客，要喝就喝西凤酒，我从不记得在陕西还喝过别的什么酒。我不明白这是出于什么样的文化心理，反正在陕西人眼里，仿佛西凤酒才是全中国乃至全世界最好的酒，他们当然要用最好的酒招待客人。有一年夏天，我应邀去陕西的文学院讲课，贾平凹先生请我和夫人在西安最有名的老孙家吃羊肉泡馍，喝的也是西凤酒。我知道，平日里平凹并不怎么喝酒，那天中午平凹一高兴，竟跟我喝了好几杯。席间我向他请教：陕西人为什么如此爱喝西凤酒呢？我记得平凹的回答是：西凤酒对胃口么，好喝么。我记得平凹还说了几句话，他说：人上岁数了，要少谈病。病就是狗，你不唤它，它不来，你一唤它，它就来了。这虽说是题外的话，我觉得很有意思，不妨借这个机会记在这里。

接着说西凤酒。我们都知道，我国的白酒分多种香型，有清香型、浓香型、酱香型，还有什么枣香型、奶香型、兼香型等。那么，西凤酒属于哪一种香型呢？西凤酒不属于上述任何一种香型，它的定位或者说定味是凤香型。以前我对凤香的说法不是很理解，以为西凤酒的酿造者无非是想把西凤酒的香型独树一帜，不愿把其香型与其他的香型混为一谈。待我在宝鸡细细品味了红西凤之后，不得不承认，把西凤酒的香型说成是凤香，的确有一定的根据和道理。西凤酒的突出特点是温和、绵柔、醇厚。这样的特点如果与人的性格作比，是不是更接近女性的性格呢？对了，这样说差不多就接近揭秘的性质了。我国的图腾文化中，有两种重要的图腾，一是龙的图腾，二是凤的图腾。而龙代表男性，凤代表女性。这样说来，所谓凤香是不是就是女香呢？我们在喝西凤酒的时候，是不是也会想到女性呢？我想答案是肯定的。

2020年11月2日于北京怀柔翰高文创园

赊是一种文化

在我国，"赊"是一个比较特殊的字眼，不是遇到特殊情况，人们很少跟赊打交道。那么，以赊作为地名的城镇有没有呢？有的，南阳的赊店古镇就是一个。多年来，我走的地方不算少了，可我想来想去，在全国范围内，名字带赊的地方只有赊店，独此一家，别无分店。

我是通过喝赊店老酒知道赊店的。在我最初的感知里，仿佛赊店就是老酒，老酒就是赊店，二者之间是画等号的。但根据我以往的经验，我知道自己的这种判断是片面的，有些以一概全。酒里得来终觉浅，要想对赊店有所了解，最好还是到赊店实地走一走，看一看。

2021年4月下旬，在南阳市的市花月季花盛开时节，我来到了社旗县的赊店古镇。自以为不是一个言辞夸张的人，可看了赊店古镇，我还是禁不住以吃惊来表达我的心情。恕我的历史知识和地理知识多有盲点，我万万没有想到，赊店在历史上是那样一个繁华昌盛的名镇。在明、清时期，赊店曾与汉口相提并论，有"金汉口，银赊店"及"天下店，数赊店"之说。赊店当时是连接南北水陆交通的枢纽和中转站，商贾云集，商号林立，形成了72条商业街和36条胡同，"南船北马，总集百货，豫南巨镇，九州通衢"，就是对赊店的概括，"白日千帆过，夜间万盏灯"，即是当时的诗意写照。不难想象，当年鲜花着锦、烈火烹油的赊店镇是多么令人向往。

4月24日，好雨发生，赊店古镇笼罩在烟雨之中，正适合人们发思古之幽情。我们打着雨伞，沿着街上带有车辙痕迹、闪着水光的青石板路，任穿越千年的雨点吧吧嗒嗒地打在伞篷上，一直在古街上穿行。我们看了被称为"天下第一会馆"的山陕会馆，看了"全国建筑规模最大的火神庙"，看了"华中第一镖局"，还看了票号、丝绸店、武馆和赊店酒厂窖藏老酒的地方，每到一处，都让人心生感慨，留下难忘的印象。

到了晚上，雨仍在下，空气中弥漫着湿漉漉的花香。在晚间的座谈会上，我着重谈了对赊店的三点感受，也是谈了赊店诸多深厚文化中的三种文化，一是古文化，二是赊文化，三是信义文化。

一个地方的古文化，都是从远古走来的，都有一个不断变化和积累的过程。而任何古文化都应该是有基础、有遗址、有标志的，如果没有这些，举目茫茫，古文化恐怕就不好寻觅。在赊店古镇中的所见所闻，不管是古塔、古桥、古寺院，还是古楼、古狮、古旗杆，不管是古雕、古井、古戏台，还是古阁、古街、古码头等都浸淫着古意，我们穿行其间等于一直在古风古韵、古色古香中徜徉。我在一条老街的一家文化用品门店看到一副对联，觉得这副对联很能说明赊店古老的文化底蕴。对联的内容是：一砖一瓦皆故事，一景一物尽人文。

再说赊文化。赊店也叫赊旗店，或赊旗镇。赊旗是有故事的，且来历颇为不凡。当年汉光武帝刘秀在此地起兵反对篡权的王莽，因起事匆忙，不及制旗，临时赊了"刘记"酒家的酒幌作为统兵的旗帜，赊旗店因此而得名，并因刘秀造反成功名声大振，地名沿用至今。刘秀起兵不易，需要多方面的支持，他除了在南阳赊旗，说不定还要赊别的东西。所谓赊，是买东西的人急于用某种东西，钱却不凑手，便采取向卖方延期付款的办法，把东西取走先用。久而久之，赊就形成了一种文化。我不懂外文，不知外国有没有赊文化，他们或许有租文化、借文化，但不一定有赊文化。赊文化是中华文化之一种，是我国优秀传统文化的重要组成部分。而赊店无疑是赊文化的最好载体和独特标本。赊店的存在，对于继承和弘扬赊文化有着不可替代的作用。

这天早上，我一大早起床，一个人到街上转了转。看到一街两行的古代建筑和一家挨一家的商业店堂，不知为何，我竟想到了《金瓶梅》里所描绘的市井繁华景象。以前每个朝代都有自己的鼎盛期、繁华期，但明代的赊店不管有多么繁华，恐怕都比不上我们当今的时代吧。身在赊店为赊客，到街上转的目的，我主要想看看赊店的赊文化是不是还保留着、延续着。在我的老家，我看到不少小卖店里都写有"概不赊账"的字样，似乎已与赊文化告别，普遍实行的是一手交钱、一手交货的两不赊买卖。我看到一家馍店早早开了门，就在馍店门口停住了脚步。馍店里的案板上放着一些白色的泡沫塑料盒子，盒子里放着刚出锅的蒸馍，那些蒸馍又圆又大又白，正冒着腾腾的热气。一闻到热蒸馍的麦香,我就想起在河南老家过大年吃白馍的味道。一位少妇从门里迎了出来,问我是不是要买馍。我夸她的馍很好,问她是不是用传统的发酵方法发起来的。她说是的。于是我就问她:现在买馍还能赊吗?她的回答让我满意,说当然能赊,问我赊几个。说着拿过一个塑料袋子,准备往里面装馍。我的回答让她不大满意,我说:我只是看看,问问。她说:净浪费时间。

这就说到信义文化了。古文化、赊文化,与信义文化密不可分,可以说前两种文化都是在信义文化的基础上建立起来的,没有信义文化,前两种文化就不能成立。拿山陕会馆这座古建筑来说,它是由山西、陕西二省的商人集资兴建的,前后经历了清朝的六代皇帝,共兴建了136年。时间跨度这么长,会馆建设没有半途而废,应该说信义文化和契约精神起了决定性的作用。赊文化就更不用说了,如果给赊文化换一个说法,它本身就是信义文化,有信义才有赊,不讲信义天下无赊。一个人背信弃义,恐怕谁都不会把商品赊给他。

现在物质丰富了,人们的钱包大都鼓起来了,赊东西的人越来越少。但这不等于赊文化就过时了,信义文化不过时,赊文化就不会过时。我国的二十四字社会主义核心价值观中,有一种价值观叫诚信,其意义应该说与信义文化一脉相承。我们在弘扬诚信这种价值观时,自然而然就会将赊文化、信义文化与诚信文化挂起钩来。

2021年5月27日于北京怀柔翰高文创园

更多英雄是无名

我在1998年10月初曾去过井冈山。时隔23年，到了2021年的5月下旬，值中国共产党庆祝建党100周年前夕，我再次登上了伟大的井冈山。第一次去井冈山参观，我记住了许多英雄的名字，知道中华人民共和国的建立与他们的英名紧密联系在一起，并加深了对矗立在天安门广场的人民英雄纪念碑的庄严深远意义的理解，每次仰望高耸入云的纪念碑都肃然起敬，心中顿时响起国际歌和国歌的旋律。这次上井冈山，我们追寻着当年红军浴血奋战留下的红色足迹，先后参观了黄洋界、小井红军医院、马家洲集中营；瞻仰了北山革命烈士陵园，敬献了花圈；在井冈山革命博物馆，仔细听了女军人讲解员的讲解；还与几位井冈山红军的后代进行了座谈。让我深感震撼的是，在创建井冈山革命根据地的斗争中，竟有那么多为革命事业献出了宝贵生命的英雄没有留下自己的姓名，成了永远的无名英雄。是夜，窗外雨声阵阵。我怀想着那些数以万计的无名烈士，心潮澎湃，久久不能平静。

山有名，河有名；树有名，花有名。每个人出生在世，也都会有一个名字。名字是一个人的代号，一个人的标记，命名是从自然人到文化人的必然过程。一个人有了名字，才能与别人相区别。当一个人的生命消失，需要以文字的形式记录下来时，就要记下这个人的名字，名字似乎代表着他的全部。而如果不能记下这个人的名字呢，一切烟消云散，好像这个人从来没在世界上存在过一样。有一句俗话，"雁过留声，人过留名"。也是说，人在世上过一遭，要留下自己的名字，或者说是为了留下自己的名字。

可以肯定的是，那些无名英雄都有自己的父母，他们出生后，父母都会给他们起一个名字，这是父母对儿女最宝贵的终生赐予。当他们长大后离开家乡，加入革命队伍，走上革命道路，因起码的登记造册和操练点名需要，他们每个人也都会报上自己的名字。但在硝烟纷飞、出生入死的战争年代，由于这样那样不可预知的原因，许多烈士却没能留下自己的名字。比如我们参观的小井红军医院的战士们，就是一个典型的例子。

随着反"围剿"的战斗日益频繁、残酷，红军中的伤病员越来越多。把伤病员分散放在老百姓家里养伤治病，伤病既得不到有效治疗，也会给老百姓增加负担和危险。为了改变这种状况，红四军发动群众，军民携手，就地取材，在距茨坪6公里的小井村建了一所红军医院。医院为两层木质结构的小楼，共32间病房，可同时收治200多名伤病员。这是中国工农红军所建的第一所医院，被命名为"红光医院"。医院缺医少药，医疗条件非常差。医务人员只能在附近山里采挖草药，自制医疗器具，给伤病员治疗。有的伤员需要截肢，他们只能用当地农民锯木头的锯子锯断伤员的骨头。1929年1月，在国民党调集湘赣两省18个团的兵力对井冈山根据地发动第三次"围剿"期间，在敌人对红军的正面阵地发动多次攻击无果的情况下，1月19日，敌人花200块银元买通了一个姓陈的猎户带路，偷袭了小井红军医院。大批的敌人把医院团团包围，对伤病员进行疯狂袭击。伤病员们虽然失去了正常的战斗力，手里也没有武器，但他们并没有屈服，拿起手边的拐杖、木棍、板凳等，与敌人进行殊死搏斗。终因敌我人数和力量过于悬殊，敌人纵火烧毁了医院，把红军伤病员和医务人员集中到了医院附近的一块泥泞的稻田中。敌人架起了机枪，威逼他们说出红军主力的去向和隐藏粮食、武器的地方。面对敌人的枪口和叫嚣，英雄的红军战士们手挽手，肩并肩，横眉冷对，大义凛然，像一群花岗岩雕塑一样，无一人开口，对敌人表示出极大的蔑视。敌人无计可施，恼羞成怒，向手无寸铁的伤病员和医务人员疯狂开枪扫射。在敌人开枪扫射的同时，所有的红军战士都开了口，"中国共产党万岁"的呐喊顿时响彻整个山谷，直冲云霄。烈士们的鲜血染红了稻田和稻田旁边的溪水，溪水呜咽，为之哀恸！这是惨烈的一幕，是惊天地、泣鬼神的一幕，也是悲壮的一幕、浩气长存的一幕。我坚信，在20世纪的20年代，发生在井冈山小井村稻田的这一幕，必将永远载入中国革命的史册。

1951年，新中国刚成立不久，井冈山的党组织和当地军民，就把掩埋在小井村稻田里的烈士遗骨请出，移送到茨坪安葬，并建立革命先烈纪念塔以志纪念。

既然建立了纪念塔，总得记下那些烈士的名字吧。问题来了，因敌人烧毁红军医院时，把住院治疗的伤病员的花名册也烧掉了，人们只记得当时的伤病员有130多名，具体多多少都不清楚，更不要说伤病员的名字了。根据党组织的查询和老同志们的回忆，他们只确定了李玉发、朱鹅龙、邓颖发等18位烈士的名字，绝大部分烈士姓名无从查寻。老同志们还记得，伤员中有一位红军战士，就义时年仅14岁，还是一个少年。这样的年龄，是现在一个初中生的年龄。他却牺牲在敌人的枪口下，成了一位少年烈士。让人遗憾的是，人们只记住了他的岁数和他单薄的身影，却没能记住他的名字，少年英雄的名字。

没有留下名字的英雄，当然不止壮烈牺牲在小井红军医院的那100多名烈士，据不完全统计，中国共产党领导下的工农红军，在井冈山两年四个月的浴血奋战中，共有48000余名烈士为革命献出了宝贵生命。这其中，有名有姓的烈士只有15744人，3万多人是无名烈士。

在井冈山革命烈士陵园瞻仰时，我们看到陵园的墙壁上刻满了金色的名字。那些名字都是有名的烈士，更多的无名英雄只能留在瞻仰者的心中。井冈处处埋忠骨，英雄功勋载史册。我们郑重地为烈士纪念碑献上花圈，并对所有的人民英雄三鞠躬。

2021年5月31日于北京光熙家园

十五岁的少年向往百草园

第一次去鲁迅先生的故乡绍兴，我还是一个刚满十五周岁的农村少年。去绍兴的具体日期我记不清了，只记得大致的时间是公历1967年的元旦之后，农历羊年的春节之前。我的家乡在中原腹地，作为一个一文不名的未成年人，之所以能到数千里之外的绍兴去，是借助于当年红卫兵大串联的机会，满足的是自己的私心。去湖南看了坐落在韶山冲的毛泽东故居之后，我在湘潭的红卫兵接待站过的新年，吃了一碗很香、很难忘的肥猪肉炖胡萝卜。接着我扒火车去了南昌。在南昌停留的目的是单一的，就是想看看我们的中学课本儿里所描绘的八一南昌大桥。到南昌的第二天，我就看到了大桥。大桥横跨在滚滚东流的赣江之上，在阵阵江风中，我趴在桥头的石头栏杆上，看碧蓝的江水，看浮在水面的鱼群，看顺流而下的行船，迟迟不愿离去。下一站，我就来到了被称为人间天堂的杭州。

到杭州看什么呢？在没到杭州之前我就听说过，杭州有西湖、断桥，有钱塘江、六和塔，还有灵隐寺、岳飞庙，等等，风景名胜多得数不胜数。但这些都不是我最想去的地方，或者说都不是我的首选。那么，我首选的地方是哪里呢？说出来也许有的朋友不相信，我的首选之地是离杭州不太远的绍兴的百草园。为什么一心一意要去百草园看看呢？这也是课本的作用，文章的力量。在我们中学的语文课文里，有一篇鲁迅先生的文章，题目是《从百草园到三味书屋》。文章所写到的百草园里，有树有藤，有菜畦水井，有草有花，有绿有红，有鸟有蜂，内容十分丰富、美好。鲁迅先生说，百草园是他儿时的乐园。我们把文章读来读去，诵来诵去，百草园就留在了我们心中，似乎也成了我们的乐园，精神乐园。记得我们的语文老师在讲这篇课文时，讲得声情并茂，对百草园十分神往。他说他很想去百草园看看，这辈子恐怕是没有机会了。哪个同学若有机会，他希望一定要替他去看看百草园。基于这些根深蒂固的原因，我既然来到了杭州，就一定要到绍兴的百草园看一看，如果不去看百草园，来杭州跟白跑一趟差不多。

我向接待站的服务人员打听得知，从杭州到绍兴有一百二十多华里，既没有火车可乘坐，卖票的公共汽车也很少，要去绍兴，只能是步行。步行对我来说不是什么难事。我一开始组织的就是徒步长征队，我们打着红旗，从家乡的学校出发南下，穿过大别山，一直走到了武汉。通过"长征"，我觉得自己已经锻炼出来了，一天走个一百多里不成问题。我还听说，从杭州到绍兴，虽没有客运列车，却有一条运货的铁路。于是，到杭州的第二天一大早，我就披着星光，沿着两道铁轨之间的枕木，快步向绍兴进发。没有别的同伴，我的长征队伍到武汉就走散了，从武汉再往前，就剩下我孤身一人。我身上没带什么东西，只背了一只跟当过兵的堂哥借来的"黄军挎"。挎包里装着折叠起来的长征队的旗帜，还有一本包了红塑料皮的袖珍毛主席语录本，语录本里夹着学校给我们开的介绍信。从夜里走到白天，从早上走到中午，因担心天黑之前走不到绍兴，我半路没有停下来，中午连一口饭都没吃，连一口水都没喝，一直在枕木上跨越式前行。走得热了，我觉得后背上汗津津的，就解开对襟棉袄上的布扣子，露出光光的肚皮，继续往前走。没错儿。我是一个家境贫穷的农村孩子，我穿的是黑粗布棉裤和黑粗布棉袄，棉裤和棉袄外面都没有罩衣，里面也没有衬衣，都是干要筒儿。说来不怕朋友们笑话，我棉裤里不但没穿秋裤，连件裤衩都没有，穿不起呀！我完全能够回忆起我当时的样子，刺棱着头发，脸上风尘仆仆，向着既定的目标孤独前进。我不是去地里扒红薯，也不是去地里撵兔子，而是怀着一种景仰的心情，为了一个精神性的目的，饿着肚皮，奔赴鲁迅先生笔下的百草园。

到了，在西边的天际飞满红霞的时候，我下了铁路，来到河网纵横、到处闪耀着明水的绍兴。我走上了一条长长的石板路，这条石板路铺在一条长河中间，两边都是宽阔的水面，石板路不宽也不高，离水面很近，跟水面几乎是水平的，一弯腰就能撩起一把水。水里有行船，是那种两头尖尖的小船。离我较近的一只船，跟我的行进是同一个方向。划船的人头上戴一项旧毡帽，他手里划着一支桨，脚上蹬着一支桨，借助双桨，竟比我走得还快。我想，这位划船人或许就是鲁迅家的亲戚，我加快速度，毫不放松地跟定他。当天晚上，因鲁迅故居已经关门，我没能看成百草园和三味书屋，只能就近找个接待站住下来。当时，只要自称是毛主席的红卫兵，住接待站非常容易，而且吃住全部免费。到绍兴的第二天上午，我如愿看到了向往已久的百草园。冬日的百草园显得有些荒芜和萧条，除了墙边立着一些落尽叶子的树木，墙头爬着一些枯藤，整个园子里别说百草了，连一棵绿草都看不到。但远道而来的少年并没有因此而失望，因为鲁迅先生笔下的百草园已经为他提供了一个想象的蓝本，根据蓝本，他不仅可以在想象中把百草园的情景复原，或许比原本的百草园更加丰富多彩，更加美好动人。

跨过一条小河，走过一座石桥，我当然也看了河边的三味书屋。比起百草园来，我不那么喜欢三味书屋。这可能与鲁迅先生的态度有关。我从鲁迅先生的态度里感觉出来，他对三味书屋也不是很喜欢，百草园和三味书屋，似乎代表着他的两个人生阶段，如果说前者代表自由的话，后者就意味着从此被约束，失去了无忧无虑的自由。

回想起来，五十多年前我第一次去百草园，并没有什么文学的观念，更没有想到日后要写小说，更多的是出于童心，出于好奇，出于想增加一些对老师和同学们吹嘘的资本。哪里料得到呢？在1972年，我二十一岁那年，当矿工之余，竟然做起小说来。更让我没有想到的是，连续写小说写到2001年，也就是在我五十岁那年，我的短篇小说《鞋》竟有幸获得了第二届鲁迅文学奖。当年的9月22日，在鲁迅先生诞辰一百二十周年之际，我去绍兴领了奖。颁奖大会之后，在组委会的安排下，我和所有的获奖者一起，参观了鲁迅故居以及百草园和三味书屋。三十五年后，重访百草园，我难免心生感慨，在心里默默地对百草园说：百草园，我又来了，你还记得我吗？还记得当年那个十五岁的少年吗?

不管怎么说,获得了鲁迅文学奖之后,我的卑微的名字就与鲁迅先生的伟大名字有了某种联系。若深究起来,当年我奔赴百草园,文学之心还是有一点的,表面上是去看百草园,实际上是奔鲁迅先生去的,冥冥之中,一颗十五岁的少年的心,是受到鲁迅先生作品的感染,得到鲁迅先生精神的召唤和心灵灯塔的指引,才坚定不移地奔鲁迅先生而去。也许从那时起,我心里才真正埋下了文学的种子,以后在不断向鲁迅学习写作的过程中,种子才渐渐发芽,开花,并结出一些果实。

第三次看百草园是在2004年夏天。那年,我携妻子在杭州的中国作家之家小住,我们一块儿去绍兴看了鲁迅故居后面的百草园,还看了三味书屋。

第四次看百草园,就到了2021年的秋天。在纪念鲁迅先生诞生一百四十周年之际,《小说选刊》杂志社和绍兴市人民政府共同举办了"鲁奖作家鲁迅故乡行"采风活动,作为参加活动的三十位作家之一,同时作为一位年届古稀的老人,我从始至终参加了全部活动。在百草园里,我看到园中放置了一块未经雕琢的大石头,上面镌刻着鲁迅先生所手书的绿色字体的"百草园"。我不知何时能再来百草园,便特意在石头旁边留了影,并有些不舍似的在百草园里走了两三圈儿。

我这样不厌其烦地回忆前后四次去绍兴的过程,是想说明,我一直在读鲁迅先生的书,从少年读到青年,从青年读到中年,又从中年读到老年。我的阅读经历证明,鲁迅先生的书适合各个年龄段的读者阅读,可以常读常新,越读越深,在不同的年龄阶段，可以读出不同的美好，不同的意蕴。我相信，不仅我的阅读感受是这样，我国所有读者的阅读感受都是这样。不仅我们这一代的读者爱读鲁迅先生的书，下一代、再下一代的读者，也会继续爱读鲁迅先生的书。不仅我国的读者爱读鲁迅先生的书，外国的读者也会视鲁迅先生的著作为圭臬。这就是经典作家、经典作品的永久魅力和伟大之所在。

2021年10月8日至10日于北京怀柔翰高文创园

第二辑

在国外

埃及散记

开场白

外国我去过几个了，外国的风光、风俗，以及在异国的感受，我只言片语都没写过。我很佩服有的作家，人家到国外转一圈，回来差不多能写一本书。人家的心是有准备的心，每到一处，不仅忙着往小本子上记，往照相机里照，还注意搜集有关资料。回头把几样东西一攒巴，一本书就出来了。我不行，我出去饱饱眼福，新鲜新鲜就完了，压根儿没打算写什么东西。也有的报刊编辑知道我要出国，提前向我约稿，让我给他写点纪行或游记之类。我说我不敢答应，因为我从来没写过这类东西，担心找不着感觉。回来后我果然什么都没写。外国有些东西是不错的，看过的确能给人留下一些印象。比如马来西亚的热带自然风光，比如日本人的生活特别注重细节，再比如俄罗斯海参崴的漂亮姑娘，等等，写写都是可以的。我之所以没写，一是觉得看到的都是浮光掠影的东西，和自己的心没什么联系，缺少必须书写的内在动力；二是打开国门这么多年，人们出国越来越方便，对外国的东西已不像开放之初那么稀罕。

这次去土耳其和埃及，我却要写点感受了。土耳其的伊斯坦布尔倒也没什么，除了清真寺和圣索菲亚教堂规模宏大一些，皇宫特色独具一些，加上这座城市横跨欧亚两大洲，杂交使人种（据土耳其人称，他们是我国的游牧民族突厥人的后代）显得剽悍一些，别的方面和许多城市大同小异，无甚可记。我主要记述的是在埃及的所见所闻，是这个国家的古代文明、悠久历史和罕见的文化形态，给我留下了一些难忘的记忆。

木船

2004年3月13日，我们在埃及的首都开罗参观了这个国家的博物馆。博物馆面积很大，里面陈列的各类文物有数万件。我们先看到了一条木船，船的形状和现在的大型帆船差不多，都是中间宽，两头尖，船体两端都有些上翘。乍一看，我对这条船并不重视，不就是一条船嘛！听了有关该船的介绍，我心里才有些惊叹：乖乖，了不得！你猜怎么着，这条看似不显眼的船距今已有四千六百年历史。四千六百年，这是个什么概念，一闭眼，是一个久远得让人晕眩的时间。这么长时间，是一块铁也该化了，是一块石头也该烂了，可这条木船竟赫然存在着，使我不得不对它刮目再看。船体是白茬木的，木质坚实，木纹清晰可见，有的地方还闪着骨膜一样的亮光。船的完整程度，似乎一把它投放进尼罗河或红海里，它仍可续写破浪航行的辉煌历史。这条船向我们证明，埃及早就把船作为水上交通运输工具，而且有着相当精湛的造船工艺。有一点我没弄明白，这条船为何保存得这么好呢？是不是与埃及的荒漠性干燥气候有关系呢？

黄金

我在博物馆里看到了大量黄金制品，黄金的用量逐步升级，甚至用吨位来衡量。我先看到了一条金眼镜蛇，眼镜蛇在法老时代被尊为神，是专门保护快乐女神的神。接着看到一只张开翅膀的金鹰，鹰也是神，是专门保护法老国王的。连保护神都是用金子做成的，法老国王本身更得使用大量黄金来塑身。我看到了法老的金面具，和法老等高的金身，还有两个金棺。金棺方方正正，大得像一间房子。据介绍，金棺不是用纯金做的，里面是木头，表面用了一层贴金，光贴金就用了不少黄金。金棺做工精细，称得上金碧辉煌。

想起在北京的故宫，我也看过不少黄金制品，有金印、金盆、金塔、金如意、金筷子等。我们的金制品比较精巧，规模也比较小。我想，大概是我们国家过去比较穷，黄金保有量比较少的缘故。世界的货币制一直是金本位，哪个国家的黄金储备多，就表明哪个国家比较发达，比较富强。法老时代那么多黄金，足以证明古埃及多么富裕和强大。

关键还不在这里，我想说的是，埃及的物质文明史要比我们中华民族的物质文明史早得多。须知埃及的这些黄金制品，都是在公元前两千多年前制造出来的。而在同一个时间段，我们中国的新石器时代刚过去不久，大约才进入青铜时代。我不知道中国那时候有没有金子，反正就当时中国的冶炼技术和国力来说，远远达不到大量拥有黄金的程度，更谈不上有什么黄金制品。

以前，我也听说过古罗马和古埃及文明，但有些夜郎自大，觉得中华民族的历史才是最悠久的，中华民族的文明才是最古老的，不愿承认人家的文明。这次看了埃及的博物馆，打开了我的眼界。数不清的实物在那里摆着，你不想承认也不行。

木乃伊

去埃及之前，我听说过木乃伊，但从没有看见过。我参观过中国的古尸，那不是木乃伊。据说我国的新疆地区有，但那也不是真正的木乃伊。木乃伊是一个专指，特指古代埃及人用特殊的防腐药品和埋葬方法保存下来的没有腐烂的尸体。这就是说，木乃伊是制造出来的，制造木乃伊需要特殊的条件和特殊的工艺。如果木乃伊也有专利的话，专利应当属于古埃及。

我在埃及的开罗博物馆看到了好几具人体木乃伊，那些木乃伊有男有女，有的躺着，有的立着。在玻璃罩里站立着的木乃伊，看上去高大粗壮，似乎比现在的人高出许多，让人怀疑现在的人类是不是变矮了。没人给我们讲解，人死后为什么还要制成木乃伊。我想，无非是人类出于对生命的挚爱，对人生的留恋，以及对长生的渴望。

让人感到惊奇的是，我在博物馆里还看到了不少动物的木乃伊，那些动物有牛、羊、鸡、狗、猴子、兔子、鹰、鸽子、鳄鱼，等等，好像天上飞的，地上跑的，水里游的，全都包括了。以前只听说过有人体木乃伊，没想到还有各种动物的。人到了另一个世界，大概想把原来的世界都带走，再造一个世界，所以才制造了众多的动物木乃伊。这有些类似我国古代皇陵的殉葬品，那些殉葬品里也有活人活马。狗的木乃伊是蹲坐的姿势，直着头，闭着嘴巴，望着远方，样子十分安详，像是在为主人看家护院。一只猴子的木乃伊也是坐姿，头侧向左边，右手摸着右脚。猴子的造型这般栩栩如生，不像是死后才制成的木乃伊，而是猴子还活着时，就把猴子的手脚固定住，活活地制成了木乃伊。如果我的推测成立，那么别的动物也都是活着时制成木乃伊。另外，每个动物木乃伊的外面，都扣有一个和动物形状相同的陶器，陶器饰以彩绘，像是一个放大了的动物。

金字塔

金字塔是埃及的标志性建筑，也是全人类所居住的地球上的标志性建筑，因为金字塔太著名了，我对金字塔向往已久。2004年3月13日下午，我们从开罗乘车向金字塔出发。出城不远，我就看见金字塔的塔尖了，如耸立的山峰。可走了一会儿，金字塔又看不见了，像是隐蔽起来了。直到汽车拐进一片荒凄，走了好一会儿，我们才来到金字塔跟前。金字塔有三座，一座最大的，一座中大的，还有一座小的。塔呈多面锥形状，远看如同中国的汉字金，所以叫金字塔。我们中国人叫它金字塔，不知外国人是不是这个叫法。

其实金字塔是法老的陵墓，因陵墓建得比较高大，就叫成了塔。陵墓用一块块巨石堆砌而成，里面是砂岩，外面是一层装饰性的花岗岩。因年代太久，花岗岩几乎不存在了，露出了土黄色的砂岩内胎。只有那座最高的金字塔的塔顶处，还保留着少量的花岗岩，在阳光的照耀下，花岗岩闪着美丽的光彩，如戴了一顶尖顶的帽子。金字塔没什么可看的，人们到了那里主要任务就是以金字塔为背景照相，左照右照，立下存照，证明自己来看过金字塔了。

我在用一座山石雕成的狮身人面像前也留了影。几千年来，狮身人面像经风雨剥蚀，人面上的五官已不太清晰，鼻子不是鼻子，眼睛不是眼睛，只剩下一些模糊不清的轮廓。人们担心，再过若干年，这座雕像将彻底消失。

月光

从开罗到埃及的南方城市阿斯旺，我们是乘火车去的。据说阿斯旺是埃及的第三大城市，除了开罗、亚历山大，就是阿斯旺了。可阿斯旺的人口才一百多万，这样的人口数量只相当于我们中国一个中等县的人口量。上了火车，我被单独安排在一个包厢里。包厢的空间比较狭小，但设施还算齐全，有卫生间、洗手池、折叠式小茶几、衣架等。睡到后半夜醒来，我觉得车窗外微明，以为天就要亮了，举头往外一看，原来天空中挂着大半块月亮，外面不是天光，是月光。这肯定是我在故乡看到的那个月亮。那年春天我回老家，正赶上二月十五月儿圆。刚吃过晚饭，月亮就升起来了，照得我们家的院子白花花的。我搬个小凳子坐在院子里，一直看着月亮，沐浴着月光。院子里极静，是月光让一切都沉静下来，并不断加深着沉静的深度。我干脆坐了起来，久久注视着车窗外的月亮。列车走，月亮也在走。月亮似乎也看见我了，仿佛在说：我认识你，你怎么跑到这儿来了？月光是公平的，不管你到哪里，月光都有你一份。月光的普遍性让我心生感动。我想起一个故事。一个盗贼听说山上的寺里有珍宝，就趁和尚下山的时候到寺里去偷，他把寺里各个角落都找遍了，也没找到什么珍宝。下山时盗贼碰见和尚，他问和尚，寺里的珍宝到底藏在哪里。和尚把遍地的月光一指，说你看，这就是我们的珍宝。

天渐渐亮了，我才看到车窗外的异国风光。沿途有水塘，塘里长着芦笋和蒲草。田里一片葱绿，看样子像是还没出穗的小麦。有农人在田里劳动，他们都是黑人，下地干活儿也穿着长袍。他们的交通和运输工具多是毛驴，下地骑毛驴，收工回家也是骑毛驴。我看见一个穿灰白长袍的农人，骑着一头同样是灰白颜色的毛驴，驴背上放着一大捆青草。偶尔也能看见一辆公共汽车，汽车很小，后面的车厢是封闭式的，车厢里已挤满了人，不少人就站在车厢后面的踏板上，像蜂团子一样。

尼罗河

从埃及回来，不能不提到尼罗河，尼罗河对埃及非常重要，的确称得上是埃及的母亲河。我们乘坐和下榻的宾馆式豪华游轮在尼罗河上走了四夜三天，让我们饱览了尼罗河两岸的旖旎风光。船上房间的窗户很大，坐在窗边小圆桌旁的沙发上，抬眼即见烟波浩渺的河面。尼罗河的水很清，是碧蓝色的，有白色的水鸟在水面翻飞。河上打鱼的人很少，在远远的岸边，才有一两只小船。泡一杯从国内带来的信阳毛尖，一边品茶，一边看水，真是一种莫大的享受。我注意到，埃及的田园和绿化带都是沿尼罗河两岸展开的，或者说庄稼、树木以及城市，都是尼罗河的河水浇灌和派生出来的，离河稍远一些的地方，就是寸草不生的沙漠和荒山。埃及的工业生产不够发达，吃粮主要是靠进口。埃及的国民经济收入三分之一是来自旅游业，而尼罗河是埃及的主要旅游资源，旅游业的大部分收入是从尼罗河里获得的。

到埃及旅游的，百分之九十以上是欧洲人或白种人，在船上偌大的自助餐厅里，每天就餐的只有包括我们北京作家团在内的两三桌亚洲人，而其他几十张桌子坐的全是欧洲人。欧洲人多是夫妻出游或全家出游，他们玩得非常放松。我在茨威格的小说里看见过类似的场景。在十八、十九世纪甚至更早，欧洲人就开始了旅游。他们在全世界拥有不少殖民地，想到哪里就到哪里。他们富足、浪漫，养成了旅游的习惯。侍者都是当地的黑人，他们都有高高的个子、职业化的笑容、敏捷的动作，还有机器般的耐心，显得训练有素。

这次去土耳其和埃及之前，我被告知，这两个国家主要信奉伊斯兰教，到那里主要是吃牛羊肉。我说很好，我最爱吃的肉就是羊肉。想起有一年，我随《人民文学》组织的作家团去新疆，我们几乎天天吃手抓羊肉，吃得真是痛快。然而到土、埃转了十来天，我天天都准备着吃羊肉，却一次都没吃过。在船上的自助餐厅里，我端着盘子找来找去，始终没发现羊肉，只有一些煮得不烂的牛肉。后来我悄悄问导游，怎么看不见羊肉呢？你们这里不是羊肉多嘛！埃及的女导游告诉我，餐厅为降低成本，一般舍不得给游客吃羊肉，因为羊肉太贵了，一公斤羊肉相当于一公斤牛肉的三四倍。噢，原来是这样，可以理解，等我们回国再吃吧。

游船的顶部有一个面积不小的平台，上面有泳池，日光浴晒台，还有酒吧。我登上平台一看，晒台那里的躺椅上一片白，几乎都被只穿着泳装的白种人占满了。白种人大概嫌自己太白了，想把皮肤晒得红一些。两天之后，我在埃及红海边的一处沙滩上，又看见了许多白人在那里进行日光浴。让人称奇的是，不少女人把乳房裸露出来，就那么夸耀似的在太阳下面晒。有的女人乳房很大，堪称巨乳。有的女人乳房很白，白得闪着柔光。有的女人乳房已经晒红了，晒成了她们预想的效果。有的女人很年轻，看上去像是姑娘模样，她们也仰躺着，举着乳房在那里晒，把乳房变成了阳光乳房。

在游船上，我每天晚上都去舞厅跳舞。晚上没别的活动，不跳舞干什么呢！和外国女人在一块儿跳迪斯科，我们一边跳，一边大叫，跳得汗水淋漓。

有天晚上跳完舞已是半夜，我突发奇想，干脆到船顶部的平台去睡一夜，好好看一看月亮和星星。平台上的灯都熄灭了，月亮尚未出来，只有一些星星散落在泳池里。我摸索着在一个躺椅上躺下来，像小时候在我们老家的打麦场看星星一样。船在前行，风很大，平台上一个别的人也没有。我闭上眼睛，想试一下能不能睡着。不行，我觉得有些冷，裹紧毛巾被还是冷。这里毕竟不是我们老家的打麦场，而是异国他乡，我无论如何也睡不着。又坚持了一会儿，我突然觉得有些害怕，赶紧下去回到我自己的房间。

神庙

在埃及到底看了多少神庙，我都记不清了，至少有七八座吧。看头两座神庙时，我还有些兴趣，后来看得越多，印象有些串秧子，越是模糊不清。记得在阿斯旺，我们在一个面积很大的水库里乘坐游艇去看了一座神庙。据说原来神庙的位置在水库里，水库一蓄水，会把神庙全部淹没。为了保护文物，埃及吁请联合国教科文组织出面筹资，把这座巨大的神庙整体迁移出来，移到一处水淹不到的高台上。我们到迁移出来的神庙里看过，知道神庙巨大的石雕山墙和立柱都被切割过，然后被重新拼接在一起，拼接的痕迹清晰可见。

在尼罗河河边，我们弃船登岸，也看过一座神庙。神庙的雕花石柱顶天立地，仰视才能看见上面的横梁。如果把整座神庙比作艺术品的话，看了这样的神庙，你才知道什么叫粗犷。

埃及的神庙都是石头建筑，看不到一根木头。我以为看到的神庙都是废墟，因为神庙上面都露着天。听了介绍才知道，埃及的神庙本来就没有盖顶，都是露天的。神庙还有一个特点，里面供奉的神像大多是雕刻在石头墙壁上的浮雕，都是法老和他的老婆。

　　　　　　　　　　　　　　　2004年8月7日至11日于北京

月光记

从开罗前往埃及南部城市阿斯旺，需乘坐一夜火车。是夜，我独自享用一个小小包厢。睡至半夜醒来，抬头望见车窗外的天空挂着大半块月亮。月亮是晶莹的，无声地放着清辉。我素来爱看月亮，便坐起来，对月亮久久望着。列车在运行，大地一片朦胧。而月亮凝固不动似的，一直挂在我的窗口。我观月亮，月亮像是也在观我，这种情景给我一种月亮与我两如梦的感觉。

我有些走神儿，想到了故乡的月亮，想到月光在我家院子里洒满一地的样子。清明节前，我回老家给母亲烧纸。晚上，只有我一个人在院子里坐着。一盘圆圆的月亮蓦然从树的枝丫后面转出来了，眼看着就升上了树梢。初升的月亮是那般巨大，大得有些出乎我的意料。不必仰脸往天上找，甚至不用抬头，好像月亮自己就碰在我眼上了。随着月亮渐升渐高，皎洁的月光便洒了下来。没有虫鸣，没有鸟叫，一切是那样静谧，静得仿佛能听见月光泼洒在地上的声音。地上的砖缝里生有一些蒲公英，蒲公英正在开花。因月光太明亮了，我似乎能分辨出蒲公英叶片的绿色和花朵的黄色。

我相信，我在埃及看到的月亮，就是我们家乡的那个月亮。我还愿意相信，月亮是认识我的，我到了埃及，她便跟着我到埃及来了。可是，埃及在非洲的北部，离我们家乡太远太远了啊！远得隔着千重山、万重水，简直像是到了另外一个充满神话的世界。家乡离埃及如此遥远，月亮是怎么找到我的呢？是怎样认出我的呢？月光是不是有着普世的性质，在眷顾着地球上的每一个人呢？由此我想到"普遍"这个词。这个词不是什么新词，几乎是一个俗词，但我觉得用普遍修饰月光是合适的，是不俗的。试想，就月光的普遍性而言，除了阳光和空气，还有什么能与月光作比呢！其实，对于月光的普遍性存在，我们的前人早就注意到了，并赞美过了。李白说的是："今人不见古时月，今月曾经照古人。古人今人若流水，共看明月皆如此。"苏东坡说的是："但愿人长久，千里共婵娟。"只不过，李白是从纵的方面说的，苏东坡是从横的方面说的，他们以对人类生命大悲悯的情怀，从纵横两方面把月光的普遍性和永恒性诗意化了。

月光是普遍的，也是平等的。月光对任何人都不偏不倚，你看见了月亮，月亮也看见了你，你就得到了一份月光。人类渴望平等，平等从来就是人类追求的目标。可是，由于这样那样的原因，人类从来就没有平等过。凡是有人类的地方，就同时存在着三六九等的差别。从权力上分，人被分为官家、平民；从财富上分，人被分为富人、穷人；从门第上分，人被分为贵族、贱民；从智力上分，人被分为聪明人、傻子；从出身上分，人被分为依靠对象、团结对象和打击对象；从职业上分，人被分为上九流和下九流；连佛家把世界分为十界的人界中，也把人分为富贵贫贱四个等级。"遍身罗绮者，不是养蚕人。""朱门酒肉臭，路有冻死骨！枯荣咫尺异，惆怅难再述。"就是等级差别的真实写照。然而，月光不分这个那个，她对万事万物一视同仁。月光从高天洒下来了，洒在山峦，洒在平原，洒在河流，洒在荒滩，也洒在每个人的脸庞。不管你住别墅，还是栖草屋，不管你一身名牌，还是衣衫褴褛，不管你是笑脸，还是泪眼，她都会静静地注视着你，耐心地倾听你的诉说。月亮的资格真是太老了，恐怕和地球的资格一样老。月亮的阅历真是太丰富了，人世间所发生的一切，她什么没看到呢！月光就是月亮的目光，正因为她看到的人间争斗和岁月更迭太多了，她的目光才那样平静、平等、平常。月亮的胸怀真是太宽广了，还有什么比月光对万事万物更具有包容性呢，还有什么比月光更善待众生呢！

我突发奇想，哦，原来文学与月光有着同样的性质和同样的功能，或者说月光本身就是自然界中的文学啊！阳光不是文学，阳光照到月球上，经过月球的吸收、处理，再反映到地球上，就变成了文学。阳光是物质性的，月光是精神性的。阳光是生活，月光是文学。阳光和月光的关系就是现实生活与文学创作的关系。阳光是有用的，万物生长靠太阳，世界上任何物质所包含的热量和能量都是阳光给予的。月光是无用的，在没有月光的情况下，人们照样可以生存、生活。然而，且慢，月光真的连一点用途都没有吗？真的可有可无吗？当你心烦气躁的时候，静静的月光会让你平静下来。当你为爱情失意的时候，无处不在的月光会一直陪伴着你。当月缺的时候，你内心会充满希望。月圆的时候，会引起你对亲人的思念。当久久地仰望着月亮，你会物我两忘，有一种灵魂飞升的感觉。当你欣赏了阳刚之美，不想再欣赏一下月光的阴柔之美吗？当你想到死亡的时候，是不是会认为阴间也有遍地的月光呢？太阳为阳，月亮为阴；白天为阳，夜晚为阴；正面为阳，背面为阴；男人为阳，女人为阴；阳间为阳，阴间为阴；等等。有阳有阴才构成了世界，阴阳是世界相对依存的两极。正如这个世界少不得女人一样，月光还真是少不得呢！

同样的道理，只要人类存在着，文学就不会死亡。我愿以我的小说，送您一片月光。

2008年3月24日于北京和平里

在雨地里穿行

那是什么？又白又亮，像落着满地的蝴蝶一样。不是蝴蝶吧？蝴蝶会飞呀，那些爬在浅浅草地上的东西怎么一动都不动呢！我走进草地，俯身细看，哦，真的不是蝴蝶，原来是一种奇特的花，它没有绿叶扶持，从地里一长出来就是花朵盈盈的样子。花瓣是蛋白色，花蕊处才有一丝丝嫩绿，真像粉蝶展开的翅膀呢！放眼望去，大片大片的花朵闪闪烁烁，又宛如夜空中满天的星子。

我们去的地方是肯尼亚马赛马拉野生动物保护区，保护区的面积大约是四百平方公里。在保护区的边缘地带，我注意到了那种大面积的野花，并产生了好奇。在阳光普照的时候，那种野花的亮丽自不待言。让人称奇和难以忘怀的是，在天低云暗、雨水淅沥之时，数不尽的白色花朵似乎才更显光彩夺目。花朵的表面仿佛生有一层荧光，而荧光只有见水才能显示，雨水越泼洒，花朵的明亮度就越高。我禁不住赞叹：哎呀，真美！

北京已进入初冬，树上的叶子几乎落光了。地处热带的肯尼亚却刚刚迎来初夏的雨季。我们出行时，都遵嘱在旅行箱里带了雨伞。热带草原的雨水是够多的。我们驱车向草原深处进发时，一会儿就下一阵雨。有时雨下得还挺大，大雨点子打得汽车前面的挡风玻璃砰砰作响，雨刷子忙得手忙脚乱都刷不及。这么说吧，好像每一块云彩都是带雨的，只要有云彩移过来，雨跟着就下来了。

　　透过车窗望过去，我发现当地的黑人都不打雨伞。烟雨蒙蒙之中，一个身着红袍子的人从远处走过来了，乍一看像一株移动的海棠花树。待"花树"离得稍近些，我才看清了，那是一位双腿细长的赤脚男人。他没打雨伞，也没穿雨衣，就那么光着乌木雕塑一样的头颅，自由自在地在雨地里穿行，任天赐的雨水洒满他的全身。草地里有一个牧羊人，手里只拿着一根赶羊的棍子，也没带任何遮雨的东西。羊群往前走走，他也往前跟跟。羊群停下来吃草，他便在雨中静静站立着。当然，那些羊也没有打伞。天下着雨，对羊们吃草好像没造成任何影响，它们吃得专注而安详。那个牧羊人穿的也是红袍子。

　　我说他们穿的是袍子，其实并没有袍袖，也没有袍带，只不过是一块长方形的单子。他们把单子往身上一披，两角往脖子里一系，下面往腰间一裹，就算穿了衣服，简单得很，也易行得很。他们选择的单子，多是以红色调为主，再配以金黄或宝蓝色的方格，都是鲜艳明亮的色彩。临行前，有人告诫我们，不要穿红色的衣服，以免引起野生动物的不安，受到野生动物的攻击。我们穿的都是暗淡的衣服。到了马赛马拉草原，我看到的情景恰恰相反，当地的土著穿的多是色彩艳丽的衣服，不知这是为什么。在我看来，在草原和灌木的深色背景衬托下，穿一件红衣服的确出色，每个人都有着万绿丛中一点红的意思。

我们乘坐的装有铁栅栏的观光车在某个站点停下，马上会有一些人跑过来，向我们推销他们的木雕工艺品。那些人有男有女，有年轻人，也有上岁数的老人。他们都在车窗外的雨地里站着，一个打伞的人都没有。洁净的雨滴从高空洒下来，淋湿了他们茸茸的头发，淋湿了他们的衣服，他们从从容容，似乎一点儿都不介意。我想，他们大概还保留着先民的习惯，作为自然的子民，仍和雨水保持着亲密的关系，而不愿与雨水相隔离。

在辽阔的野生动物保护区，那些野生动物对雨水的感情更不用说了。成群的羚羊、大象、野牛、狮子、斑马、角马、长颈鹿，还有秃鹫、珍珠鸡、黄冠鹤，等等，雨水使它们如获甘霖，如饮琼浆，无不如痴如醉，思绪绵长。你看那成百上千只美丽的黑斑瞪羚站在一起，黄白相间的尾巴摇得像花儿一样，谁说它们不是在对雨水举行感恩的仪式呢！有雨水，才会有湿地，有青草，有泉水。雨水是生命的源泉，也是一切生物生生不息的保障啊！

我们是打伞的。我们把精制的折叠雨伞从地球的北部带到了地球的南部。从车里一走下来，我们就把伞打开了，雨点儿很难落在我们身上。有一天，我们住进马赛马拉原始森林内的一座座尖顶的房子里。雨下了一夜。第二天早上，彩虹出来了，雨还在下着。我们去餐厅用早餐时，石板铺成的小径虽然离餐厅不远，但我们人人手里都举着一把伞。餐厅周围活动着不少猴子，它们在树上轻捷地攀援，尾随着我们。我们在地上走，它们等于在树上走。据说猴子的大脑与人类最为接近，但不打伞的猴子对我们的打伞行为似乎有些不解，它们仿佛在问：你们拿的是什么玩意儿？你们把脸遮起来干什么？

　　回想起小时候，在老家农村，我也从来不打伞。那时，伞是奢侈品，我们家不趁一把伞。夏天的午后，我们在水塘里扑腾。天忽地下起了大雨，雨下得像瓢泼一样，在塘面上激起根根水柱。光着肚子的我们一点儿都不惊慌，该潜水，还潜水，该打水仗，还继续打水仗，似乎比不下雨时玩得还快乐。在大雨如注的日子，我和小伙伴们偶尔也会采一枝大片的桐叶或莲叶顶在头上。那不是为了遮雨，是觉得好玩，是一种雨中的游戏。

　　不知从何时开始，我打起了雨伞。一下雨，我便用伞顶的一块塑料布或尼龙布把自己和雨隔开。我们家各种花色的伞有好多把。然而，下雨的日子似乎越来越少了，雨伞好长时间都派不上用场。如果再下雨，我不准备打雨伞了，只管到雨地里走一走。不就是把头发和衣服淋湿嘛，怕什么呢！

　　　2009年3月12日于美国华盛顿州奥斯特维拉村

参天的古树

　　那是一栋独立的别墅，我住在二楼的一间卧室。卧室的窗户很宽大，窗玻璃明得有如同无。然而这样的窗户却不挂窗帘。我只要躺在床上，便把窗外的景物看到了。窗外挺立着一些参天的古树，那些古树多是杉树，也有松树、柏树和白桦等。不管哪一种树，呈现的都是未加修饰的原始状态，枝杈自由伸展，树干直插云天。一阵风吹过，树冠啸声一片。一种宝蓝色的凤头鸟和一种有着玉红肚皮的长尾鸟，在林中飞来飞去，不时发出好听的叫声。我看到的更多的是举着大尾巴的松鼠，它们在树枝间蹿上跳下，行走如飞，像鸟儿一样。松鼠是没长翅膀的鸟儿。它们啾啾叫着，欢快而活泼。它们的鸣叫也像小鸟儿。树林前面，是一片开阔的草地。和草地相连的，是蔚蓝色的海湾。海湾对面，是连绵起伏的雪山。

　　把目光拉回，我看到两只野鹿在窗外的灌木丛中吃嫩叶。它们一只大些，一只小些，显然是一对夫妻。我从床上下来看它们，它们也回过头来看着我。它们的眼睛清澈而美丽，毫无惊慌之意。墙根处绿茵茵的草地上突然冒出一堆蓬松的新土，那必是能干的土拨鼠所为。雪花落下来了，像是很快便为褐色的新土堆戴上了一顶白色的草帽。

是的，那里的天气景象变化多端，异常丰富。一忽儿是云，一忽儿是雨；一阵儿是雹，一阵儿是雪；刚才还艳阳当空，转瞬间云遮雾罩。雪下来了。那里的雪花儿真大，一朵雪花儿落到地上，能摔成好多瓣。冰雹下来了，碎珍珠一样的雹子像是有着极好的弹性，它打在凉台的木地板上能弹起来，打在草地上也能弹起来，弹得飞珠溅玉一般。不一会儿，满地晶莹的雹子就积了厚厚一层。雨当然是那里的常客，或者说是万千气象的主宰。一周时间内，差不多有五天在下雨。沙沙啦啦的春雨有时一下就是一天。由于雨水充沛，空气湿润，植被的覆盖普遍而深厚。树枝上、秋千架上、绳子上，甚至连做门牌的塑料制品上，都长有翠绿的丝状青苔，让人称奇。

那个地方是美国华盛顿州西南海岸边的一个小村，小村的名字叫奥斯特维拉。我和肖亦农先生应埃斯比基金会的邀请，就是住在那个环境优美的地方写作。过去我一直认为，美国是一个发达国家，也是一个年轻国家，不过到处都是高楼大厦，没有什么古老的东西。这次在那里写作，我改变了一些看法，发现古老的东西在美国还是有的。美国虽然年轻，但它的树木并不年轻；美国不古老，那里生长的树木却很古老。肯定是先有了大陆、土地、野草、树木等，然后才有了美国。看到一棵棵高大的苍松古柏，你不得不承认，美国虽然没有悠久的人文历史，却有着悠久的自然生态历史。而且，良好的自然生态就那么生生不息，一直延续了下来。对此，那漫山遍野的古树，就是最好的证明。

出生于本地的埃斯比先生，所骄傲的正是家乡诗一样的自然环境。他自己写了不少赞美家乡的诗歌，还希望全世界的作家、诗人、剧作家、画家等，都能分享他们家乡的自然风光。在一个春光烂漫的上午，和煦的阳光照在草地上，埃斯比突发灵感，对他的朋友波丽说：咱们能不能成立一个基金会，邀请全世界的作家和艺术家到我们这里写作呢？埃斯比的想法得到了波丽的赞赏，于是，他们四处募集资金，一个以埃斯比命名的写作基金会就成立了。基金会是国家级的社团组织，其宗旨是为全世界各个流派的作家和艺术家提供不受打扰、专心工作的环境。基金会鼓励作家和艺术家解放自己的心灵，以勇于冒险的精神重新审视自己的写作项目，创作出高端的文学艺术作品。

基金会成立以来，在过去的九年间，已有苏格兰、澳大利亚、尼泊尔、加拿大、匈牙利等六七个国家的九十五位作家、艺术家到奥斯特维拉写作。他们都对那里的居住和写作环境给予很高评价，认为那里宁静的气氛、独处的空间、优美的自然风光，的确能够激发创作活力。

我由衷敬佩埃斯比创办基金会的创意。他的目光，是放眼世界的目光；他的胸怀，是装着全人类的胸怀；他的精神，是真正的国际主义的精神。有了那样的精神，他才那么给自己定位，才有了那样的创意，才舍得为文化艺术投资。他的投资不求回报，是在为全世界的文化艺术发展做贡献，在为人类的精神文明做贡献。埃斯比的举动堪称是一个壮举。

1999年，埃斯比先生逝世后，波丽继承了他的遗志，继续发展基金会的事业，不断扩大基金会的规模。基金会扩建基础设施的近期目标，是每年至少要接待三十二位作家、艺术家到那里生活和写作。波丽一头银发，大约七十多岁了。她穿着红上衣，额角别着一枚蝴蝶形的花卡子，看上去十分俏丽，充满活力。她对我们微笑着，很像一位慈祥的老奶奶。她在互联网上看到对我们的介绍和我们的作品，向我们深深鞠躬，让我们十分感动。

由中国作家协会推荐，经埃斯比写作基金会批准，我和肖亦农有幸成为首批赴奥斯特维拉写作的中国作家。一在树林中的别墅住下来，我就体会到了那里的宁静。我们看不到电视、报纸，也没有互联网，几乎隔断了与外界的信息联系。那里树多鸟多，人口稀少。我早上和傍晚出去跑步，只见鸟，不见人，只阅花儿，不闻声。天黑了，外面漆黑一团，只有无数只昆虫在草丛中合唱。在月圆的夜晚，我们踏着月光出去散步，像是听到如水的月光泼洒在地上的声音。写作的间隙，我平躺在客厅的沙发上，看着挂在凉棚屋檐下由道道雨丝织成的雨帘，一时不知身在何处，宁静而幽远的幸福感从心底涌起。不能辜负埃斯比写作基金会的期望，亦不能辜负那里优美的自然环境，在不到一个月的时间里，我写了一篇短篇小说，两篇散文，记了两万多字的日记，还看完了三本书。

我们刚到那里时，杏树刚冒花骨朵儿。当我们离开时，红红的杏花已开满了一树。

2009年3月26日于美国华盛顿州奥斯特维拉村

地球婆

　　第一次见面，我对她有些不恭。当我知道了她的身份和她家的经济情况，"地主婆"三个字脱口而出。她不懂中文，我叫她地主婆，反正她也听不懂。其实听懂了也没什么。她家有农场，有大面积的土地，养有成群的牛、羊、鸡，她又是家庭主妇，我叫她地主婆也算是名副其实，不带什么贬义。不知为何，我看她的形象也像是地主婆，因为她的脸颊格外红，红得像搽了胭脂一样。我仔细瞅了瞅，她并没有搽胭脂，那红不是表面的，是深层次的，像是太阳晒出来的，是太阳红。

　　她是美国华盛顿州一位普通的家庭妇女，名字叫格尤。格尤在一个小教堂里遇见我们，知道我们是应邀到美国写作的中国作家，就决定请我们吃饭，吃烤鸡。她特别说明，鸡是她自家养的。好呀，我们肚里正缺油水，有人请我们吃烤鸡，我们求之不得，当然乐意。

　　格尤家的别墅建在一处开阔的草地上，别墅对面不远就是蔚蓝色的大海。成群的白鸥在海面翻飞，景色十分壮丽。我们来到格尤家的别墅门口，门开，格尤还没出来，她家的小狗就率先跑了出来。让我感到惊奇的是，小狗从未见过我们，却像是看到久别重逢的老朋友一样，对我们这般友好。它把尾巴举着，像举着一束鲜花。它把"鲜花"快速摇着，向我们表示热烈欢迎。

外面下着小雨，颇有凉意。而室内壁炉里面的木柴在熊熊燃烧，带有松柏香味的温暖像是一直暖到我们心里。格尤家的厨间如同一个酒吧，是开放式的。我们坐在客厅的沙发上，就可以看见格尤在厨间忙活。据说格尤有五个孩子，四个儿子，一个女儿。最大的孩子二十四岁，最小的孩子才四岁。我们不知道格尤的年龄，她至少有四十多岁。美国的妇女肥胖者居多，一进入中年，体态就有些臃肿。格尤是一个例外，她下穿牛仔裤，上穿高领毛衣，头发绾在头顶，一副很精干的样子。看得出，格尤是一个热爱劳动的人，劳动使她容光焕发，也让她身手矫捷。格尤的厨艺不错，她烤制的嫩鸡黄朗朗的，外酥里嫩，的确很好吃。我们用刚刚学到的两句英语，一再向她发起恭维，夸烤鸡的味道太棒了，她的厨艺太棒了，她本人也太棒了！格尤对我们微微笑着，一再说谢谢，谢谢！

我注意到，格尤的性格是内敛的，她的笑优雅而有节制，好像有一点羞涩，还有那么一点忧郁。格尤的睫毛长长的，眼睛是蔚蓝色的。当她的眼睛向下看时，长长的睫毛仿佛给秋水一样的眼睛投下一片阴影。我隐隐觉得，格尤有话要对我们说，但因语言上的障碍，她的话没能说出来。话没能说出来，她像是怀有心事一样。格尤的生活如此优裕，还有什么放不下的心事呢？

过了几天，格尤又让人给我们捎话，要请我们看一个电视片。我们问是什么电视片，捎话的人说，可能是美国的一个风光片吧！格尤家的农场在另外一个挺远的地方，她独自驱车一百多公里，特意请我们看电视片。在看电视片之前，格尤再次请我们吃饭。她打听到我们爱吃面条，给我们每人煮了一碗热腾腾的汤面。晚上8点，电视片准时播出。所谓电视片，原来是电视台播放的一档节目，是一个纪录片。纪录片的内容，是展示全球气候变暖之后南极冰川融化的过程。冰川本来是一个巨大而美丽的整体，现在却烂得千疮百孔，到处是空洞。那些空洞都很深，像无底洞一样。拍摄纪录片的人需要穿上防滑的冰鞋，腰间系上很长的尼龙绳子，才能下到深洞的半腰。冰洞的壁上也有洞，那些洞口正哗哗地向外蹿水。如果冰川也有血管和血液的话，那些蹿出来的水恰似冰川的血管因破裂而流出的血液，让人触目惊心。冰川连绵起伏，像一座座山峰。由于冰川融化，基础遭到破坏，"山峰"轰然倒下，倒向大海。当冰川坍塌激起排空的海浪时，那悲壮的一幕给人一种毁灭之感。无数座冰川倒向海里，就把海平面提高了。海水大面积涌向人类赖以生存的土地和家园，于是人们纷纷逃离。

纪录片看了一半，我就知道格尤的用意了。我悄悄回头看了看格尤，见格尤看得十分专注。她手上端着小半杯红葡萄酒，看片子期间，她就那么一直端着，像是忘了喝。她表情凝重，看到紧张处似乎还有些惊悚。看完纪录片，格尤通过翻译告诉我们：我知道你们是作家，会写文章，希望你们写写环境保护方面的文章，呼吁全世界的人都来爱护我们的地球，保护我们的地球。格尤终于说出了她要对我们说的话，她看着我们，神情是那样恳切。我当即表态说：好的，好的，我们一定尽力而为。

我们生于地球，长于地球，日日夜夜在地球上生活，一分一秒都离不开地球。可作为地球上的普通居民，有多少人真正关心过地球的现状呢？有多少人对地球的变化忧心忡忡！也许我们觉得地球太大了，大得我们心里装不下它。也许地球离我们太近了，反而觉得它离我们很远。也许我们对地球太熟悉了，对太熟悉的事物我们往往不愿多看它一眼。格尤不是这样，在格尤眼里，地球好比是她家的一只皮球，她要经常把皮球摸一摸，拍一拍。地球好比是她家的一只宠物，一只猫或一只狗，她对宠物宠爱有加，不允许别人对它有半点伤害。宠物若有一个好歹，她会很心疼的。格尤以保护地球为己任，她的胸怀是真正胸怀全球的胸怀。

须知格尤并不是什么官员，也不是什么环保专家，她只是一位普通的家庭妇女，或者说她只是一个农妇啊，她不愁吃，不愁穿，地球的冷暖关她什么事呢？格尤不，她就是要把地球和自己联系起来，就是要关心地球的事。我们习惯说天塌砸大家，格尤会说，天塌砸我。我们说天塌大家顶，按格尤的负责态度，格尤会说，天塌她来顶。知道了格尤的环保意识和对地球的责任感，我对她肃然起敬。我不该叫她地主婆，应该叫她地球婆才是。

2009 年 4 月 29 日于北京和平里

冰岛的温泉

世界是很大的，一个人一辈子所能抵达的地方是有限的。有些地方，去过一次之后，可能再也没机会去了。比如与我国相距遥远的岛国——冰岛，当我在2005年夏天踏上冰岛的土地时，当时就预感到，去冰岛在我是第一次，也许也是最后一次。六七年过去了，我的预感正年复一年地被证实，我对冰岛的记忆也差不多变成了遥远的记忆。

但是，人的记忆不是轻易就能磨灭的。你一生去过哪些地方，其生命历程似乎就与那些地方建立了某种联系，联系一旦被牵动，就会唤醒你的记忆。近年来，冰岛曾发生过经济危机，以致全国举债，经济才能继续运转下去。冰岛的火山于2011年再次喷发，火山灰遮天蔽日，阻断了欧洲的部分航线。每当看到报道，我心里一动，马上想起我曾经去过冰岛。说实话，冰岛留给我的印象是美好的，我去冰岛那年，冰岛既没有危机，也没有灾难。特别是冰岛丰富的地热资源和由温泉形成的一喷冲天的喷泉，让我终生难忘。

冰岛临近地球的北极圈，全岛被厚厚的冰原所覆盖。冰岛冰岛，顾名思义，冰岛应该是很冷的。可是别忘了，冰岛原本就是一座由火山喷发、积累而形成的火山岛，岛屿下面奔突的是炽热的岩浆。好比一个有着滚烫之心的人，他内心的热量会禁不住流露出来。我在冰岛看见过大面积的湿地，湿地里不长草，什么植物都不长，因为湿地是由地下冒出的温泉形成的，叫温泉湿地。放眼望去，湿地这里那里正升腾起一簇簇白色的水汽。那些水汽犹如一株株盛开的梨花树，亦如《天鹅湖》中"白天鹅"那曼妙的芭蕾舞姿。走近了看，凡有水汽升腾之处，下面必有温泉在冒。大概因为所冒温泉的缝隙不同，温泉冒出地表时的形态便姿态各异。有的迸溅着水花，有的滋出道道水线，还有的在咕嘟咕嘟翻滚，如一锅不息的沸水。温泉冒出的地方，都积蓄成一个个或深或浅的水洼子，当地人拿来鸡蛋放在水洼子里煮，煮熟了卖给前去观光的客人。水洼子里的水相当清澈，鸡蛋放进去显得白花花的。不知为何，我看见放在温泉里的鸡蛋比平时大，大得像一枚枚鹅蛋一样。

更为壮观的景象还在前面。那是一处较大的温泉喷泉，喷泉的喷出口是一个圆形深潭，直径三米左右。喷泉不是一直在喷，而是间隔性喷发。深潭里的温泉在酝酿着，鼓动着，鼓成一个大鼓包时，随着砰的一声闷响，一根巨大的水柱便冲天而起。人们都仰起脖子，向直插云天的水柱发出惊叹。水柱高得不能再高时，哗的一声散落下来，一部分落进深潭里，一部分落在周边的地上。温泉再酝酿，再鼓动，鼓动了一两分钟，以与上次同样的形式和高度，再度喷发，并循环往复。该怎样形容这举世罕见的喷泉呢？它有点像我们过年时放的烟花，但比烟花雄浑、壮观。它还有点像原子弹爆炸后产生的蘑菇云，但它是自然奇观，对环境和人类没有任何危害。我想象不出，一下子把整潭温泉推向高空，这需要多么巨大的推动力量啊！这样让人叹为观止的喷泉，我在别处从未看见过，也从未听说过，大概只有冰岛才有吧。

在冰岛期间，我们还去蓝湖泡了温泉。温泉多得成了湖泊，蓝湖是露天的天然浴场。蓝湖里的温泉是湖蓝色的，还有那么一些奶白，看上去稠乎乎的。下到湖里，越往里走，水就越热，能感到新冒出的温泉一波一波在湖里涌动。湖底不是硬的，是柔软的，那是细腻的火山泥。火山泥呈奶白色，伸手一捞就是一把。据说火山泥可是好东西，涂在人的皮肤上，不但可以消炎、止痒，还可以使人的容貌变得更美丽。于是从世界各地去的各色人等，纷纷往自己胳膊上、脸上、脖子里涂火山泥，一个个都把自己涂成了雪人。需要恢复本来面目时，他们把身子缩进温泉里一扑腾，或到岸边的温泉瀑布下面一冲，"雪"就化掉了。

冰岛大规模的瀑布倒不是温泉瀑布，但也与温泉有关，那是由地热所融化的冰原和冰川形成的。所以瀑布溅起的水雾极凉，打在人脸上像冰雹一样。瀑布轰鸣着，如山呼海啸，银河垂落，整个世界仿佛只有瀑布的声音。望着滚滚而下的瀑布，我一时有些走神，不知今夕何年，身在何处。在冰岛看瀑布，我至少有两点感悟：第一点，水的跌落不是水的死亡，而是激情的爆发；第二点，不管瀑布的轰鸣声多大，也是天籁之音，它带给人们的是安静，是灵魂放飞。

大自然是公平的。地面物产丰饶的地方，地底往往是贫乏的。而地底蕴藏丰富矿产资源的地方，地表常常是寸草不生的荒漠。冰岛的地下虽然没有煤炭、石油可供开采，却有着得天独厚的地热资源。

　　　　　　　　　　2012年5月30日于北京小黄庄

致敬契诃夫

我从事文学创作四十多年，仅短篇小说就写了三百多篇。可我不愿意听别人说我高产，一听有人说我是高产作家，我就有些不自在，甚至心生抵触。这是因为，不知从何时起，高产不再是对一个作家的夸奖，而是多多少少含有一些贬义。我不知道别人反应如何，至少我自己的感觉是这样。好像一说谁高产，就是写得快，写得粗，近乎萝卜快了不洗泥。如果深究起来，其实作品的产量和质量之间并没有必然联系，更不是反比关系，高产不一定质量就低，低产不见得质量就高。无数作家的创作实践一再表明，有人写得少，作品质量老也提不上去；有人写得多，作品的品质却一直保持着较高的水准。

闻名于世的俄罗斯短篇小说大家安东·契诃夫，就是一位既写得多又写得好的典型代表。契诃夫十九岁开始写作，到四十四岁生命终止，在二十五年的创作生涯里，仅短篇小说就发表了一千多篇。平均算下来，契诃夫每年都要写四十多篇短篇小说。据史料记载，在1883年，他一年就发表了一百二十篇短篇小说。到1885年，他的创作产量再创新高，一年发表了一百二十九篇小说。在我们看来，这是何等惊人的数字。

契诃夫的写作条件并不好。他的家族处于社会底层，到他祖父那一辈，才通过自赎，摆脱了农奴身份。契诃夫之所以一上来就写那么多小说，除了他有着极高的文学天赋，异乎寻常的勤奋，很大程度上也是为生计所迫。有一段时间，契诃夫一家几口人的生活全靠他的稿费维持。如果挣不到稿费，家里就交不起房租，甚至没有饭吃。为了取回拖欠许久的三卢布稿费，他曾到杂志社向主编央求，遭到杂志主编的嘲弄。到西伯利亚深入生活没有路费，他只能跟一家报社签约，采取预支稿费的办法向报社借钱。

契诃夫所学的专业是医学，他的第一职业是医生，写作是在业余时间进行的。他首先是一个好医生，在乡间常常踏着泥土或冒着大雪出诊，为不少乡民治好了病。他以高尚的医德，高明的医术，赢得了方圆百里乡民的高度尊敬，以致他离开乡间去莫斯科时，为他送行的乡民们眼含热泪，依依不舍，好像他一离开，人们就会重新陷入病痛之中。其次他才是一位好作家。他在行医期间与底层民众广泛接触，深切了解到民众的疾苦，得到了创作素材，写出了一篇又一篇切近现实的小说。契诃夫热心于慈善和公益事业。

在他以写作成名、家庭经济状况好转之后，他又回到家乡，参与人口普查和扑灭霍乱的工作，并用发动募捐、组织义演等办法筹集资金，先后创办了三所学校和一座图书馆。契诃夫的好名声也给他带来了一些麻烦，一拨儿又一拨儿客人慕名而往，把契诃夫的家当成了客栈。契诃夫不但要管他们吃住,在他们的要求下,还要陪他们聊天。这样一来,契诃夫用于写作的时间就更少。正跟客人聊天时,他会突然走神,突然离开,到一旁在笔记本上记下一个闪念或一个细节,再回头和客人接着聊。在写作的紧要关头,契诃夫有时为避免无端打扰,只好躲到澡堂里去写。更让人们为契诃夫感到痛心的是,他二十多岁就患上了肺病,一直在带病写作,一直在和可恶的病魔进行顽强的抗争。他有时因劳累过度、病情加重而咯血。经过治疗,病情稍有好转,他又继续投入写作。契诃夫自我评价说,他就是这样不断地榨取自己,他的写作成果是用艰辛的、苦役般的劳动所换取的。

托尔斯泰和高尔基都对契诃夫的文学创作给予高度赞赏。托尔斯泰称契诃夫是一位思想深沉的作家。高尔基在信里对契诃夫说:"在俄国还没有一个可以比得上您的短篇小说家,今天您在俄国是一位最有价值的巨人。" 托尔斯泰不但喜欢契诃夫的小说,还喜爱契诃夫的人品,他称赞契诃夫:"多么可爱的人,多么完美的人!"

出于对契诃夫的景仰,2015年9月5日下午,在阵阵秋雨中,我曾到位于莫斯科郊区的梅里霍沃契诃夫故居参观访问。我在契诃夫戴着夹鼻眼镜的塑像前久久伫立,向这位伟大的作家行注目礼。

与契诃夫艰苦卓绝的一生相比,我们各方面的写作条件好得太多太多,说优越一点儿都不为过。我们衣食无忧,出行无忧,医疗有保障。我们的写作几乎是专业化的,有安静的环境,完全可以不受干扰,一心一意投入写作。既然赶上了好时候,既然有这么好的写作条件,我们为什么要偷懒呢?为什么不能写得勤奋一些呢？作品为什么不能多一些呢？为什么不能像契诃夫那样，做一个高产作家呢？

契诃夫说得好："太阳一日不能升起两次，生命也将一去不复返。"在契诃夫的精神感召下，我再次向自己的文学想象力和艺术创造力发起挑战，从今年的大年初一开始，我马不停蹄，写了一篇又一篇，到正月三十，一个月内连续写了四篇短篇小说。

2016年4月3日于北京小黄庄

过客

北京十月文学院在尼泊尔首都加德满都建立了一个中国作家居住地，我是受邀去居住地体验和写作的首位作家。时间是2017年的5月下旬到6月上旬，前后不过十五六天。最后一周，我被尼泊尔的朋友安排住在山上一家叫尼瓦尼瓦的小型宾馆。宾馆的名字若翻译成中文，应为太阳花园。太阳花园的海拔高度在两千米以上，得风得水，腾云驾雾，宛如仙境。我凭栏站在二楼房间的阳台上，近观层峦叠嶂的满目青山，远眺直插云天的喜马拉雅雪山，恍然生出一种出世之感。在此居住期间，我看不到电视，听不懂尼人语言，每天所做的，不是看书写作，就是尽享优美的自然风光和清新空气，以养眼养心。同时，我还收获了一份新的感悟，真正知道了什么叫过客。

宾馆里每天都会迎来一些旅游观光的客人，少则三五人，多则几十人。他们有的来自欧洲，有的来自大洋洲，绝大部分来自亚洲中国。中国的游客，北自哈尔滨，南自三亚，东自江苏、浙江，西自宁夏、陕西等，出发地遍及国内的四面八方。从年龄上看，游客多是一些身手矫健的年轻人，也有一些年过七旬的白发老人。他们兴致勃勃，都是满怀期望的样子。傍晚时分，他们刚从旅游车上下来，来不及把行李放进房间，就纷纷涌到观景台上用手机拍照。他们照白云、照群山、照花朵，也照自己。他们还摆出各种姿势，互相拍照。拍完之后，他们就到宾馆的大堂里找"外飞"，急着通过网络把照片传至微信的朋友圈。上山时他们被导游告知，到这个景点，主要是看日落和日出。这让我想到，对于人类世界来说，不仅所有热量都是太阳提供的，人类的生存离不开太阳，而从欣赏角度讲，无论走到哪里，太阳还是最壮美、最恒久的东西。然而，由于山上往往是云雾缭绕，他们既看不到日落，也看不到日出，未免有些失望。游客就是这样容易被引导，引导者仿佛为他们划定了方向和目标，让他们看什么，他们就顺从地看什么。我想告诉他们，如果看不到日落和日出，其实山上的云雾也非常值得欣赏。云雾是动态的，在不断变化，有时浓，有时淡；有时薄，有时厚；有时平铺直叙，有时丝丝缕缕；有时翻滚奔涌，有时凝然寂静。它们的变化塑造着每一座山，每一棵树，每一只鸟，每一朵花。万事万物，无不以云雾的变化而变化。山上的现实为实，云雾为虚，一切实的东西因虚的不同而不同。我意识到我的想法可能有些抽象，就是说给他们，他们也不一定爱听，就没说。

不管他们对这个景点有何观感、收获，第二天吃过早饭，他们便像完成了某项任务一样，背起行囊，拉上拉杆箱，登车下山去了，奔赴行程计划中的下一个景点。他们一走，熙熙攘攘的宾馆顿时冷清下来，日复一日，每天都是这样。我与每一拨游客都是不期而遇，同样地，也是在不期然之间，他们就扬长而去。他们这一去，这一辈子我也许再也见不到他们了。这时我脑子突然跳出一个词，"过客"，他们都是过客，而且是匆匆的过客。

"过客"这个词我以前听说过，但词本身也像一位过客一样，一听就过去了，并没往心里去，更没有深究过。这次我有机会目睹一拨又一拨过客，有了事实的支持和提示，我才牢牢记住了这个词，并加深了对"过客"含义的理解。如果我像他们其中的一员一样，也是一位匆匆的过客，"只缘身在此山中"，也许至今仍不知道过客为何物。就是因为我慢下来了，停下来了，以静观动，才恍然大悟，原来这就是过客。一时间我稍稍有些得意，他们都是走马观花的过客，而我总算没跟他们一样。

不过得意很快就过去了，我虽说在宾馆多住了几天，但不管是对太阳花园而言，还是对尼泊尔而言，我何尝不是一位过客呢！如一只鸟飞过蓝天，鸟不会在天空留下任何痕迹，尼泊尔也不会记得我这么一个中国人去过那里。

再往远一点儿想，我们每个人都只有一生一世，相对于时间、历史和地球来说，每个人都是过客，短暂的过客。李白诗云："生者为过客，死者为归人。"也是说过客是每个生命的必然命运。可在潜意识里，人们总有些不大甘心，不知不觉间会对过客命运进行一些抗争。是不是可以这样说，每个人的生命过程都是与过客命运抗争的过程。抗争的办法有千种万种，或慷慨悲歌，或低吟浅唱；或波澜壮阔，或曲径流觞；或万众瞩目，或孤芳自赏；等等。不论使用什么办法，都是想通过抗争，使宝贵的生命焕发出应有的光彩。我上面所说的那些游客到处旅游，也是为了增加游历，增长见识，也是抵抗过客命运的办法之一种。只不过他们的抵抗太匆忙了，过于过客化，并没有收到应有的效果。相反，他们的行为像是进一步印证了过客的说法。

毫无疑问，我们的写作也是对过客命运的一种抗争。"何如海日生残夜，一句能令万古传。"写作者的写作动力，大都源于一种想象，源于在想象中能够抓住自己的心，建立心和世界的联系，并再造一个心灵世界，以期收到"万古传"的效果。不管能否收到这样的效果，都要求我们一定要保持清醒的生命意识，起码能够慢下来、停下来、静下来，全神贯注，竭尽全力，写好每一篇作品。人可以成为过客，所创作的作品最好不要成为"过客"。

2017年6月11日于北京和平里

第三辑

在心里

心重

我的小弟弟身有残疾，他活着时，我不喜欢他，不愿带他玩。小弟弟病死时，我却哭得浑身抽搐，手脚冰凉，昏厥过去。母亲赶紧喊来一位略通医道的老爷爷，老爷爷给我扎了一针，我才苏醒过来。母亲因此得出了一个看法，说我是一个心重的孩子。母亲临终前，悄悄跟村里好几个婶子交代，说我的心太重，她死后，要婶子们多劝我，多关照我，以免我哭得太厉害，再昏死过去。

我对自己并不是很理解，难道我真是一个心重的人吗？回头想想，是有那么一点。比如有好几次，妻子下班或外出办事，到回家的点儿不能按时回家，我总是不由自主地为妻子的安全担心。我胡想八想，想得越多，心越往下沉，越焦躁不安。直到妻子终于回家了，我仍然心情沉闷，不能马上释怀。妻子说，她回来了，表明她没出什么事儿，我应该高兴才是。我也明白，自己应该高兴，应该以足够的热情欢迎妻子归来。可是，大概因为我的想象沿着不好的方向走得有些远了，一时还不能返回来，我就是管不住自己，不能很快调动起高兴的情绪。等妻子解释了晚回的原因，我们又说了一会儿话，我压抑的情绪才有所缓解，并渐渐恢复到正常状态。我想，这也许就是我心重的表现之一种吧。

许多人不愿意承认自己心重，认为心重是小心眼儿，是性格偏执，是对人世间的有些事情看不开、放不下造成的。有人甚至把心重说成是一种消极的心理现象，是不健康的心态。对于这样的认识和说法，我实在不敢认同。不是我为自己辩解，以我的人生经验和心理经验来看，我认为心重关乎敏感，关乎善良，关乎对人生的忧患意识，关乎对责任的担当，等等。从这些意义上说，心重不但不是什么负面的心理现象，而正是一种积极、健康、向上的心态。

我不揣冒昧，做出一个判断，凡是真正热爱写作的人，都是心重的人，任何有分量的作品都是心重的人写出来的，而非心轻的人所能为。一个人的文学作品，是这个人的生命之光、生命之舞、生命之果，是生命的一种精神形式。生命的质量、力量和分量，决定着文学作品的质量、力量和分量，有什么样的生命，只能写出什么样的作品。我个人理解，生命的质量主要是对一个人的人格而言，一个人有着善良的天性、高贵的心灵、高尚的道德、悲悯的情怀，他的生命才称得上有质量的生命。生命的力量主要是对一个人的智性和思想深度而言，这个人勤学，善于独立思考，对世界有着独到的深刻见解，又勇于准确地表达自己的见解，这样的生命无疑是有力量的生命。生命的分量主要来自一个人的阅历和经历，它不是先天就有的，而是后天经年累月积累起来的。他奋斗过、挣扎过、痛苦过，甚至被轻视过、被批斗过、被侮辱过，加码再加码，锤炼再锤炼，生命的分量才日趋完美。沈从文在评价司马迁生命的分量时，有过精当的论述。沈从文认为，司马迁的文学态度来源于他一生从各方面所得到的教育总量，司马迁的生命是有分量的生命。这种分量和痛苦与忧患有关，不是仅仅靠积学所能成就。

回头再说心重。心重和生命的分量有没有关系呢？我认为是有的。九九归心，其实所谓生命的分量也就是心的分量。一个人的心重，不等于这个人的心就一定有分量。但拥有一颗有分量的心，必定是一个心重的人。一个人的心轻飘飘的，什么都不过心，甚至没心没肺，无论如何都说不上是有分量的心。

目前所流行的一些文化和艺术，因受市场左右，在有意无意地回避沉重的现实，一味搞笑、娱乐、放松、解构，差不多都是轻而又轻的东西。这些东西大行其道，久而久之，只能使人心变得更加轻浮、更加委琐、更加庸俗。心轻了就能得到快乐吗？也不见得。米兰·昆德拉的观点是：生命不能承受之轻。他说过，也许最沉重的负担同时也是一种生活最为充实的象征，负担越沉，我们的生活就越贴近大地，越趋近真切和实在。相反，完全没有负担，人变得比大气还轻，会高高地飞起，离别大地，运动自由而毫无意义。

有一年我去埃及，在不止一处神庙中看到墙上内容大致相同的壁画。壁画上画着一种类似秤或天平样的东西，像是衡器。据介绍，那果然是一种衡器。衡器干什么用的呢？是用来称人的心。每个人死后，都要把心取出来，放在衡器上称一称。如果哪一个人的心超重，就把这个人打入另册，不许变成神，也不许再转世变成人。那么对超了分量的心怎么处理呢？衡器旁边还画着一条巨型犬，犬吐着红舌头，负责称心的人随手就把不合标准的心扔给犬吃掉了。我不懂埃及文化，不知道壁画背后的典故是什么，但听了对壁画的介绍，我难免联想到自己的心，不由得惊了一下。我承认过自己心重，按照埃及的说法，我死后，理应受到惩罚，既不能变成神，也不能再变成人。从今以后，我是不是也想办法使自己的心变得轻一些呢？想来想去，我想还是算了，我宁可只有一生，宁可死后不变神，也不变人，还是让我的心继续重下去吧。

2011年12月22日于北京和平里

中国文学史上的里程碑

——祝贺莫言获诺贝尔文学奖

得知莫言获得诺贝尔文学奖的那一刻，我正和一行作家朋友在山东烟台栖霞市参加一个宴会。与会的作家有陈建功、赵本夫、柳建伟、石钟山、肖克凡、孙惠芬、衣向东、张陵等。我们都知道，2012年诺贝尔文学奖得主就在10月11日19时揭晓。在此之前，网上盛传莫言获奖的可能性很大，我们对此事都很关注，也衷心期望莫言能够获奖。

宴会开始，当地领导致祝酒词时，我们有些心不在焉，最关心的是莫言获奖能否成为现实。宴会厅里没有电视，我们只能通过手机上的网络获取瑞典文学院在斯德哥尔摩发布的消息。第一个得到消息的是作家出版社的总编辑张陵，他们出版社事先排好了莫言的20卷本文集，单等莫言获奖的消息落实下来，文集立即开机印刷。应该说张陵的心情在期盼中还有一些紧张，在消息没落实之前，什么酒他都不想喝，什么好吃的都食之无味。当莫言获奖的消息传到张陵的手机上，他才笑了，高兴得眼睛眯成了一条缝。张陵把消息转达给我们时，并没有显得太激动，只是轻轻地说：莫言获奖了！是的，重大的事情用不着高调宣布，它本身的重大意义自然会在人们心中激起不同寻常的回响。

得到莫言获奖的确切消息，作家们顿时兴奋起来，我们频频举杯，一再向莫言表示祝贺。听说莫言当时正在他的故乡山东高密，我们恰在莫言的故乡"隔壁"，我们像是专程赶去为他祝贺，当晚的宴会也像是为祝贺莫言获奖而举办的。说来我们有些喧宾夺主，也有些不恭，一时间话题全都围绕着莫言展开，以致当地的领导也跟我们一起讨论起莫言来。我们到栖霞本来是参加"果都之约"活动，酒桌中央摆了不少鲜艳的苹果。孙惠芬说：那些苹果好像也在为莫言高兴，个个红光满面，笑逐颜开。

这样集体为莫言祝贺还不够，我应该给莫言打一个电话，单独向他祝贺一下。但我想到了，那一刻为莫言祝贺的朋友一定很多，媒体的采访也很多，莫言的手机不一定打得进去。我试了一下，莫言的手机果然处在关机状态。这时我的手机响了，是《北京日报》的记者打来的，记者要我谈一下对莫言获奖的感想。我把作家朋友们集体为莫言祝贺的情景简单描述了一下，说莫言的创作扎根本土，激情充沛，内容创新和形式创新结合得很好，是中国作家的杰出代表。莫言的获奖是实至名归。诺贝尔文学奖毕竟是全世界最有影响的文学奖项，莫言的获奖，标志着中国文学真正走向了世界。这不仅是莫言一个人的骄傲，也是中国文学界和中国人民的骄傲。对于中国文学史来说，莫言获奖具有里程碑的意义。同时它打破了诺贝尔文学奖神话，将使中国文学更加自信，并大大激发中国作家的创作热情。

接着又有一家东北的媒体采访我，要我谈一谈和莫言的交往。说起来我和莫言已认识20多年，平时交往不是很多，但多次一块儿参加文学活动，莫言还是给我留下了不少细节性的印象。

记得第一次和莫言一块儿参加活动，是在《北京文学》一个座谈会上。前有《透明的红萝卜》，后有风靡全国的《红高粱》，莫言当时的名气已经很大。但我看他并没有把名气变成自己的气，心平气和，呼吸还是正常的呼吸。有文学女青年眼巴巴地看着他，人家大概希望莫言也看人家一眼。但莫言的眼睛塌蒙着，颇有些目不斜视的意思。座谈会轮到莫言发言了，他的发言不长，我记得很清楚。他说，一个写东西的人，不要太把自己当回事，要保持一颗平常心。不管到什么时候，都不能忘记自己是从哪里来的，不能忘记自己是谁。1993年春天，王安忆在北京写作期间，有一次刘震云请王安忆在关东店长岛海鲜城吃饭，同时约请了史铁生、莫言、王朔和我等人。震云和王朔都是好嘴，酒桌上的话主要是他们两个说，莫言很少插嘴。震云拿长相和吃相调侃莫言了，莫言才反击一两句。不知怎么说到了冰心家的猫，莫言说，他连冰心家的猫都不如。莫言还提到，他有一次回老家，被他家的狗给咬了，咬了四口。他家的狗只要看到干部模样的人就咬，曾咬过县委宣传部的一位副部长。但对穿得破烂的人不咬，以为是他家的乡亲。乡亲们说，这狗连自家人都不认识，是混眼狗，不能留，打死它。狗跪着求饶，眼泪吧唧的。但最终还是把狗打死了，打死后，当天就熬着吃了。

2002年盛夏，铁凝还在河北省当作家协会主席时，邀莫言、马原、池莉和我等人，到承德以北的塞罕坝草原参加一个笔会。笔会安排得很轻松，连一个会都没开，实际上就是到草原避暑。

白天，我们看草原，到湖里划船。晚上，我们披着被子看篝火晚会，在宾馆里打牌。打牌时，我和莫言一头，池莉和她女儿一头。我知道莫言的牌技不错，但我们两个都没有很好地发挥。因为对手有一孩子，我们权当陪孩子玩耍。莫言和我偶尔也会谈到小说，他说他看过我的短篇小说《幸福票》，印象深刻。我告诉他，那篇小说的故事就是在他们山东淄博听来的。

最近一次和莫言一块儿参加活动，是2012年7月7日在北京召开的西班牙语地区国际出版研讨会。参加会议的多是一些来自世界各地的西班牙语翻译家，还有一些作品被列为西班牙语翻译对象的中国作家，作家中除了莫言，还有刘震云、麦家、李洱和我等人。主持人在开场白中说："这几位作家是中国最优秀的作家。"莫言当即插话否认了这种说法，说中国的优秀作家很多，不能说这几个人就最优秀，要是传出去，是会被人笑话的。震云说这就是一个说法，不必当真。如果换了另几个作家，主持人也会这么说的。于是大家都笑了。研讨会开始，莫言第一个发言。他首先向翻译家致谢，感谢翻译家所付出的辛勤劳动，说如果没有翻译家的翻译，外国人就读不到我们的作品，我们的作品就不能在世界上传播。莫言随后对翻译工作提出了自己的看法，他认为在选择翻译对象和翻译作品时，不必过度关注政治延伸，应把注意力集中在作品的艺术本身，和社会现实适当拉开距离。

作为同时代的作家，莫言的作品我读了不少。他的长篇小说我没有全读，他的短篇小说我差不多都读过。比如，《拇指铐》《月光斩》《白狗秋千架》《姑妈的宝刀》《倒立》，还有今年刚发表的《洗澡》等。莫言很重视短篇小说的写作。2012年10月10日，也就是莫言获得诺贝尔奖的前一天，他在接受《中华读书报》记者舒晋瑜访谈时谈道："我对短篇一直情有独钟，短篇自身有长篇不可代替的价值，对作家的想象力也是一种考验。前一段时间我又尝试写了一组短篇。短篇的特点就是短、平、快，对我的创作也是一种挑战。"莫言在访谈中还提到了我，他说："我一直认为，不能把长篇作为衡量作家的唯一标准。写短篇也可以写出成就。国外的契诃夫、莫泊桑，中国的苏童、迟子建、刘庆邦……不说长篇、中篇，单凭短篇也能确立他们在当代文学史上的重要地位——写短篇完全可以成为一个大家。"

我注意到，自莫言获奖以来，全国各地的报纸发表的对莫言和莫言作品的评价文章很多。因能力有限，我这里就不多说什么了。从个人的感受出发，我只简单说两点，这两点值得我好好向莫言学习。第一点，我认为莫言很善于向外国的优秀作家学习。他的学习在于他的化，他把外国优秀的东西化在中国厚实的土地里，化得浑然天成，不露痕迹，化成了自己独特的作品。我在此方面做得很不好。第二点，莫言几十年来一直保持着丰沛的创作激情，这一点也很难得。德国的汉学家顾彬曾质疑莫言写《生死疲劳》时写得太快。我觉得快和慢不是衡量作品品质的标准。也许正因为莫言写得快，才显示出他磅礴的创作活力，写出的作品才具有浩浩荡荡、一泻千里的气势。一个人羡慕别人，往往是因为别人身上有超越自己能力的东西。也许我在这两点上有些力不能及，才愿意向莫言学习，不断向前努力。

2012年10月16日于北京

凭什么我可以吃一个鸡蛋

　　1967年初中毕业后，我回乡当了两年多农民。我承认，我不是一个好农民，因为我对种地总也提不起兴趣。我成天想的是，怎样脱离家乡那块黏土地，到别的地方去生活。我不敢奢望一定到城市里去，心想只要挪挪窝儿就可以。

　　若是我从来没有外出过，走出去的心情不会那么急切。在1966年秋冬红卫兵大串联期间，当年十五岁的我，身穿黑粗布棉袄、棉裤，背着跟当过兵的堂哥借来的黄书包，先后到了北京、武汉、长沙、杭州、上海、南京等大城市，在湘潭过了元旦，在上海过了春节。外出之前，我是一个黄巴巴的瘦小子。串到城市里的红卫兵接待站，我每天吃的是大米饭、白面馒头，有时还有鱼和肉。串了一个多月回到家，我的脸都吃大了，几乎成了一个胖子。这样一来，我的欲望就膨胀起来了，心也跑野了。我的头脑里装进了外面的世界，知道天外有天，河外有河，外面是那样广阔，那般美好。回头再看我们村庄，灰灰的，矮趴趴的，又瘦又小，实在没什么吸引人的地方。不行，我要走，我要甩掉脚上的泥巴，到别的地方去。

这期间，我被抽调到公社毛泽东思想文艺宣传队干了一段时间。在宣传队也不错，我每天和一帮男女青年唱歌跳舞，移植革命样板戏，到各大队巡回演出，过的是欢乐的日子。宣传队没有食堂，我们到公社的小食堂，跟公社干部们一块儿吃饭。干部们吃豆腐，我们跟着吃豆腐；干部们吃肉包子，我们也吃肉包子。我记得，我们住在一家被打倒的地主家的楼房里，公社每月发给我们每人十五块钱生活费，生产队还按出满勤给我们记工分。我们的待遇很让农村青年们羡慕。要是宣传队长期存在就好了，那样的话，我就不用再回到庄稼地里去。不料宣传队是临时性的，它头年秋后成立，到了第二年春天，小麦刚起身就解散了。没办法，再留恋宣传队的生活也无用，我只得拿起锄头，重新回到农民的行列。

还有一条可以走出农村的途径，那就是去当兵。那时全国人民学习解放军的口号喊得震天响，农村青年对应征入伍都很积极。我曾两次报名参军，体检都没问题。但一到政治审查这一关，就把我刷下来了。原因是我父亲曾在冯玉祥部当过一个下级军官，被人说成是历史反革命。想想看，一个历史反革命的儿子，人家怎么能容许你混入革命队伍呢！第一次报名参军不成，已经让我深受打击。第二次报名参军又遭拒绝，使我几乎陷入一种绝望的境地。我觉得自己完蛋了，这一辈子再也没什么前途了。我甚至想到，这样下去，活着还有什么意思呢！

我消沉下来，不愿说话，不愿理人，连饭都不想吃。我一天比一天瘦，忧郁得都挂了相。憋屈得实在受不了，我的办法是躲到村外一片茂密的苇子棵里去唱歌。我选择的是一些忧伤的、抒情的歌曲，大声把歌曲唱了一支又一支，直唱得泪水顺着两边的眼角流下来，并在苇子棵里睡了一觉，压抑的情绪才稍稍有所缓解。

母亲和儿子是连心的，我悲观的情绪自然是瞒不过母亲。我知道母亲心里也很难过，但母亲不能改变我的命运，也无从安慰我。"文革"一开始，母亲就把我父亲穿军装的照片和她自己随军时穿旗袍的照片统统烧掉了。照片虽然烧掉了，历史是烧不掉的。已经去世的父亲无论如何也想不到，他的那段历史会株连到他的儿子。母亲曾当着我的面埋怨过父亲，说都是因为父亲的过去把我的前程给耽误了。母亲埋怨父亲时，我没有说话，没有顺着母亲的话埋怨父亲，更没有对母亲流露出半点不满之意。母亲为了抚养她的子女，承受着一般农村妇女所不能承受的沉重压力，已经付出了万苦千辛，如果我再给母亲脸子看，就显得我太没人心。我不怨任何人，只怨自己命运不济。

有一天早上，母亲做出了一个决定，给我煮一个鸡蛋吃。我们家通常的早饭是，在锅边贴一些红薯面的锅饼子，在锅底烧些红薯茶。锅饼子是死面的，红薯茶是稀汤寡水。我们啃一口锅饼子，喝一口红薯茶，没有什么菜可就，连腌咸菜都没有。母亲砸一点蒜汁儿，把鸡蛋剥开，切成四瓣，泡在蒜汁儿里，给我当菜吃。当时鸡蛋在我们那里可是奢侈品，一个人一年到头都难得吃一个鸡蛋。过麦季时，往面条锅里打一些鸡蛋花儿，全家人吃一个鸡蛋就不错了。有的人家的娇孩子，过生日时才能吃到一个鸡蛋。那么，差不多家家都养鸡，鸡下的蛋到哪里去了呢？鸡蛋一个个攒下来，拿到集上换煤油和盐去了。比起吃鸡蛋，煤油和盐更重要。没有煤油，就不能点灯，夜里就得摸黑。没有盐吃，人干活儿就没有力气。我家那年养有一只公鸡，两只母鸡。由于舍不得给鸡喂粮食，母鸡下蛋下得不是很勤奋，一只母鸡隔一天才会下一个蛋。以前，我们家的鸡蛋也是舍不得吃，也是拿鸡蛋到集上换煤油和盐。母亲这次一改往日的做法，竟拿出一个鸡蛋给我吃。我在大串联时和宣传队里吃过好吃的，再吃又硬又黏的红薯面锅饼子，实在难以下咽。有一个鸡蛋泡在蒜汁儿里当菜就好多了，我很快就把一个锅饼子吃了下去。

　　问题是，我母亲没有吃鸡蛋，大姐、二姐没有吃鸡蛋，妹妹和弟弟也没有吃鸡蛋，只有我一个人每天早饭时吃一个鸡蛋。我吃得并不是心安理得，但让我至今回想起来仍感到羞愧甚至羞耻的是，我没有拒绝，的确一次又一次把鸡蛋吃掉了。我没有让给家里任何一个亲人吃，每天独自享用一个宝贵的鸡蛋。我那时还缺乏反思的能力，也没有自问：凭什么我就可以吃一个鸡蛋呢？要论辛苦，全家人数母亲最辛苦。为了多挣工分，母亲风里雨里，泥里水里，一年到头和生产队里的男劳力一起干活儿。冬天下雪，村里别的妇女都不出工了，母亲还要到场院里去给牲口铡草，一趟一趟往麦子地里抬雪。要数对家里的贡献，大姐、二姐都比我贡献大。大姐是妇女小组长，二姐是生产队的妇女队长，她们干起活儿来都很争强，只会冲在别人前头，绝不会落在别人后头。因此，她们挣的工分是妇女劳力里最高的。要按大让小的规矩，妹妹比我小两岁，弟弟比我小五岁，妹妹天天薅草、拾柴，弟弟正上小学，他们正是长身体的时候，更需要营养。可是，他们都没有吃鸡蛋，母亲只让我一个人吃。

　　我相信，他们都知道鸡蛋好吃，都想吃鸡蛋。我不知道，母亲在背后跟他们说过什么没有，做过什么工作没有，反正他们都没有提意见，没有和我攀比，都默默地接受了让我在家里搞特殊化的现实。大姐、二姐看见我吃鸡蛋，跟没看见一样，拿着锅饼子，端着红薯茶，就到别的地方吃去了。妹妹一听见刚下过蛋的母鸡在鸡窝里叫，就抢先去把温热的鸡蛋拾出来，递给母亲，让母亲煮给我吃。

我不是家长，家长还是母亲，我只是家里的长子。作为长子，应该为这个家多承担责任，多做出牺牲才是。我没有承担什么，更没有主动做出牺牲。我的表现不像长子，倒像是家里最小的孩子。

我们那里有句俗话，"会哭闹的孩子有奶吃"。我没有哭，没有闹，有的只是苦闷、沉默。也许在母亲看来，我不哭不闹，比又哭又闹还让她痛心。可能是母亲怕我憋出病来，怕我有个好歹，就决定让我每天吃一个鸡蛋。

姐妹兄弟们生来是平等的，在一个家庭里应该有着平等的待遇。如果父母对哪个孩子有所偏爱，或在物质利益上格外优待某个孩子，会被别的孩子说成偏心，甚至会导致产生家庭矛盾。母亲顾不得那么多了，毅然做出了让我吃一个鸡蛋的决定。

如今，鸡蛋早已不是什么奢侈品，家家都有不少鸡蛋，想吃几个都可以。可是，关于一个鸡蛋的往事却留在我的记忆里了。时间过去了四十多年，记忆不但没有模糊，反而变得愈发清晰。鸡蛋像是唤起记忆的一条线索，只要一看到鸡蛋，一吃鸡蛋，我心里一停，又一突，那个记忆就回到眼前。一个鸡蛋的记忆几乎成了我的一种心理负担，它教我反思，教我一再自问：凭什么我可以吃一个鸡蛋？自问的结果是，我那时太自私，太不懂事，我对母亲、大姐、二姐、妹妹和弟弟都心怀愧悔，永远的愧悔。

在母亲最后的日子里，我天天陪伴母亲。我的职业性质使我可以支配自己，有时间给母亲做饭，陪母亲说话。有一天，我终于对母亲把我的愧悔说了出来。我说：那时候我实在不应该一个人吃鸡蛋，过后啥时候想起来都让人心里难受。我想，母亲也许会对我解释一下让我吃鸡蛋的缘由，不料母亲却说：都是过去的事了，你这孩子，还提它干什么！

2012年12月20日于北京小黄庄

在夜晚的麦田里独行

　　已经是后半夜，我一个人在向麦田深处走。

　　人在沉睡，值夜的狗在沉睡，整个村庄也在沉睡，仿佛一切都归于沉静状态。麦田上空偶尔响起布谷鸟的叫声，远处的水塘间或传来一两声蛙鸣，在我听来，它们迷迷糊糊，也不清醒，像是在发癔症，说梦话。它们的"梦话"不但丝毫不能打破夜晚的沉静，反而对沉静有所点化似的，使沉静显得更加深邃，更加邈远。

　　刚圆又缺的月亮悄悄升了起来。月亮的亮度与我的期望相差甚远，它看上去有些发黄，还有些发红，一点儿都不清朗。我留意观察过各个季节的月亮，秋天和冬天的月亮是最亮的，夏天的月亮质量总是不尽如人意。这样的月亮也不能说没有月光，只不过它散发的月光是慵懒的、朦胧的，洒到哪里都如同罩上了一层薄雾。比如月光洒在此时的麦田里，它使麦田变成白色的模糊，我可以看到密匝匝的麦穗，但看不到麦芒。这样的月光谈不上有什么穿透力，它只洒在麦穗表面就完了，麦穗下方都是黑色的暗影。

我沿着一条田间小路，自东向西，慢慢向里边走。说是小路，在夜色里几乎看不到有什么路径。小路两侧成熟的麦子呈夹岸之势，差不多把小路占严了。我每往里走一步，不是左腿碰到了麦子，就是右腿碰到了麦子，麦子对我深夜造访似乎并不是很欢迎，它们一再阻拦我，仿佛在说：深更半夜的，你不好好睡觉，到我们这里来干什么！窄窄的小路上长满了野草，随着麦子成熟，野草有的长了毛穗，有的结了浆果，也在迅速生长、成熟。我能感觉到野草埋住了我的脚，并对我的脚有所纠缠，我等于蹚着野草，不断摆脱羁绊才能前行。面前的草丛里陡地飞起一只大鸟，在寂静的夜晚，大鸟拍打翅膀的声音显得有些响，几乎吓了我一跳，我不知不觉站立下来。我不知道大鸟飞向了何方，一道黑影一闪，不知名的大鸟就不见了。我随身带的有一支袖珍式的手电筒，我没有把手电筒打开。在夜晚的麦田里，打手电是突兀的，我不愿用电光打破麦田的宁静。

我们家的墓园就在村南的这块麦田里，白天我已经到这块麦田里看过，而且在没腰深的麦田里伫立了好长时间。自从1970年参加工作离开老家，四十多年过去了，我再也没有在麦子成熟的季节回过老家，再也没有看到过大面积金黄的麦田。这次我特意抽出时间回老家，就是为了再看看遍地熟金一样的麦田。放眼望去，金色的麦田向天边铺展，天有多远，麦田就有多远，怎么也望不到边。一阵风吹过，麦浪翻成一阵白金，一阵黄金，白金和黄金在交替波涌。阳光似乎也被染成了金色，麦田和阳光在交相辉映。请原谅我反复使用金这个字眼来形容麦田，因为我想不出还有哪个高贵的字眼可以代替它。然而，如果地里真的铺满黄金的话，我不一定那么感动，恰恰是黄土地里长出来的成熟的麦子，才使我心潮澎湃，感动不已。那是一种生命的感动，深度的感动，源自人类原始的感动。它的美是自然之美，是壮美、大美和无言之美。它给予人的美感是诗歌、绘画、音乐等艺术形式所不能比拟的。

白天看麦田没有看够，所以在夜深人静时我还要来看。白天为实，夜晚为虚，阳光为实，月光为虚，我想看看虚幻环境中的麦田是什么样子。站在田间，我明显感觉到了麦田的呼吸。这种呼吸在白天是感觉不到的。麦田的呼吸与我们人类的呼吸相反，我们吸的是凉气，呼的是热气，而麦田吸进去的是热气，呼出来的是凉气。一呼一吸之间，麦子的香气就散发出来。麦子浓郁的香气是原香，也是毛香，吸进肺腑里让人有些微醉。晚上没有风，不见麦浪翻滚，也不见麦田上方掠来掠去的燕子和翩翩起舞的蝴蝶。仰头往天上找，月亮升高一些，还是暗淡的轮廓。月亮洒在麦田里的不像是月光，满地的麦子像是铺满了灰白的云彩。一时间，我产生了错觉，以为自己站在云彩里，在随着云彩移动。又以为自己也变成了一棵小麦，正幽幽地融入麦田。为了证明自己没变成小麦，我掐了一枝麦穗儿在手心里搓揉。麦穗儿湿漉漉的，表明露水下来了。露水湿了麦田，也湿了我这个从远方归来的游子的衣衫。我免不了向墓园注目，看到栽在母亲坟侧的柏树变成了黑色，墓碑楼子的剪影也是黑色。

从麦田深处退出，我仍没有进村，没有回到我一个人所住的我家的老屋，而是沿着河边的一条小路，向邻村走去。在路上，我想我也许会遇到人。夜行的人有时还是有的。然而，我跟着自己的影子，自己的影子跟着我，我连一个人都没遇到。河上有一座桥，我在那座桥上站下了。还是在老家的时候，也是在夜晚，我曾和邻村的一个姑娘在这座桥上谈过恋爱，那个姑娘还送给我一双她亲手为我做的布鞋。来到桥上，我想把旧梦回忆一下。桥的位置没变，只是由砖桥变成了水泥桥。桥下还有水，只是由活水变成了死水。映在水里的红月亮被拉成红色的长条，并断断续续。青蛙在浮萍上追逐，激起一些细碎的水花儿。逝者如斯，那个姑娘再也见不到了。

到周口市乘火车返京前，我和作家协会的朋友们一块儿喝了酒。火车开动了，我还醉眼蒙眬。列车在豫东大平原的麦海里穿行，车窗外金色的麦田无边无际，壮观无比。我禁不住给妻子打了一个电话，说大平原上成熟的麦子是全世界最美的景观，你想象不到有多么好看，多么震撼……我没有再说下去，我的喉咙有些哽咽。

2014年5月26日至29日于北京和平里

打麦场的夜晚

别看我离开农村几十年了，每到初夏麦收时节，我似乎都能从徐徐吹来的南风里闻到麦子成熟的气息。特别是最近几年，我在北京城里还听到了布谷鸟的叫声。布谷鸟季节性的鸣叫，没有口音上的差别，与我们老家被称为"麦秸垛垛"的布谷鸟的叫声是一样的。我想这些布谷鸟或许正是从我们老家河南日夜兼程飞过来的，它们仿佛在提醒我：麦子熟了，快下地收麦去吧，老坐在屋里发呆干什么！

今年芒种前，我真的找机会绕道回老家去了，在二姐家住了好几天。我没有参与收麦，只是在时隔四十多年后，再次看到了收麦的过程。比起人民公社时期社员们收麦，现在收麦简单多了。一种大型的联合收割机，在金黄的麦田里来来回回穿那么一会儿"梭"，一大块麦子眼看着就被收割机剃成了平地。比如二姐家有一块麦子是二亩多，我看了手表，只用半个钟头就收割完了。收割机一边行进，一边朝后喷吐被粉碎的麦秆，只把脱好的麦粒收在囊中。待整块麦子收完了，收割机才停下来，通过上方的一个出口，把麦粒倾泻在铺在麦茬地里的塑料单子上。我抓起一把颗粒饱满的麦子闻了闻，新麦的清香即刻扑满我的肺腑。

收麦过程大大简化，劳动量大大减轻，这是农业机械化带来的好处，当然值得称道。回想当年我在生产队里参加收麦时，从造场、割麦、运麦，再到晒场、碾场、扬场、看场，直到垛住麦秸垛，差不多需要一个月的时间。且不说人们每天头顶炎炎烈日，忙得跟打仗一样，到了夜晚，男人们也纷纷走出家门，到打麦场里去睡。正是夜晚睡在打麦场的经历，给我留下了难忘的印象。

初中毕业回乡当农民期间，麦收一旦开始，我就不在家里睡了，天天晚上到打麦场里去看场。队长分派男劳力夜里在场院里看场，记工员会给看场的人记工分，每人每夜可得两分。只是看场的人不需要太多，每晚只轮流派三五个人就够了。我呢，不管队长派不派我，我都照样一夜不落地到场院去睡。我不是看重工分和工分所代表的物质利益，而是有另外一些东西吸引着我，既吸引着我的腿，还吸引着我的心，一吃过晚饭，不知不觉间我就走到场院里去了。

夏天农村的晚饭，那是真正的晚饭，每天吃过晚饭，差不多到了十来点，天早就黑透了。我每天都是摸黑往场院里走。我家没席子可带，我也不带被子，只带一条粗布床单。场院在村外的村子南面，两面临水，一面连接官路，还有一面挨着庄稼地。场院是长方形，面积差不多有一个足球场那么大，看上去十分开阔。一来到场院，我就脱掉鞋，把鞋提溜在手里，光着脚往场院中央走。此时的场面子已打扫得干干净净，似乎连白天的热气也一扫而光，脚板踩上去凉凉的，感觉十分舒服。我给自己选定的睡觉的地方，是在临时堆成的麦秸垛旁边。我把碾扁的、变得光滑的麦秸往地上摊了摊，摊得有一张床那么大，把床单铺在麦秸上面。新麦秸是白色，跟月光的颜色有一比。而我的床单是深色，深色一把"月光"覆盖，表明这块地方已被我占住。

占好了睡觉的位置，我并没有急着马上躺下睡觉，还要到旁边的水塘里扑腾一阵，洗一个澡。白天在打麦场上忙了一天，浑身沾满了麦锈和碾碎的麦芒，毛毛糙糙，刺刺挠挠，清洗一下是必要的。我脱光衣服，一下子扑进水里去了，双脚砰砰地打着水花，向对岸游去。白天在烈日的烤晒下，上面一层塘水会变成热水。到了晚上，随着阳光的退场，塘水很快变凉。我不喜欢热水，喜欢凉水，夜晚的凉水带给我的是一种透心透肺的凉爽，还有一种莫测的神秘感。到水塘里洗澡的不是我一个，每个在场院里睡觉的男人几乎都会下水。有的人一下进水里，就兴奋得啊啊直叫，好像被女水鬼拉住了脚脖子一样。还有人以掌击水，互相打起水仗来。在我们没下水之前，水面静静的，看上去是黑色的。天上的星星映在水里，它们东一个西一个，零零星星，谁都不挨谁。我们一下进水里就不一样了，星星被激荡得乱碰乱撞，有的变大，有的变长，仿佛伸手就能捞出一个两个。

洗完了澡，我四仰八叉躺在铺了床单的麦秸上，即刻被新麦秸所特有的香气所包围。那种香气很难形容，它清清凉凉，又轰轰烈烈；它滑溜溜的，又毛茸茸的。它不是扑进肺腑里就完了，似乎每个汗毛孔里都充满着香气。它不是食物的香气，只是打场期间麦草散发的气息。但它的香气好像比任何食物的香气都更原始、更醇厚，也更具穿透力，让人沉醉其中，并深深保留在生命的记忆里。

　　还有夜晚吹拂在打麦场里的风。初夏昼夜的温差是明显的，如同水塘里的水，白天的风是热风，到夜晚就变成了凉风。风是看不见的，可场院旁边的玉米叶子会向我们报告风的消息。玉米是春玉米，长得已超过了一人高。宽展的叶子唰唰地响上一阵，我们一听就知道风来了。当徐徐的凉风掠过我刚洗过的身体时，我能感觉到我的汗毛在风中起伏摇曳，洋溢的是一种酥酥的快意。因打麦场无遮无拦，风行畅通无阻，细腿蚊子在我们身上很难站住脚。我要是睡在家里就不行了，因家里的环境几乎是封闭的，无风无息，很利于蚊子在夜间活动。善于团队作战的蚊子那是相当地猖獗，一到夜间就在人们耳边轮番呼啸，任你在自己脸上抽多少个巴掌都挡不住蚊子的进攻。我之所以愿意天天夜间到打麦场里去睡，除了为享受长风的吹拂，一个很大的原因，是为了躲避蚊子。

　　没有蚊子的骚扰，那就赶快睡觉吧，一觉睡到大天光。然而，满天的星星又碰到我眼上了。是的，我是仰面朝天而睡，星星像是纷纷往我眼上碰，那样子不像是我在看星星，而是星星在主动看我。星星的眼睛多得铺天盖地，谁都数不清。看着看着，我恍惚觉得自己的身体在往上升，升得离星星很近，很近，似乎一伸手就能把星星摘下一颗两颗。我刚要伸手，眨眼之间，星星却离我而去。有流星从夜空中划过，一条白色的轨迹瞬间消失。天边突然打了一个露水闪，闪过一道像是长满枝杈的电光。露水闪打来时，群星像是隐退了一会儿。电光刚消失，群星复聚拢而来。我不知道自己是什么时候睡着的，在睡梦里，脑子里仿佛装满了星星。

现在不用打场了，与打麦场相关的一切活动都没有了，人们再也不会在夜晚到打麦场里去睡。以前我对"时过境迁"这个词不是很理解，以为境只是一个地方，是物质性的东西。如今想来，境指的主要是心境，是精神性的东西。时间过去了，失去的心境很难再找回。

　　　　　　　　　　　　　　　2016年6月24日于北京小黄庄

在哪里写作

　　幸运的是，我比较早地理解了自己，意识到自己喜欢写作。每个人都只有一生，在短短的一生里，不可能做很多事情，倾其一生，能把一件事情做好就算不错，就算没有虚度光阴。文章千古事，写作正是一件需要持之以恒的事，只有舍得投入自己的生命，才有可能在写作这条道上走到底，并写得稍稍像点儿样子。

　　老一代作家，如鲁迅、萧红、沈从文、老舍他们，所处的时代不是战乱，就是动乱，不是颠沛流离，就是横遭批斗，很难长时间持续写作。而我们这一代作家赶上了国泰民安的好时候，不必为安定和生计发愁，写作时间可以长一些，再长一些。其实在安逸的条件下，我们面临的是新的考验，既考验我们写作的欲望和兴趣，也考验我们的写作资源和意志力。君不见，有不少作家写着写着就退场了，不知是哪个环节出了问题。

　　还好，自从我意识到自己喜欢写作，就把笔杆子牢牢抓在自己手里，再也没有放弃。几十年来，不管是在煤油灯下，还是在床铺上；不管是在厨房，还是在公园里；不管是在酒店，还是在国外，我的写作从未中断。其间也遇到了一些困难和干扰，我都及时克服了困难，排除了干扰，咬定青山，硬是把写作坚持了下来。我并不认为自己的写作天分有多高，对自己的才华并不是很自信，但我就是喜欢写作，且对自己的意志力充满自信，相信自己能够战胜自己。

在煤油灯下写作

我在老家时，我们那里没有通电，晚间照明都是用煤油灯。煤油灯通常是用废弃的墨水瓶子做成的省油的灯，灯头缩得很小，跟一粒摇摇欲坠的黄豆差不多。我那时晚上写东西，都是借助煤油灯的光亮，趴在我们家一张老式的三屉桌上写。灯头小光线弱不怕，年轻时眼睛好使，有一粒光亮就够了，不会把黑字写到白纸外头。

我1964年考上初中，应该1967年毕业。我心里暗暗追求的目标是，上了初中上高中，上了高中上大学。但半路杀出个短路的，1966年文化大革命一来，我的学业就中断了，上高中上大学的梦随即破灭。无学可上，只有回家当农民，种地。说起来，我们也属于"老三届"的知青，城里下乡的叫下乡知青，从学校就地打回老家去的，叫回乡知青。可我一直羞于承认自己是个知青，好像一承认就是把身份往城市知青身上贴。人家城里人见多识广，算是知识青年。我们土生土长，八字刚学了一撇，算什么知识青年呢！不过出于自尊，我也有不服气的地方。我们村就有几个开封下来的知青，通过和他们交谈，知道他们还没有我读过的小说多，他们不但一点儿都不敢看不起我，还非常欢迎我到他们安在生产队饲养室里的知青点去玩。

　　回头想想，我和别的回乡知青是有点儿不大一样。他们一踏进田地，一拿起锄杆，就与书本和笔杆告别了。而我似乎还有些不大甘心，还在到处找书看，还时不时地涌出一股子写东西的冲动。我曾在夜晚的煤油灯下，为全家人读过长篇小说《迎春花》，小说中的故事把母亲和两个姐姐感动得满眼泪水。那么，我写点什么呢？写小说我是不敢想的，在我的心目中，小说近乎神品，能写小说的近乎神人，不是谁想写就能写的。要写，就写篇广播稿试试吧。我家安有一只有线舌簧小喇叭，每天三次在吃饭时间，小喇叭嗞嗞啦啦一响，就开始广播。

　　除了广播中央和省里的新闻，县里的广播站还有自办的节目，节目内容主要是播送大批判稿。我端着饭碗听过一次又一次，大批判广播稿都是别的公社的人写的，我所在的刘庄店公社从没有人写过，广播里从未听到过我们公社写稿者的名字。怎么，我们公社的地面也不小，人口也不少，难道就没有一个人写稿子吗？我有些来劲，别人不写，我来写。

　　文具都是从学校带回的，一支蘸水笔，半瓶墨水，作业本上还有剩余的格子纸，我像写作业一样开始写广播稿。此前，我在煤油灯下给女同学写过求爱信，还以旧体诗的形式赞美过我们家门前的石榴树。不管我写什么，母亲都很支持，都认为我干的是正事。我们家只有一盏煤油灯，每天晚上母亲都会在灯下纺线。我说要写东西，母亲宁可不纺线了，也要把煤油灯让给我用。

我那时看不到报纸，写稿子没什么参考，只能凭着记忆，按从小喇叭里听来的广播稿的套路写。我写的第一篇批判稿是批判"阶级斗争熄灭论"，举本村的例子说明，阶级斗争还存在着。我不惜鹦鹉学舌，小喇叭里说，阶级敌人都是屋檐下的洋葱，根焦叶烂心不死。我此前从没见过洋葱，不知道洋葱是什么样子。可人家那么写，我也那么写。稿子写完，我把稿子装进一个纸糊的信封，并把信封剪了一个角，悄悄投进公社邮电所的信箱里去了。亏得那时投稿子不用贴邮票，要是让我投一次稿子花八分钱买邮票，我肯定买不起。因买不起邮票，可能连稿子也不写了。稿子寄走后，对于广播站能不能收到，能不能播出，我一点儿信心都没有。我心里想的是，能播最好，不能播拉倒，反正寄稿子的事只有我自己知道，我有能力把失败嚼碎咽到肚子里去。让我深感幸运的是，我写的第一篇广播稿就被县人民广播站采用了。女广播员在铿锵有力地播送稿子时，连刘庆邦前面所冠的贫农社员都播了出来。贫农社员的字样是我自己写上去的，那可是我当年的政治标签，如果没有这个重要标签，稿子能不能通过都很难说。一稿即全县知，我未免有些得意。如果这篇广播稿也算一篇作品的话，它可是我的第一篇公开发表的作品呐！我因此受到鼓励，便接二连三地写下去。我接着又批判了"唯生产力论""剥削有功论""读书做官论"等。我弹无虚发，写一篇广播一篇。那时写稿没有稿费，但县广播站会使用印有沈丘县人民广播站大红字样的公务信封，给我寄一封信，通知我所写的哪篇稿子已在什么时间播出。我把每封信，连同信封，都保存下来，作为我的写作取得成绩的证据。

煤油灯点燃时，会冒出黑腻腻的油烟子，长时间在煤油灯下写作，油烟子吸进鼻子里，我的鼻孔会发黑。用小拇指往鼻孔里一掏，连手指都染黑了。还有，点燃的煤油灯会持续释放出一种毒气，毒气作用于我的眼睛，眼睛会发红，眼睑会长小疮。不过，只要煤油灯能给我一点光明，那些小小不然的副作用就不算什么了。

在床铺上写作

1970年夏天，我到河南新密煤矿参加工作，当上了工人。一开始，我并没有下井采煤，而是被分配到水泥支架厂的石坑里采石头。厂里用破碎机把石头粉碎，掺上水泥，制成水泥支架，运到井下代替木头支架支护巷道。

当上工人后，我对写作的喜好还保留着。在职工宿舍里，我不必在煤油灯下写作了，可以在明亮的电灯光照耀下写作。新的问题是，宿舍里没有桌子，也没有椅子，面积不大的一间宿舍支有四张床，住了四个工友，我只能借用其中一个工友的一只小马扎，坐在低矮的马扎、趴在自己的床铺上写东西。我们睡的床铺，都是用两条凳子支起的一张床板，因我铺的褥子比较薄，不用把褥子掀起来，直接在床铺上写就可以。我以给矿务局广播站写稿子的名义，向厂里要了稿纸，自己买了钢笔和墨水，就以床铺当写字台写起来。八小时上班之余，就是在单身职工宿舍的床铺上，我先后写了广播稿、豫剧剧本、恋爱信、恋爱抒情诗和短篇小说的处女作。

怎么想起写小说呢？还得从我在厂里受到的打击和挫折说

起。矿务局组织文艺汇演，要求局属各单位都要成立毛泽东思想文艺宣传队。厂里有人知道我曾在中学、大队、公社的宣传队都当过宣传队员，就把组织支架厂宣传队的任务交给了我。我以自己的自负、经验和组织能力，从各车间挑选文艺人才，很快把宣传队成立起来，并紧锣密鼓地投入节目排练。我自认为任务完成得还可以，无可挑剔。只是在汇演结束、宣传队解散之后，我和宣传队中的一名女队员交上了朋友，并谈起了恋爱。我们都处在谈恋爱的年龄，谈恋爱应该是正常现象，无可厚非。但不知为什么，车间的指导员和连长（那时的车间也叫民兵连）千方百计阻挠我们的恋爱。可怕的是，他们把我趴在床铺上写给女朋友的恋爱信和抒情诗都收走了，审查之后，他们认为我被资产阶级的香风吹晕了，所写的东西里充满小资产阶级情调。于是，他们动员全车间的工人批判我们，并分别办我们的学习班，让我们写检查，交代问题。厂里还专门派人到我的老家搞外调，调查我父亲的历史问题。我之所以说可怕，是后怕。亏得我在信里无涉时政，没有任何可授人以柄的不满言论，倘稍有不慎，被人找出可以上纲上线的阶级斗争新动向，其恶果不堪设想。因为没抓到什么把柄，批判我们毕竟是瞎胡闹，闹了一阵就过去了。如果没有批判，我们的恋爱也许显得平淡无奇，正是这些批判，使我们的爱情经受了考验，提升了价值，并促进了我们的爱情，使我们对来之不易的爱情倍加珍惜。

既然找到了女朋友，既然因为爱写东西惹出了麻烦，差点儿被开除了团籍，是不是从此之后就放弃写作呢？是不是好好采石头，当一个好工人就算了呢？不，不，我还要写。我对写作的热爱就表现在这里，我执拗和倔强的性格也在写作问题上表现出来。我不甘心只当一个体力劳动者，还要当一个脑力劳动者；我不满足于只过外在的物质生活，还要过内在的精神生活。还有，家庭条件比我好的女朋友之所以愿意和我谈恋爱，主要看中的就是我的写作才能，我不能因为恋爱关系刚一确定就让她失望。

恋爱信不必再写了，我写什么呢？想来想去，我鼓足勇气，写小说。小说我是读过不少，中国的、外国的、古典的、现代的，都读过，但我还从没写过小说，不知从哪里下手。我箱子里虽藏有从老家带来的《红楼梦》《茅盾文集》《无头骑士》《血字的研究》等书，但那些书当时都是禁书，一点儿都不能参照，只能蒙着写。有一点我是知道的，写小说可以想象，可以编，能把一个故事编圆就可以了。我的第一篇小说是1972年秋天写的。小说写完了，它的读者只有两个，一个是我的女朋友，另一个就是我自己。因为当时没地方发表，我也没想着发表，只把小说拿给女朋友看了看，受到女朋友的夸奖就完了，就算达到了目的。后来有人问我最初的写作动机是什么，我的回答是为了爱，为了赢得爱情。

转眼到了1977年，全国各地的文学刊物纷纷办了起来。此前我已经从支架厂调到矿务局宣传部，从事对外新闻报道工作。看了别人的小说，我想起来我还写过一篇小说呢！从箱底把小说翻出来看了看，觉得还说得过去，好像并不比刊物上发表的小说差。于是，我改一改，抄一抄，就近寄给了《郑州文艺》。当时我最想当的是记者，没敢想当作家，小说寄走后，没怎么挂在心上。若小说寄出后无声无息，会对我能否继续写小说产生消极影响。不料编辑部通过外调函对我进行了一番政审后，我的在箱底沉睡了六年的小说竟然发表了。不但发表了，还发表在《郑州文艺》1978年第2期的头题位置，小说的题目叫《棉纱白生生》。

在厨房里写作

1978年刚过罢春节，我被借调到北京煤炭工业部一家名叫《他们特别能战斗》的杂志社当编辑。一年之后，我和妻子、女儿举家正式搬到北京。其实，对于调入北京，当初我的态度并不是很积极，当编辑部负责人征求我的意见时，我所表达的明确意见是拒绝的。负责人不解，问为什么。我说我想从事文学创作，想在煤矿基层多干些时间，多积累一些生活。负责人认为我做编辑还可以，没有发现我在文学创作方面的才能。对于这样的判断，我无可辩驳。因为我拿不出像样的作品证明自己的文学才能，同时，对于能不能走文学这条路，我只有愿望，并没有多少底气。我想我还年轻，才二十多岁，有年龄优势，愿意从头学习，所以还是坚持要回到基层去。可作为一个下级工作人员，我的坚持最终还是服从了上级的坚持。

到了北京，实现了当编辑和记者的愿望，好好干就是了。是的，我没有辜负领导的信任和期望，确实干得不错。编辑部里的老同志比较多，只有我一个年轻编辑，我愿意多多干活儿，有时一期杂志所发的稿子都是我一个人编的。我还主动往基层煤矿跑，写一些有分量或批评性的稿子，以增加刊物的影响力。那时我们刊物每期的发行量超过了十万册，在全国煤矿系统里的确很有影响。

不必隐瞒，在做好本职工作的前提下，我利用业余时间，一直在悄悄地写小说。1980年，我在《奔流》发表了以三年困难时期的生活为题材的短篇小说《看看谁家有福》。1981年，我的第一部中篇小说《在深处》，登上了《莽原》第三期的头条位置。前者引起了争议，被翻译到了美国，《剑桥中华人民共和国史》还介绍了这篇小说。后者获得了河南省首届优秀文学作品奖。因《看看谁家有福》这篇小说，单位领导专门找我谈话，严肃指出，小说的内容不太健康。我第一次听说用健康和不健康评价小说，觉得挺新鲜的。我并不认为自己的小说有什么不健康。改革开放的大幕已经拉开，我对领导的批评没有太在意，该写还是写，该怎么写还怎么写。

到了1983年年底，我们的杂志先是改成了《煤矿工人》，接着由杂志变成了报纸，叫《中国煤炭报》。报纸一创办，我就要求到副刊部当编辑。这时，报社开始评职称。因我没读过大学，没有大学文凭，报社准备给我评一个最初级的助理编辑职称，还要对我进行考试。这让我很是不悦，难过得哭了一场。在编辑工作中，我独当一面，干活儿最多。要评职称了，我却没有评编辑的资格。那段时间，大家一窝蜂地去奔文凭。要说我也有拿文凭的机会，比如煤炭记者协会先后在复旦大学和武汉大学办了两次新闻班，去学个一年两年，就可以拿到一个新闻专业的毕业文凭。可是，我的两个孩子还小，我实在不忍心把两个孩子都留给妻子照顾，自己一个人跑到外地去学习。一个负责任的顾家的男人，应该使自己的家庭得到幸福，而不是相反。我宁可不要文凭，不评职称，也要和妻子一起共同守护我们的一双儿女。同时我认准了一个方向，坚定了一个信念，那就是我要著书，通过著书拿到一种属于我自己的别样的"文凭"。我已经写过几篇短篇小说和中篇小说，但还没出过一本书。我要向长篇小说进军，通过写长篇出一本属于自己的书。我明白写一部长篇小说的难度，它起码要写够一定字数，达到一定长度，才算是一部长篇小说。它要求我必须付出足够的时间、精力和耐心，并做好吃苦和失败的准备。这些我都不怕，千里之行，始于足下，只管干起来吧。

虽说从矿区调到了首都北京，但我的写作条件并没有得到多少改善。刚调到北京时，我们一家三口儿住在六楼一间九平方米的小屋，还是与另外一家四口合住，我们住小屋，人家住大屋，共用一个卫生间和一个厨房。过了一两年，生了儿子后，我们虽然从六楼搬到了二楼，小房间也换成了大房间，但还是两家合住。只是住小房间的是刚结婚的小两口，人家下班后只是在房间里住宿，不在厨房做饭，厨房归我们家独用。这样一来我就打起了厨房的主意，决定在厨房里开始我的长篇小说创作。

写小说又不是炒菜，无须使用油盐酱醋味精等调料，为何要在厨房里写作呢？因为不做饭的时候，厨房是一个相对安静的空间。想想看，我的两个孩子还小，母亲又从老家来北京帮我们看孩子，屋子里放了两张床，显得拥挤而又凌乱，哪里有容我静心写作的地方呢！到了晚上10点以后，等家里人都睡了，我倒是可以写作。可是，白天上了一天班，下班后我也是只想睡觉，哪里还有精力写作。再说，我要是开灯写作，也会影响母亲、妻子和孩子睡觉。我别无选择，只能一大早爬起来，躲进厨房里写作。

我家的厨房是一个窄条，恐怕连两个平方米都不到，空间相当狭小。厨房里放不下桌子，我也不能趴在灶台上写，因为灶台的面积也很小，除了两个煤气灶的灶眼，连一本稿纸都放不下。我的办法是，在厨房里放一只方凳，再放一只矮凳，我坐在矮凳上，把稿纸放在方凳上面写。我用一只塑料壳子的电子表定了时间，每天凌晨4点，电子表里模拟公鸡的叫声一响，我便立即起床，到厨房里拉亮电灯，关上厨房的门，开始写作。进入写作状态，就是进入自己的内心世界，也是进入回忆、想象和创造的状态。一旦进入状态，厨房里的酱油味、醋味和洗菜池里返上来的下水道的气味就闻不见了。在灶台上窸窸窣窣爬出来的蟑螂，也可以被忽视。我给自己规定的写作任务是，每天写满十页稿纸，也就是三千字，可以超额，不许拖欠。从4点写到6点半，写作任务完成后，我跑步到建国门外大街的街边为儿子取牛奶。等我取回预订的瓶装牛奶，家人就该起床了，大街上也开始喧闹起来。也就是说，当别人新的一天刚刚开始，本人已经有三千字的小说在手，心里觉得格外充实，干起本职工作来也格外愉快。

在地下室和公园里写作

在我写第一部长篇小说时，还没有双休日，只在周日休息一天。因此星期天对我来说是宝贵时间，我必须把它花在写小说上。除了凌晨在厨房里写一阵子，还有整整一个白天，去哪里写呢？去办公室行吗？不行。我家住在建国门外的灵通观，而我上班的地方在安定门外的和平里，住的地方离办公室太远了。上班的时候，我和妻子每天都是早上坐班车去，下班时坐班车回。星期天没有班车，我如果搭乘公共汽车去办公室，要转两三次车才能到达，需要自己花钱买票不说，差不多有一半时间都浪费在路上了，实在划不来。

只要想写，总归能找到地方。我们住的楼下面有地下室，我到地下室看了看，下面空空洞洞，空间不小，什么用场都没派上。别看楼上住那么多人，楼下的地下室却是无人之境。我在地下室里走了一圈，稍稍有些紧张。地下室里静得很，我似乎听到了自己的呼吸。这么安静的地方，不是正好可以用来写东西嘛！我对妻子说，我要到地下室里写东西。妻子说：你不害怕吗？我说：那有什么可怕的！我拿上一个小凳子，背上我的黄军挎，就到地下室里去了。我把一本杂志垫在并拢的膝盖上，把稿纸放在杂志上，等于在膝盖上写作。在地下室里写了两个星期天，给我的感觉不是很好。地下室的地板上积有厚厚的像是水泥一样的尘土，脚一踩就是一个白印。可能有人在地下室撒过尿，里面弥漫着挥之不去的尿臊味。加之地下室是封闭的，空气不流通，让人感觉压抑。写作本身也是一种呼吸，呼吸不到好空气，似乎自己笔下也变得滞涩起来。不行，地下室里不能久待，还是换地方好。

我家离日坛公园不远，大约一公里的样子。我多次带孩子到公园里玩过，还在公园里看过露天电影。公园不收门票，进出都很方便。又到了星期天，我就背着书包到日坛公园里去了。那时的日坛公园内没什么建筑，也没怎么整理，除了一些树林子，就是大片大片长满荒草的空地。我对那时的日坛公园印象挺好的，觉得人造的景观不多，更接近自然的状态。我踏着荒草，走进一片柿树林。季节到了秋天，草丛里开着星星点点的野菊花，一些植物高高举起了球状的果实。柿子黄了，柿叶红了，有的成熟的柿子落在树下的草丛里，呈现的是油画般的色彩。熟金一样的阳光普照着，林子里弥漫着暖暖的成熟的气息。我选择了一棵稍粗的柿树，背靠树干在草地上坐下开始了我的公园写作。公园里没有多少游人，环境还算安静。有偷吃柿子的喜鹊，刚在树上落下，发现树下有人，赶紧飞走了。有人大概以为我在写生、画画，绕到我背后，想看看我画的是什么。当发现我不是写生，而是写字，就离开了。

就这样，我早上在厨房里写，星期天到公园里写，用了不到半年的业余时间，第一部长篇小说《断层》就完成了。这部二十三万字的书稿，由郑万隆推荐给刚成立不久的中国文联出版社的文学编辑室主任顾志成，由秦万里做责任编辑，书在1986年8月出版。书只印了9000册，每本书的定价还不到两元钱，我却得到了六千多块钱的稿费。这笔稿费对我们家来说可是一大笔钱，一下子改善了家里的经济状况，使我们可以买电视机和冰箱。说到稿费，我顺便多说两句。发第一篇短篇小说时，我得到的稿费是三十元。妻子说，这个钱不能花，要保存下来做个纪念。发第一篇中篇小说时，我得到的稿费是三百七十元。当年我们的儿子出生，我们夫妻因超生被罚款，生活相当拮据。收到这篇稿费，岳母说是我儿子有福，儿子出生了，钱就来了。还有，这本书获得了首届全国煤矿长篇小说"乌金奖"。也是因为这部书的出版，我被列入青年作家行列，参加了1986年年底在北京京丰宾馆召开的全国青年文学创作会议。

在办公室里写作

我家的住房条件逐步得到改善。1985年冬天，我们家从灵通观搬到静安里，住房也由一居室变成了两居室。还有一个有利条件是，新家离办公室近了，骑上自行车，用不了二十分钟，就可以从家里来到办公室。

这样，我早上起来就不必窝蜷在厨房里写作了。长时间在厨房里写作，身体重心下移，我觉得自己的肚子有些下坠，好像要出毛病似的。搬到新家以后，妻子给我买了两个书柜，把小居室布置成一间书房，让我在书房里写作。到了星期天和节假日，为了寻找比较安静的写作环境，我也不用再去公园，骑上自行车，到办公室里写作就是了。

在《中国煤炭报》工作将近二十年，每年的劳动节、国庆节和春节，在一分钱加班费都没有的情况下，在别人都不愿意值班的情况下，我都主动要求值班。值班一般来说没什么事，我利用值班时间主要是写小说。煤炭工业部是一座"工"字形大楼，报社编辑部在大楼的后楼。在工作日，大楼里工作人员进进出出，有近千人上班。而一到节假日，整座大楼就变得空空荡荡，寂静无声。有一年国庆节，我正在办公室里写小说，窗外下起了雨，秋雨打在窗外发黄的杨树叶子上哗哗作响。抛书人对一枝秋，一时间我对自己的行为有些质疑：过节不休息，还在费神巴力地写小说，这是何苦呢！质疑之后，我对自己的解释是：没办法，也许这就是自己的命吧！还有一年春节的大年初一，我一个人在办公室里写小说时，听着大街上不时传来的鞭炮声，甚至生出一种为文学事业献身的悲壮的情感。

尽管我只是业余时间在办公室里写小说，还是有人对我写小说有意见，认为新闻才是我的正业，写小说是不务正业。有时我在办公室里愣一会儿神，有人就以开玩笑的口气问我，是不是又在构思小说呢！不管别人对我写小说有什么样的看法，我对文学创作的信念没有改变。有一年报社改革，所有编辑部主任要通过发表演说进行竞聘，才有可能继续上岗当主任。我在竞聘副刊部主任时明确表态：文学创作是我的立身之本，不管在什么情况下，我不会放弃文学创作。这个部主任我可以不当，要是让我从此不写小说，我做不到。听到我这样的表态，有的想当主任的人就散布舆论，说刘庆邦既然热衷于写小说，主任就让别人当呗！我已经做好了当普通编辑的准备，当不当主任无所谓，真的无所谓。好在当时报社的主要领导比较开明，他在会上说，办报需要文化，报社需要作家，作家当副刊部主任更有说服力，也更有影响力。竞聘的结果是让我继续当副刊部主任。

在国外写作

国家改革开放以后，我曾先后去过马来西亚、泰国、日本、埃及、希腊、意大利、丹麦、瑞典、冰岛、加拿大、肯尼亚、南非等二三十个国家。去了，也就是浮光掠影地走一走，看一看，回头顶多写上一两篇散文，或什么都不写，就翻过去了。我从没有想过在外国住下来写作。可到了2009年春天，美国一家以诗人埃斯比命名的文学基金会，邀请中国作家去美国进行为期一个月的写作，中国作家协会派我和内蒙古的作家肖亦农一同前往。

我们来到位于西雅图奥斯特拉维村的写作基地一看，觉得那里的环境太优美了，空气太纯净了。我们住的地方在海边的原始森林里，漫山遍野都是高大的古树。大尾巴的松鼠在树枝上跳跃，红肚皮的小鸟在树间飞行。树林下面是草地，一两只野鹿在草地上悠闲地吃草。那里的气候是海洋性的，阴一阵，晴一阵，风一阵，云一阵，雪一阵，雨一阵，空气一直很湿润。粉红的桃花开满一树，树叶还没长出来，长在树枝上的是因潮湿而生的丝状的青苔。我们住的是一座木结构两层楼别墅，我住在二楼的一个房间。房间的窗户很大，却不挂窗帘，我躺在床上，即可望见窗外的一切。窗外是草地，草地里有一堆堆像是土拨鼠翻出的新土，每个土堆上都戴着一顶雪帽。再往远处看，是大海。海的对岸是山，山上有积雪，一切都像图画一样。

然而，我们不是单纯去看风景的，也不是专门去呼吸清新空气的，我们担负的使命是写作。于是，我尽快调整时差，跟着美国的时间走，还是一大早起来写东西。除了通过写日记，把每天的所见所闻记下来，我还着手写短篇小说和散文。每天写一段时间，看到外面天色微明，我就到室外的小路上去跑步。跑步期间，小路上静悄悄的，一个人影都没有，我未免有些紧张。因为树林边有标示牌提醒，此地有熊出没，我害怕突然从密林里冲出一只熊来，把我拖走。还好，我没有遇到过熊。只有一次，我遇到了一位穿着帽衫遛狗的男人，他的巨型狗看见我，不声不响向我走来。狗要干什么，难道要咬我吗？我吓得赶紧立定，大气都不敢出。狗只是嗅了嗅我的手，就被它的主人唤走了。

我们在美国写作遇到的困难是，美国朋友把我们两个往别墅里一放，只发给我们一些生活费，就不管了，没人给我们做饭吃。两个大老爷们儿，一时面面相觑，这可怎么办？肖亦农说，他在家里从来没做过饭，我说我做饭水平也一般。民以食为天，总归要吃饭，我只好动手做起来。我蒸米饭、做烩面、烧红薯粥，还摸索着学会了烤鸡和烤鱼，总算把肚子对付住了。利用那段时间，我写了一篇短篇小说《西风芦花》，还写了两篇散文。其中一篇散文《漫山遍野的古树》，写的就是奥斯特维拉的原始自然生态。

有了在美国写作的经历，以后再出国，我都会带上未写完的作品，走到哪里写到哪里。我一般不参加夜生活，朋友晚上拉我外出喝酒我也不去，我得保证睡眠，以免影响写作。从文后所记的写作时间和地点可以看出，我在卡萨布兰卡和莫斯科都完成过短篇小说创作。

在宾馆里写作

写作几十年，多多少少积累了一些名声。有外地的朋友愿意在吃住行等方面提供便利，让我到他们那里写作。我感谢朋友们的美意，同时也婉言谢绝了他们的邀请。

有一种说法是，现在有的作家住在宾馆里写作，吃饭有美食，出门有轿车，生活安逸得几乎贵族化了。说这样的作家因脱离了劳苦大众，不了解人民的疾苦，很难再写出有悲悯情怀、与大众心连心的作品。对于这样的说法，我并不认同。托尔斯泰郊区有庄园，城里有楼房，服务有仆人，本身就是一位贵族，但他的作品始终保有对底层劳动人民的同情，充满宗教情怀和人道主义精神。看来问题不在于在什么条件下写作，而在于有没有一颗对平民的爱心。

我自己之所以不愿到外地宾馆写作，在向朋友们解释时，上面这些话我都不会说，我只是说，我习惯在家里写作，金窝银窝都不如自己的臊窝。只有在自己家里，闻着自己房间的气味，守着自己的妻子，写起来才踏实、自在。

无奈的是，作为一个社会人，我有时必须到宾馆里去住。比如说，作为北京市的一名政协委员，十五年了，每年的年初我都会去宾馆参加会议，头五年住京西宾馆，后十年住五洲大酒店，每次一住就是六七天。在宾馆里住这么长时间怎么办？还要不要写东西呢？去开会之前，我手上一般都会有正在写的作品，如果不带到宾馆接着写，我就会中断写作。三天不写手生，倘若中断了写作，回头还得重新找感觉。为了不中断写作，我只好把未完成的作品带到宾馆继续写。因为我的习惯是一大早起来写作，所以并不影响按时参加会议和写提案履职。加上我一个人住一个房间，洗澡、休息、喝茶、吃水果，都很方便，不会影响别人休息。算起来，我在宾馆里写的作品也有好几篇了。例如我手上正写的这篇比较长的散文，在家里写了开头，就带到五洲大酒店去写。在酒店里仍没写完，拿回家接着写。

此外，我在西安、上海、广州、深圳等地的宾馆，也写过小说和散文。

总之，一支笔闯天下，我是走到哪里，写到哪里。我说了那么多写作的地方，其实有一个最重要的地方还没说到，那就是我的心，我一直在自己的心里写作。不管写作的环境怎么变来变去，在心里写作是不变的。心里有，笔下才会有。只要心里有，不管走到哪里，我们都能写出来。我尊敬的老兄史铁生说得好，我们的写作是源自心灵，是内在生活，写作的过程，也是塑造自我、完善自我的过程。

2017年1月11日至24日于北京五洲大酒店和小黄庄

用一根头发做手术

　　不知道您信不信，母亲为我做过手术。母亲做手术，不用剪子，不用刀，也不打什么麻药，只从头上取下一根头发，就把手术完成了。母亲的手术做得很成功，达到了她预期的效果。

　　朋友们千万别以为我母亲是个医生，哪里呀，我母亲一天学都没上过，连自己的名字都不会写，怎么可能当医生呢！

　　母亲先是生了我大姐，接着生了我二姐。大姐出生时，奶奶还算高兴。又有了我二姐，奶奶就不大高兴。她不仅仅是不高兴，竟禁不住咧着嘴大哭起来。请不要笑话我奶奶，在我看来，传宗接代也许是奶奶的人生信条，也是她的价值观所在。奶奶年纪大了，身体也不好，她担心自己临死前见不到孙子，一辈子都白活了。奶奶咬牙坚持着，不许自己死。她要求看病，主动吃药，是不见孙子誓不罢休的意思。我出生后，当奶奶确认我是一个男孩儿，她像是实现了自己的全部价值，达到了人生的最终目的，不久就高高兴兴地去世了。

奶奶这样的传统观念，我母亲也未能避免。但母亲的表现不像奶奶那么明显。孩子都是自己的亲骨肉，对所生的每个孩子，母亲都喜欢。只是比较而言，母亲对男孩子更重视一些。作为母亲的第一个儿子，母亲对我的重视，是在我出生之际，首先对我进行了一番彻头彻尾的审视，看看我小小的身体是否完整，有没有什么缺陷。审视果然让母亲有所发现。她倒是没发现我身体上缺少什么零件，而是发现多出了两个零件。是什么呢？是长在我左侧耳孔边的两个肉瘤子。别人的耳朵上长肉瘤子的情况是有的，但一般来说只长一个，我却一下子长了两个。问题是，其中一个肉瘤子还比较长，长得有些下垂。肉瘤子的形状也不好看，两头粗，中间细，像一个弹花锤。母亲大概觉得这样的肉瘤子不好看，会影响我的形象，决定对肉瘤子实行减法，把"弹花锤"减掉。母亲不会送我去医院，因为附近镇上虽然有一个卫生院，但院里没有一个医生会做手术。母亲也不会送我去县医院，一是我们家离县医院太远了，二是母亲想到，医生要是对我的肉瘤子动剪子动刀，我的耳朵就要流血。母亲可不愿意让她刚出生的儿子受那个罪。

世界上所有的母亲，对自己的孩子都很疼爱。然而要是不举例说出一些细节，就难以证明母亲对孩子疼爱到什么程度。这里请允许我说一个细节，看看母亲对我的疼爱是多么极端。我出生在天寒地冻的腊月，母亲怕冻着我，舍不得把我在被窝儿外面撒尿，宁可让我把尿撒在被窝儿里。更夸张的是，我都一岁多了，母亲明明觉出我把尿撒到了她身上，她并不叫醒我，不中断我，任我把一泡尿尿完。母亲说，我尿到半截，她要是叫醒我，害怕我突然憋尿，会憋出毛病来。母亲还对我父亲说，我撒出的尿热乎乎的，一点儿都不凉。有一个词叫溺爱，母亲对我的疼爱完全可以用这个词来形容。母亲的娇生惯养，使我养成了一个坏毛病，直到上了中学，我有时还尿床。

母亲对我如此疼爱，却要把我耳朵上的一个肉瘤子去掉，这就构成了一对矛盾。这个矛盾怎么解决呢？我的母亲是有智慧、有耐心的母亲，她的办法是从自己头上扯下一根头发，把头发系在肉瘤子中间最细的地方，循序渐进，一点一点把头发勒紧。母亲后来告诉我，她都是趁给我喂奶的时候，趁我把注意力都集中在吃奶上，才把头发给我紧一紧。就这样日复一日地紧下来，肉瘤子的顶端部分开始变红，发肿，发紫。六七天后，直到顶端部分变得像一粒成熟的紫葡萄，便果熟蒂落般地自动脱落下来。我那时还不记事，连对疼痛的记忆能力都没有。或许母亲做的手术没有带给我任何疼痛，在我不知不觉间，和我的身体血肉相连的一个小肉瘤就永远离我而去了。一根头发微不足道，它没有什么硬度，更谈不上锋利，但它以柔克刚，切断的是我的身体向瘤子顶端供血、供养的通道，起到的是和剪子、刀子同样的作用。

我耳朵上肉瘤子的残余部分如今还存在着，我抬手就能摸到，一照镜子就能看到，它仿佛一直在提醒着整个做手术的过程。但回忆起来，在母亲生前，我们母子并没有就这个事情进行过深入交流。母亲是多次讲过她如何去掉了这个肉瘤子，却一次都没说过她为何要去掉这个肉瘤子。在我这方面呢，也从没有问过母亲为我勒掉其中一个肉瘤子的原因。事情的微妙之处就在这里。人说母子连心，我隐隐觉得，母亲的用心我是知道的。母子之间的有些事情心里明白就行了，没有必要一定要说出来。在我们老家，男孩子的左耳上如果只长一个肉瘤子，被说成是拴马桩。进而普遍的说法是，长有拴马桩的男孩子预示着有富贵的前程。那么，一只耳朵上长两个肉瘤子算什么呢？有什么样的解释呢？没听说过。我想，两个瘤子是二瘤子，二瘤子是二流子的谐音。而二流子指的是不务正业、游手好闲、好吃懒做的人。我的勤劳要强的母亲，可不愿意让她的儿子成为一个像二流子一样的人。我敢大胆断定，我母亲就是这么想的。

养儿教儿，母亲这么做，其实是在塑造我。打我一出生，母亲对我的塑造就开始了。在塑造我外形的同时，也在塑造我的内心。当然，母亲对我的塑造不止这一项，我成长过程中的每一步，都离不开母亲的塑造。尽管母亲已经去世十多年了，她的在天之灵对我的塑造仍在进行之中。好在我没有辜负母亲的心愿，至少没有成为一个二流子。

2017年9月25日于北京和平里

祖父、母亲和我

　　我祖父是一个热衷于听故事的人，每逢镇上有集，他就到镇上背街的地摊演艺场听艺人讲故事。讲故事的形式多种多样，有的敲着小扁鼓唱打鼓金腔，有的打着简板唱坠子书，有的抱着长长的道情筒子唱道情，也有的拍着惊堂木说评词，等等。不管艺人用什么样的形式讲故事，祖父都爱听，他就那么盘腿往地上一坐，听得全神贯注，常常是从开场听到散场。

　　镇上不逢集的时候祖父怎么听故事呢？他的办法是怀揣一本唱书，请村里一个识字的老先生念给他听。老先生戴着花镜，念得咿咿呀呀，祖父双目微闭，听得如痴如醉。祖父负有看管我的责任，他不许我乱说乱动，把我紧紧搂在怀里，只让我玩他长长的白胡子。胡子什么玩具都不是，没什么好玩的，我把祖父的胡子捋了一会儿就睡着了。等我睡了一觉醒来，睡了两觉醒来，老先生还在念，祖父还在听，真没办法！祖父不会想到，他这么做给他孙子养成了一个毛病，我上学后，老师在课堂上一开讲，我就条件反射似的打瞌睡。

祖父请老先生给他念的书，不是他自己的，是他跟别人借来的。三乡五里，祖父打听到谁手里有唱书，就登门到人家那里去借。说来祖父在借书的事情上做得有些过分，他把书借来了，也请人给他念过了，却迟迟不愿还给人家，推推拖拖就把书留下了。我家有一个三斗桌，三个抽斗下面有一个挺大的抽斗肚子，祖父就把他借来的书藏在抽斗肚子里。天长日久，祖父收藏的书竟有十几本之多。

更让人难忘的是，祖父临终时，我母亲问他有什么要求。祖父用最后的力气，提出的唯一要求是，把他的书都放进他的棺材里去，他要用书做枕头。母亲理解祖父的心情，知道祖父在阳间听的书不够，到了阴间还要听书，她遵照祖父的临终嘱咐，让祖父把书都带到另一个世界去了。

心理学研究表明，一个人热爱什么，意味着他有那方面的潜质，或者说天赋。我祖父作为一个农民，他不喜欢种庄稼，却如此痴迷于听书，应该说他天生就有听书的内驱力。如果祖父识字的话，他的天赋有可能发挥出来，不但能听书，说不定还能写书。然而真是可惜，我祖父一天学都没上过，一个字都不识。祖父出生在清朝末年，那个时期战乱频仍，社会动荡，哀鸿遍野，民不聊生，是一段非常混乱、非常糟糕的历史时期。听老辈儿的人讲，那些年差不多年年遭灾，不是淹了，就是旱了，再就是蝗虫来了。淹起来大水漫灌，一片汪洋，人都成了鱼鳖虾蟹。旱起来遍地冒火，寸草不生，人想吃根草都找不到。蝗虫飞起来，像起了满天乌云，把太阳都遮住了。人们刚一仰脸，就被天上飞过的蝗虫拉了一脸屎。更可怕的是，我们那里的土匪非常猖獗，人们经常受到土匪的骚扰和侵害。我家的房子是被土匪烧掉的。我的曾祖父被土匪绑了票，受尽折磨，赎回不久就死了。更为惨重的是，有一次我们村的人帮邻村打土匪，竟被土匪打死了五个青壮男人。我祖父的大哥就是那次被土匪打死的。想想看，在那样的时代，人们能逃个活命就算不错，哪里还能上学识字呢！

再说我母亲。母亲出生在民国初年，她也是连一天学都没上过。家里人只是不忘记给她裹脚，把小小年纪的她裹得鬼哭狼嚎，双手扶着石头碓窑子才能站起来。我外祖父在开封城里当厨师，稍稍开明一些，他见小女儿哭得实在可怜，就放弃了让小女儿继续裹脚。虽说母亲不识字，但是我敢说，我们的母亲是有文学天赋的。母亲很善于讲故事，一讲就讲得有因有果，有头有尾，头头是道。特别之处在于，母亲所讲的故事里总是有文学的因素，文学的细节，我把它称之为小说的种子。以母亲所讲的故事为种子，我写了不少短篇小说，至少有十几篇吧。相比之下，我岳母就不爱讲故事，也不善于讲故事。她偶尔给我讲一个故事，因不能激发我的文学想象，我听了就忘了，一点儿都记不住。母亲生前，我曾跟母亲说笑话：娘，您要是识字的话，说不定您也能写小说，也能当作家呢。母亲说：这一辈子我是不讲了，下一辈子我一定要上学。母亲也跟我说笑话：我要是会写小说，说不定比你写得还好呢！

现在该说到我自己了。我是1951年12月出生，今年六十八岁。今年是中华人民共和国成立七十周年，我是在新中国的五星红旗下长大的。我比祖父和母亲幸运，一到上学年龄我就走进了学堂。学堂1958年开办，就办在我们村。村里和我差不多大小的几十个男孩子、女孩子都有了学上，沉寂的村庄一下子有了琅琅的读书声。我很喜欢上学，学习成绩也不错，很快就加入了少年先锋队，并成了少先队的中队长。在我上小学三年级的时候，我父亲去世了，家里遇到了一些困难。这时姑姑劝我母亲，别让我再上学了，主张让我擓起粪筐拾粪，为家里挣工分。在这个问题上，母亲没有听姑姑的劝说，没有让我弃学。母亲态度坚决，且富有远见，她说，孩子不上学，脑子就不开化，将来就不会有出息。她还说，学校建到了家门口，国家鼓励孩子上学读书，孩子上学正上得好好的，她怎么能忍心把孩子从学校里拉出来呢！母亲还说到她自己，说她小时候也想上学，也想念书写字，可那时候兵荒马乱的，哪里会有机会上学呢！孩子赶上了好时候，总算得到了上学的机会，哪能错过呢！

亏得有母亲的坚持，我才拿到了一个初级中学毕业的文凭。此后，以初中所学到的文化知识为基础，我不断自学，不断开掘自己，丰富自己，才一步一步赶到了今天。1970年，一家大型煤矿到我们公社招工，我有幸参加了工作，成了一名煤矿工人。刚到煤矿时，我并没有下井采煤，而是在煤矿下属的一个水泥支架厂里采石头。我们在一个很深的石头坑里把石头采出来，然后用破碎机把大石头粉碎，粉成一些细小的颗粒，掺上钢筋和水泥预制成支架，运到矿井下代替坑木作支护用品。我在支架厂干了两年多，因给矿务局广播站写了几篇稿子，就被调到了矿务局宣传部，先是编矿工报，后是当新闻干事，从事对外新闻报道工作。到宣传部工作后，我主动要求到井下去采煤。有的机关干部视下井为畏途，想方设法回避下井。我正相反，坚决要求下井。我意识到，作为一个煤矿宣传部门的工作人员，没有在井下劳动的深切体验怎么行呢！我先后去了王沟矿、王庄矿、芦沟矿等，和矿工弟兄们同吃、同住、同劳动，在井下干了八九个月时间。下井期间，我当过掘进工、采煤工，还当过运输工，对井下所有的工种了如指掌。在当采煤工过程中，我还经历过矿压所造成的冒顶、片帮等危险，与矿工同甘共苦，在患难中结下了深厚的情谊。我给《河南日报》写了不少稿子，有时连大年三十都在下井，大年初一都在写稿子、送稿子。有的稿子还上了《人民日报》。

1978年春天，我的命运再次发生转折，竟从基层煤矿调到了北京，调到了中华人民共和国煤炭工业部，在一个刊名叫《他们特别能战斗》的杂志社当编辑和记者。这次越级直线调动，我自己做梦都没有想到，同事们也感到惊讶。我一没有大学文凭，二不认识杂志社的任何人，三不是正式干部，只是一个以工代干的人，怎么可能一下子调到煤炭部工作呢！只是因为我给杂志社写过一些稿子，杂志社的老师们认为我写得还可以，以借调的方式，对我进行了面对面的认真考察，认为我适合做编辑工作，就毅然决定调我进京。不仅我自己调到了北京，我妻子和女儿的户口也同时迁到了北京。刚到北京，单位就在新建的职工家属宿舍楼上分给我们家一间新房。我没有辜负领导和老师们的期望，工作干得十分卖力。我几乎跑遍了全国各地的重点煤矿，写了大量的稿子，得了不少新闻作品奖。更重要的是，通过在煤炭部工作，我大大提高了站位，开阔了眼界，增长了见识，锻炼了才干，并积累了大量文学创作素材。杂志改为《中国煤炭报》之后，我被提拔为报社的副刊部主任，在这个岗位上一干就是十年。

还在煤矿时，我的理想是当编辑和记者。到北京当了编辑和记者后，我没有满足，业余时间一直在写小说，想当作家。新闻毕竟有其客观性、纪实性和局限性，我还有一些想法和情感，需要放在想象的空间，通过文学创作加以表达。还有，在编辑的工作岗位上，因我没有大学文凭，只评上一个中级职称就可能到头了，我要通过写书，拿到另一种意义上的"文凭"。还好，我所写的短篇小说《鞋》和中篇小说《神木》，先后获得了第二届鲁迅文学奖和第二届老舍文学奖。中国作家协会高级职称评审委员会破格给我评了文学创作一级职称。

机遇又一次眷顾我，时间到了2001年。这一年我已经五十岁，一心想集中大块时间写长篇小说。说来真是幸运，这年北京作家协会要吸收一批驻会专业作家，于是我顺利地调入北京作协，成了一名专事写作的作家。有一句俗话：你正要打瞌睡，别人就送你一个枕头。我不是要打瞌睡，我需要的是时间。正当我需要时间的时候，北京作协就把大块大块比黄金还要宝贵的时间给了我，使我得以集中精力、调动潜能、一心一意地投入到文学创作中。截至目前，我已发表了十部长篇小说，三十多部中篇小说，三百多篇短篇小说，还有不少散文，倘若出文集的话，大约可以出三十卷吧。

新中国成立六十周年的时候，我曾写过一篇文章，题目叫《赶上了好时候》。文章的主要意思是说，我之所以能一次又一次地如愿以偿做我倾心喜欢的工作，并通过勤奋劳动实现人生价值，是因为我们赶上了一个好的时代。好时代的一个突出特点，就是尊重人，尊重人的个性和才能，尊重人的喜爱和自由选择，并为个人的成长和发展提供广阔舞台，帮助人们实现人生的价值，满足人们对幸福生活的追求。也可以说时代是一个大命题，它对我们每个人的命运所起的作用都是决定性的。我个人的一系列人生经历，就是时代决定命运的最好注脚。

回过头再说一下我的祖父和母亲。他们给了我文学方面的遗传基因，我认为他们是有文学天赋的。但因为他们出生的时代是压制人、摧残人、毁灭人的时代，他们的天赋是无效的，只能是自生自灭，得不到任何发挥。其实每个人的天赋在开发和释放之前，都处在沉睡状态，要唤醒一个人的天赋，不是无条件的，是有条件的。而首要的条件，就是要有好的时代和好的环境。当然了，以这个首要条件为前提，还需要个人持之以恒的努力学习和刻苦实践。我斗胆创造了一个词，叫地赋。有天就有地，有天赋也应该有地赋。天赋是先天的，地赋是后天的。比起天赋，地赋包含的东西更多，除了天时、地利、人和，还包括后天的一切学习和劳动，进步和挫折，成功和失败，等等。天赋不可选择，地赋可以争取。只有把地赋和天赋很好地结合起来，二者相辅相成，才有可能成就一番事业，完成自己的人生使命。

母亲生前多次对我说，她做梦都没想到，我们家的日子如今会过得这么好。母亲还说：你爷爷要是还活着就好了，他知道了他孙子不但会念书，还会写书，不知道有多高兴呢！

2019年3月25日至29日于北京和平里

林斤澜的看法

一转眼，林斤澜离开我们已经十年了。

四年前，我写过一篇文章：《北京作家终身成就奖，评浩然还是林斤澜》。文章里说到，那届终身成就奖的候选人有两个，浩然和林斤澜，二者只能选其一。史铁生、刘恒、曹文轩和我等十几个评委经过讨论和争论，最后以无记名投票方式，把奖评给了林斤澜。

北京有那么多成就卓著的老作家，能获奖不易。我知道林斤澜对这个奖是在意的，获奖之后我问他：林老，得了终身成就奖您是不是很高兴？话一出口，我就意识到问得有些笨，让林老不好回答。果然，林老哈哈哈地笑了起来。正笑着，他又突然严肃起来，说那当然，那当然。他不说他自己，却说开了评委，说你看哪个评委不是厉害角色呀！

林斤澜和汪曾祺被文学评论界并称为文坛双璧，一个是林璧，一个是汪璧。既然是双璧，其价值应当旗鼓相当，交相辉映。而实际情况不是这样。相比之下，汪璧一直在大放光彩，广受青睐。林璧似乎有些暗淡，较少被人提及。或者说汪曾祺生前身后都很热闹，自称为"汪迷"和"汪粉"的读者不计其数。林斤澜生前身后都是寂寞的，反正我从没听说过一个"林迷"和"林粉"。

这怨不得别人，要怨的话只能怨林斤澜自己，谁让他的小说写得那么难懂呢！且不说别人了，林斤澜的一些小说，比如矮凳桥系列，连汪曾祺都说："我觉得不大看得明白，也没有读出好来。"因为要参加林斤澜的作品讨论会，汪曾祺只好下决心，推开别的事，集中精力，读林斤澜的小说，一连读了四天。"读到第四天，我好像有点明白了，而且也读出好来了。"像汪曾祺这样通今博古、极其灵透的人，读林斤澜的小说都如此费劲，一般的读者只能望而却步。任何文本只有通过阅读才能实现其价值，读者读不懂，不愿读，价值就无法实现。关于"不懂"这个问题一直困扰着林斤澜，他好像也为此有些苦恼。他说：汪曾祺的小说那么多读者，我的小说人家怎么说看不懂呢！有一次林斤澜参加我的作品讨论会，他在会上也说过类似的话，他说：庆邦的小说有那么多读者喜欢，让人羡慕。我的小说，哎呀，他们老是说看不懂，真没办法！

林斤澜知道自己的小说难懂，而且知道现在的读者普遍缺乏阅读耐心，他会不会做出妥协，就和一下读者，把小说写得易懂一些呢？不会的，要是那样的话，林斤澜就不是林斤澜了，他我行我素，该怎么写还怎么写。关于"不懂"，林斤澜与市文联某领导有过一段颇有意思的对话，他把这段对话写在《林斤澜小说经典》的序言里了。领导："我看了你几篇东西，不大懂。总要先叫人懂才好吧。"林："我自己也不大懂，怎么好叫人懂。"领导："自己也不懂，写它干什么！"林："自己也懂了，写它干什么！"听听，在这种让人费解的对话里，就可以听出林斤澜的执拗。有朋友悄悄对我说，林斤澜的小说写得难懂是故意为之，他就是在人为设置阅读障碍。这样的说法让我吃惊不小，又要写，写了又让人摸不着头脑，这是何苦呢！后来看到冰心先生对林斤澜小说的评价，说林斤澜的小说是"努力出棱，有心作杰"，话里似乎也有这个意思，说林斤澜是在有意追求曲高和杰出。

　　静下心来，结合自己的创作想一想，我想到了，要把小说写得好懂是容易的，要把小说写得难懂就难了。换句话说，把小说写得难懂是一种本事，是一种特殊的才能，不是谁想写得难懂就能做到。如愚之辈，我也想把小说写得不那么好懂一些呢！可是不行，读者一看我的小说就懂了，我想藏点什么都藏不住。在文艺创作方面，恩格斯有一句名言："对于艺术品来说，作者的倾向越隐蔽则越好。"对于这一点，很多作家都做不到，连林斤澜的好朋友汪曾祺都做不到，林斤澜却做到了。他在中国文坛的独树一帜就在这里。

　　林斤澜老师的女儿在北京郊区密云为林老买了一套房子，我也在密云买了一套房子，我们住在同一个小区。有一段时间，我几乎每天早上陪林老去密云水库边散步，林老跟我说的话就多一些。林老说，他的小说还是有人懂的。他随口跟我说了几个人，我记得有茅盾、孙犁、王蒙、从维熙、刘心武、孙郁等。他说茅盾在《人民文学》当主编时，主张多发他的小说，发了一篇又一篇，就把他发成了一个作家。孙犁先生对他的评论是："我深切感到，斤澜是一位严肃的作家，他是真正有所探索，有所主张，有所向往的。他的门口，没有多少吹鼓手，也没有那么多轿夫吧。他的作品，如果放在大观园，它不是怡红院，更不是梨香院，而是栊翠庵，有点冷冷清清的味道，但这里确确实实储藏了不少真正的艺术品。"林老提到的几位作家，对林斤澜的人品和作品都有中肯的评价，这里就不再一一引述了。林老的意思是，对他的作品懂了就好，懂了不一定非要说出来，说出来不见得就好。林老还认为，知音是难求的，几乎是命定的。该是你的知音，心灵一定会相遇。不该是你的知音，怎么求都是无用的。

　　林斤澜跟我说得最多的是汪曾祺。林斤澜认为汪曾祺的名气过于大了，大过了他的创作实绩。汪曾祺是沈从文的学生，沈从文对汪曾祺是看好的。但汪曾祺的创作远远没有达到沈从文的创作成就和创作水准，无论是数量，还是质量，与沈从文相比都不可同日而语。沈从文除了写有大量的短篇小说、散文和文论，还写有中篇小说《边城》和长篇小说《长河》。而汪曾祺只写有少量的短篇小说和散文，没写过中篇小说，亦自称"不知长篇小说为何物"。沈从文的创作内涵是丰富的、复杂的、深刻的。拿对人性的挖掘来说，沈从文既写了人性的善，还写了人性的恶。而汪曾祺的创作内涵要简单得多，也浅显得多，缺少对人性的多面性进行深入的挖掘。汪曾祺的小说读起来和谐是和谐了，美是美了，但对现实生活缺乏反思、质疑和批判，有"把玩"心态，显得过于闲适。有些年轻作者一味模仿汪曾祺的写法，不见得是什么好事。林斤澜对我说，其实汪曾祺并不喜欢年轻人跟着他的路子走，说如果年纪轻轻就写得这么冲淡、平和，到老了还怎么写！林老这么说，让我想起在1996年年底的第五次作家代表大会上，当林老把我介绍给汪老时，汪老上来就对我说："你就按

《走窑汉》的路子走，我看挺好。"林斤澜分析了汪曾祺之所以写得少，后来甚至难以为继，是因为汪曾祺受到了散文化小说的局限，说他是得于散文化，也是失于散文化。说他得于散文化，是他写得比较散淡、自由、诗化，达到了一种"苦心经营"的随意境界。说他失于散文化呢，是因为散文写作的资源有限，散文化小说的资源同样有限。小说是想象的产物，其本质是虚构。不能说汪曾祺的散文化小说里没有想象和虚构的成分，但他的小说一般来说都有真实的情节、细节和人物作底子，没有真实的底子作依托，他的小说飞起来就难了，只能就近就地取材，越写越实。林斤澜举了一个例子，说汪曾祺晚年写过一个很短的小说《小芳》，小说所写的安徽保姆的故事，就是以他家的保姆为原型的。从内容上看，已基本上不是小说，而是散文。小说写出后，不用别人说，汪曾祺的孩子看了就很不满意，说写的什么呀，一点儿灵气都没有，不要拿出去发表。孩子这样说是爱护"老头儿"的意思，担心别人看了瞎对号。可汪曾祺听了孩子的话有些生气，他说他就是故意这样写。汪曾祺的名气在那里摆着，他的这篇小说不仅在《中国作家》杂志发表了，还得了年度奖呢。

　　林斤澜最有不同看法的，是汪曾祺对一些《聊斋志异》故事的改写。林斤澜的话说得有些激烈，他说汪曾祺没什么可写了，就炒人家蒲松龄的冷饭。没什么可写的，不写就是了。改写人家的东西，只是变变语言而已，说是"聊斋新义"，又变不出什么新意来，有什么意思呢！这样的重写，换了另外一个人，杂志是不会采用的。因为是汪曾祺重写的，《北京文学》和《上海文学》都发表过。这对刊物的版面和读者的时间都是一种浪费。

　　另外，林斤澜对汪曾祺的处世哲学和处世态度也不太认同。

汪曾祺说自己是"逆来顺受，随遇而安"。林斤澜说自己可能修炼不够，汪曾祺能做到的，他做不到。逆来了，他也知道反抗不过，但他不愿顺受，只能是无奈。随遇他也做不到而安，也只能是无奈。无奈复无奈，他说人生本来就是一场无奈嘛，既无奈生，也无奈死。

林斤澜愿意承认我是他的学生，他对我多有栽培和提携。我也愿意承认他是我的恩师，他多次评论过我的小说，还为我的短篇小说集写过序。但实在说来，我并不是一个好学生，因为我不爱读他的小说。他至少给我签名送过两本他的小说集，我看了三几篇就不再看了。我认为他的小说写得过于雕，过于琢，过于紧，过于硬，理性大于感性，批判大于审美，风骨大于风情，不够放松，不够自由，也不够自然。我不隐瞒我的观点，当着林斤澜的面，我就说过我不喜欢读他的小说，读起来太吃力。我见林斤澜似乎有些沉默，我又说我喜欢读他的文论。林斤澜这才说：可以理解。

同样是当着林斤澜的面，我说我喜欢读汪曾祺的小说。汪曾祺送给我的小说集，上面写的是"庆邦兄指正"，我读得津津有味，一篇不落。因汪曾祺的小说写得太少，不够读，我就往上追溯，读沈从文的作品。我买了沈从文的文集，一本一本反复研读，从中学到了很多东西。有人问我，最爱读哪些中国作家的作品？我说第一是曹雪芹，第二是沈从文。

2019年3月30日（北京）至4月2日（沈丘）清明节前夕

《走窑汉》是怎样"走"出来的

——我与《北京文学》

《北京文学》是我的"福地",我是从这块"福地"走出来的。1985年9月,我在《北京文学》发表了短篇小说《走窑汉》,这篇小说被文学评论界说成是我的成名作。林斤澜先生另有独特的说法,他在文章里说:"刘庆邦通过《走窑汉》,走上了知名的站台。"汪曾祺先生也曾对我说:"你就按《走窑汉》的路子走,我看挺好。"

在《北京文学》创刊70周年之际,我主要想回顾一下《走窑汉》的发表过程,作家、评论家对它的关注,以及它所产生的一系列影响。

我的老家在河南,1970年7月,我到河南西部山区的煤矿参加了工作。我一开始写的小说,在河南的《奔流》和《莽原》杂志上发表得多一些,一连发表了八九篇吧。时在《北京文学》当编辑的刘恒,看到我在河南的文学杂志上发表的小说,写信向我约稿，希望我给《北京文学》写稿子。我给《北京文学》写的第一篇小说叫《对象》，发表在《北京文学》1982年第12期。大概因为这篇小说比较一般，发了也就过去了。但这篇小说能在《北京文学》发表，对我来说是重要的、难忘的。我认为《北京文学》的门槛是很高的，能跨过这个门槛，对我的写作自信增加不少。刘恒继续跟我约稿，他给我写的信我至今还保存着。他在信中说："再一次向你呼吁，寄一篇震的来！把大旗由河南移竖在北京文坛，料并非不是老兄之所愿了。用重炮向这里猛轰！祝你得胜。"刘恒的信使我受到催征一样的强劲鼓舞，1985年夏天，在我写完了长篇小说《断层》之后，紧接着就写了短篇小说《走窑汉》。写完之后，感觉与我以前的小说不大一样，整篇小说激情充沛，心弦紧绷，字字句句充满内在的张力。我妻子看了也说好，她的评价是，一句废话都没有。这篇小说我没有通过邮局寄给刘恒，趁一个星期天，我骑着自行车，直接把小说送到了《北京文学》编辑部。那时我家住在建国门外大街的灵通观，《北京文学》编辑部在西长安街的六部口，我家离编辑部不远，骑上自行车，十几分钟就可到达。因为那天是休息日，我吃不准编辑部里有没有人上班。我想，即使去编辑部找不到人也没什么，我到长安街遛一圈也挺好。我来到编辑部一间比较大的编辑室一看，见有一个编辑连星期天都不休息，正在那里看稿子。而且，整个编辑部只有他一个人。那个编辑是谁呢？巧了，正是我要找的刘恒。我们简单聊了几句，刘恒接过我送给他的稿子，当时就翻看起来。一般来说，作者到编辑部送稿子，编辑接过稿子就放下了，会说，稿子他随后看，看过再跟作者联系，不会立即为作者看稿子。然而让我难忘和感动的是，刘恒没有让我走，马上就为我看稿子。他特别能理解一个业余作者的心情，善于设身处地地为作者着想。刘恒在一页一页地看稿子，我就坐在那里一秒一秒地等。他看我的稿子，我就看着他。屋里静得似乎连心脏的跳动都听得见。我心里难免有些打鼓，不知道这篇小说算不算刘恒说的"震"的，亦不知算不算"重炮"，一切听候刘恒定夺。在此之前，我在《奔流》上读过刘恒所写的小说，感觉他比我写得好，他判断小说的眼光应该很高。小说也就七八千字，刘恒用了不到半个小时就看完了。刘恒的看法儿是不错，挺震撼的。刘恒还说，小说的结尾有些出乎他的预料。我的小说结尾出乎他的预料，刘恒的做法也出乎我的预料，他随手拿过一张提交稿子所专用的铅印稿签，用曲别针把稿签别到了稿子上方，并用刻刀一样的蘸水笔，在稿签上方填上了作品的题目和作者的名字。

1985年9月号的《北京文学》，是一期小说专号。我记得在专号上发表小说的作家有郑万隆、何立伟、乔典运、刘索拉等，我的《走窑汉》所排列的位置并不突出。但在上世纪八十年代，人们主要关注的是作品本身的文学品质，对作品排在什么位置并不是很在意，看作品也不考虑作者的名气大小。对于文学杂志上出现的新作者，大家带着发现的心情，似乎读得更有兴趣。

小说发表后，我首先听到的是上海方面的反应。王安忆看了《走窑汉》，很是感奋，用她的话说："好得不得了！"她立即推荐给上海的评论家程德培。程德培读后激动不已，随即写了一篇评论，发在1985年10月26日的《文汇读书周报》上，评论的题目是《这"活儿"给他做绝了》。程德培在评论里写道："短短的篇章，它表现了诸多人的情与性，爱情、名誉、耻辱、无耻、悲痛、复仇、恐惧、心绪的郁结、忏悔、绝望，莫名而无尽的担忧、希望而又失望的折磨、甚至生与死，在这场灵魂的冲突和较量中什么都有了。这位不怎么出名的作者，这篇不怎么出名的小说写得太棒了！"当年，程德培、吴亮联袂主编了一本厚重的《探索小说集》，由上海文艺出版社出版。小说集收录了《走窑汉》。后来，王安忆以《走窑汉》为例，撰文谈了什么是小说构成意义上的故事，并谈到了推动小说发展的情感动力和逻辑动力。说实在话，在写小说时，我并没有想那么多。王安忆的分析，使我明白了一些理性的东西，对我今后的创作有着启发和指导性的意义。

北京方面的一些反应，我是隔了一段时间才听到的。有年轻的作家朋友告诉我，在一次笔会上，北京的老作家林斤澜向大家推荐了《走窑汉》，说这篇小说可以读一下。1986年，林斤澜当上了《北京文学》主编。在一次约我谈稿子时，林斤澜告诉我，他曾向汪曾祺推荐过《走窑汉》。汪曾祺看过一遍之后，并没觉得有什么特别的好。林斤澜坚定地对汪曾祺说：你再看！等汪曾祺再次看过，林斤澜打电话追着再问汪曾祺对《走窑汉》的看法。汪曾祺这次说：是不错。汪曾祺问：作者是哪里的？林斤澜说：不清楚，听说是北京的。汪曾祺又说：现在的年轻作家，比我们开始写作时的起点高。在全国第五次作家代表会上，林斤澜把我介绍给汪曾祺，说这就是刘庆邦。汪曾祺像是一时想不起刘庆邦是谁，伸着头瞅我佩戴的胸牌，说他要验明正身。林斤澜说：别看了，《走窑汉》！汪曾祺说：《走窑汉》，我知道。

可以说，是《走窑汉》让我真正"走"上《北京文学》，然后走向全国。将近四十年来，我几乎每年都在《北京文学》发作品，有时一年一篇，有时是一年两篇。前天我专门统计了一下，迄今为止，我已经在《北京文学》发表了三十五篇短篇小说，五部中篇小说，一篇长篇非虚构作品，还有七八篇创作谈，加起来有六十多万字，出两本书都够了。

走窑汉，是对煤矿工人的称谓。我自己也曾走过窑。煤还在挖，走窑汉还在"走"。我的持续不断的写作，与走窑汉挖煤有着同样的道理。"走窑汉"往地层深处"走"，是为了往上升；"走窑汉"在黑暗里"行走"，是为了采掘和奉献光明。

2020年1月20日至22日于北京和平里

对所谓"短篇王"的说明

　　我在北京或去外地参加一些活动，主办方在介绍我时，往往会把我说成是什么"中国当代短篇小说之王"。每每听到这样的介绍，我从没有得意过，都是顿感如芒在背，很不自在。有时实在忍不住，我会说一句不敢当，或者说一句我就是写短篇小说多一点而已。在更多的情况下，我只能是听之藐藐，一笑了之。

　　有记者采访我，问到我对这个称谓的看法时，我说人家这样说，是鼓励你，抬举你，但自己万万不可当真，一当真就可笑了，就不知道自己是谁了。历来是文无第一，武无第二，写小说，哪里有什么王不王之说。踢球可以有球王，拳击可以有拳王，写小说却不能称王。我甚至说：王与亡同音，谁敢称王，离灭亡就不远了。我自己写文章也说到过：所谓"短篇王"，不过是一顶高帽子，而且是一顶用废旧报纸糊成的高帽子，雨一淋，纸就褪色了，风一刮，高帽子就会随风而去。我这样说，是自我摘帽的意思。我知道，中国作家中写短篇小说的高手很多，我一

266 ｜ 到豪有道

口气就能举出十几个，哪里能把我抬得那么高呢！我有的短篇小说写得也很一般，没多少精彩可言。读者看了会说，什么"短篇王"，原来不过如此。高帽之下实难符，还是及早把帽子摘下来扔掉好一些。可是，戴帽容易摘帽难，摘有形的帽子容易，摘无形的帽子难，这么多年来，我连揪带拽，一次又一次往下摘，就是摘不掉。相反，时间长了，这顶帽子仿佛成了"名牌"，传得越来越广，出于好心，给我戴这顶帽子的人也越来越多，这可怎么得了！这甚至让我想到，人世间还有别的一些帽子，那些帽子一旦被戴上，恐怕一辈子都摘不掉。有的帽子虽然被政策之手摘掉了，帽子前面还有可能被冠以"摘帽"二字，摘与不摘也差不多。

2004年，孟繁华先生主编了一套"短篇王文丛"，收入了我的短篇小说集《女儿家》。我觉得很好，真的很好。我之所以诚心为这个文丛叫好，不仅是因为文丛中收入了我的短篇集，更主要的是，文丛分为三辑，先后收录了十八位作家的短篇小说集。这样一来，"短篇王"就不再是我一个，而是有好多个，大家都是"短篇王"，又都不是"短篇王"，"短篇王"不再是一个特指，成了一个泛指，等于把这个称号分散了、消解了。我对繁华兄心存感激，感觉他好像让众多作家朋友为我分担了压力，让我放下了包袱，变得轻松起来。我明白他编这套丛书的真正良苦意图，是为了"在当下时尚的文学消费潮流中，能够挽回文学精致的写作和阅读"。但出于私心，我还是希望从此后别人不再拿"短篇王"跟我说事儿。实际上没有出现我想要的结果，我不但没有摘掉帽子，得到解脱，把我说成"短篇王"的说法反而比以前还多，在文学方面，"短篇王"几乎成了刘庆邦的代名词。这不好，很不好！有一次在会上，我以开玩笑的口气说：除了写短篇小说，我还写长篇小说、中篇小说，我的长篇小说和中篇小说写得也不差呀！

我拒绝当"短篇王"，也许有的朋友会认为我是假谦虚，是得便宜卖乖，别人想当"短篇王"还当不上呢，你有了"短篇王"的名头，短篇小说至少会卖得好一些，这没什么不好！有一次，连张洁大姐都正色对我说：庆邦，你不必谦虚，不要不好意思，"短篇王"就是"短篇王"，要当得理直气壮！可是不行啊大姐，在这个问题上，我像是患有某种心理障碍一样，听到这样的称谓，我从来不感到愉悦，它带给我的只能是不安。

忽一日，有位为我编创作年谱的朋友问我，关于"短篇王"的说法是谁最先说出来的？这一问倒是提醒了我，是呀，水有源，树有根，这个事情不能一直含糊着，含糊着容易让人生疑，还有可能让人误以为是一种炒作，作为当事人，我还是把它的来历说清楚好一些。

最早肯定我短篇小说创作的是王安忆。她在给我的一本小说集《心疼初恋》的序言里写道："谈刘庆邦应当从短篇小说谈起，因为我认为这是他创作中最好的一种。我甚至很难想到，还有谁能够像他这样，持续地写这样多的好短篇。"我注意到了，王安忆的评价里有一个定语叫"持续地"，是的，四十多年来，我一直在"持续地"写短篇小说，从没有中断，迄今已发表了三百多篇短篇小说。我还从王安忆的评价里看出了排他的意思，但她没有给我命名。

随后，李敬泽在评论我的短篇小说创作时，说到了与王安忆差不多同样的意思，他说："在汪曾祺之后，短篇小说写得好的，如果让我选，我就选刘庆邦。他的短篇小说显然是越写越好。"我以前从没有这样想过，更不敢这样比较，敬泽的话对我的创作无疑是一个很大的鼓舞。但敬泽胸怀全局，出言谨慎，他也没有为我的短篇小说创作命名。

那么，在王安忆和李敬泽评价的基础上，是哪位先生，在什么情况下，把我说成了"中国当代短篇小说之王"呢，我记得清清楚楚，是被称为"京城四大名编"之一的崔道怡老师。2001年秋天，我的短篇小说《鞋》获得了第二届鲁迅文学奖。9月22日，在鲁迅先生诞辰120周年之际，颁奖典礼在鲁迅故乡绍兴举行。当年，我的另一篇短篇小说《小小的船》获得了《中国作家》"精短小说征文"奖。记得同时获奖的还有宗璞、石舒清等作家的短篇小说。从绍兴回到北京的第二天，我就去《中国作家》杂志社参加了颁奖会。崔道怡老师作为征文评奖的评委代表，也参加了颁奖会，并对获奖作品一一进行了点评。崔道怡是一位非常认真的文学前辈，我曾多次和他一起参加文学活动，见他只要发言，必定事先写成稿子，把稿子念得有板有眼，抑扬顿挫，颇具感染力。人的记忆有一定的选择性，那天崔道怡老师怎样点评我的小说，我没有记住，有一句话，听得我一惊，一下子就记住了。崔道怡老师的原话是："被称为中国当代短篇小说之王的刘庆邦"如何如何。什么什么，我什么时候有这个称谓，我怎么没听说过？这未免太吓人了吧！

不光我自己吃惊，当时在座的中国作家协会书记处书记张锲先生也有些吃惊。后来，张锲先生以"致刘庆邦"的书信形式写了一篇文章，题目是《你建构了一个美的情感世界》，发在2002年2月9日的《文汇报》"笔会"上。文章里说："编辑家崔道怡同志说你是中国当代短篇小说之王，对他的这种评价，连我这个一直在用亲切的目光注视着你的人，也不由得被吓了一跳。"张锲先生给我的信写得长长的，提到我的短篇小说《梅妞放羊》《响器》《夜色》等，也说了很多肯定我的短篇小说创作的话，这里就不再引述了。

我愿意承认，在《人民文学》当副主编的崔道怡老师为我发了好几个短篇，他对我是有提携的，对我的创作情况是了解的。我必须承认，崔道怡老师对我短篇小说创作的评价，对我构成了一种压力，也构成了一种鞭策般的动力。我想，我得争取把短篇小说写得更多一些，更好一些，以对得起崔道怡老师对我的评价，不辜负他对我的期望。不然的话，我也许会把费力费心费神又挣不到多少稿费的短篇小说创作放下，去编电视剧或做别的事情去了。"短篇王"的命名像小鞭子一样在后面鞭策着我，让我与短篇小说相爱相守到如今，从没有放弃短篇小说的创作。就拿今年来说，在抗击"新冠"肺炎疫情期间，我已经完成了十二篇短篇小说，仅7月份就在《人民文学》《作家》等杂志发表了五篇，其中有两篇分别被《小说选刊》和《小说月报》选载。

"短篇王"的帽子我不愿戴下去，是我担心自己有一天会失去写短篇小说的能力。这个能力是一种综合能力，既需要智力、心力、耐力，也需要体力、精力、爆发力，也许还有别的因素。以前，我对自己写短篇的能力充满自信，相信自己会一直写下去，活到老，写到老。最近读了张新颖先生所著《沈从文的后半生》，我才知道，一个作家写短篇小说的能力可能会丧失。沈从文对自己写短篇的能力曾经是那么自信，他不止一次对家人表示，他要向契诃夫学习，在有生之年再写一二十本书，在纪录上超过契诃夫。可是呢，后来他一篇都写不成了。有一篇《老同志》，他改了七稿，前后历时近两年，还向丁玲求助，到底也未能发出。1957年8月，他又写了一个短篇，写时自我感觉不错，"简直下笔如有神"。但他的小说刚到妻子张兆和那里就被否定了，要他暂时不要拿出去。沈从文不得不哀叹，他失去了写短篇的能力。他还在给大哥的信里说："一失去，想找回来，不容易……人难成而易毁……"

当然了，沈从文之所以失去了写短篇的能力，与他当时所处的社会环境有关。环境发生了重大变化，他身心受到巨大冲击，一时无所适从，在失去自我的同时，才失去了写短篇的能力。

我庆幸自己赶上了好时候，在国泰民安的环境里，能够心态平稳地持续写作。我会抱着学习的态度，继续学习写短篇小说。我不怕失败，也不怕别人说我写得多。好比农民种田，矿工挖煤，一个人的勤奋劳动，也许得不到多少回报，但永远不会构成耻辱。

2020年9月10日于北京怀柔翰高文创园

作家中的思想家

——怀念史铁生

　　史铁生离开我们已经十年了，我时常想念他。每想起史铁生，我的心思都会走得很远很远，远得超过了十年，二十年，三十年，好一会儿回不过神来。

　　在史铁生辞世两周年之际，中国作家协会曾组织召开了一场对史铁生作品的讨论会，铁凝、张海迪、周国平等众多作家、评论家和学者与会，对史铁生的人格修为和创作成就做出了高度评价。讨论会达成了一个令人难忘的共识：在这个不轻言"伟大"的时代，史铁生无愧于一个伟大的生命、伟大的作家。

　　在那次讨论会上，我简短地发了言，谈到史铁生坚强的生命力量，超凡的务虚能力，还谈到做梦梦见史铁生的具体场景和生动细节。随后我把发言整理成一篇千把字的文章，发在北京的一家报纸上，文章的题目叫《梦见了史铁生》。我一直觉得文章过于短了，不能表达我对史铁生的理解、敬意和思念之情，甚至对不起与史铁生生前的诸多交往。在纪念史铁生先生逝世十周年的日子，请允许我用稍长一点的篇幅，回顾一下结识史铁生的过程，再认识史铁生作品独特的思想内涵，以表达我对史铁生的深切怀念。

读好作品如同交心，读了《我的遥远的清平湾》，我的心仿佛一下子与史铁生的心贴得很近，几乎萌生了同气相求般的念头。我知道，当年我所供职的煤炭工业部离史铁生的家很近，一个在地坛公园的北门外，一个在地坛公园的南门外，我只要从北向南穿过地坛公园，步行十几分钟就可以到达史铁生的家，见到我渴望拜访的史铁生。可是，我不会轻易贸然登门去打扰他。他身体不好，精力有限，需要保持相对自主和宁静的生活状态。特别是我在有的媒体报道中看到，史铁生因承受不住众多热情读者的造访，不得不在门上贴了"谢客"的告知。在这种情况下，我更得尊重他的意愿。在尊重他人意愿的同时，也是尊重我自己。地转天也转，我坚信总有一天我会遇见史铁生。好比一个读者遇见一本儿好书，我遇见史铁生也应该是一件自然而然的事。

事情的经过，说来好像是一个故事，为我和史铁生牵线搭桥的竟然是远在上海的王安忆。1986年秋后，我应上海文艺出版社之约写完了一部长篇小说。因小说一遍完成，没有誊抄，没留底稿，我担心通过邮局邮寄把书稿弄丢就不好了，就把一大摞稿子装进一只帆布提包里，让我妻子提着提包，坐火车把稿子送到上海去了。此前，王安忆在《北京文学》上看到了我的短篇小说《走窑汉》，知道了我的名字。她听《上海文学》的编辑姚育明说我妻子到了上海，就让我妻子到她家去住。我妻子以前没见过王安忆，不好意思到她家去住，打算住旅馆。王安忆说：大家都不富裕，能省一分就省一分。王安忆又说她丈夫出差去了，只有她一个人在家，我妻子住在她家里是可以的，不必有什么不好意思。就这样，和王安忆一样，同是当过下乡知青的我妻子姚卫平就住进了王安忆的家。晚上，妻子和王安忆一块儿看电视，见王安忆一边看电视，手上还在一边织着毛衣。整件毛衣快织好了，已到了收袖阶段。我妻子也很爱织毛衣，织毛衣的水平也很高。说起织毛衣的事，王安忆告诉我妻子，这件毛衣是为史铁生织的，天气一天比一天冷，毛衣一织好，她马上给史铁生寄去。我妻子一听对王安忆说，毛衣织好后不要寄了，她回北京时捎给史铁生不就得了。王安忆说那也好。

　　我妻子在一天上午从上海回到北京，当天下午，我和妻子就各骑一辆自行车，从我家住的静安里，到雍和宫旁边的一个平房小院，给史铁生送毛衣去了。我记得很清楚，那天的北风刮得很大，满城似乎都在扬沙。我们得顶着寒风，眯着眼睛，才能往前骑。我还记得很清楚，王安忆为史铁生织的毛衣是墨绿色，纯羊毛线的质地，织毛衣的针型不是"平针"，是"元宝针"，看上去有些厚重，仅用手一抚，就给人一种温暖的感觉。

　　收到毛衣的史铁生显得有些激动，他激动的表现是举重若轻，以说笑话的口气，在幽默中流露出真诚感激的心意。他说：王安忆那么大的作家，她给我织毛衣，这怎么得了，我怎么当得起！我看这毛衣我不能穿，应该在毛衣上再绣上王安忆织几个字，然后送到博物馆里去。

　　我注意看了一下，史铁生身上所穿的一件驼色平针毛衣已经很旧，显得又小又薄又瘦，紧紧箍在他身上，他坐在轮椅上稍一弯腰，后背就露了出来。王安忆此时为史铁生织了一件新的毛衣，可以说是必要的，也是及时的，跟雪中送炭差不多吧。

通过交谈得知，史铁生生于1951年的年头，我和妻子生于1951年的年尾，我们虽然同岁，从生月上算，他比我们大了十一个多月。从那以后，我们就叫他铁生兄。

我和铁生兄交往频繁的一段时间，是在1993年春天的四五月间。那段时间，王安忆让我帮她在北京借了一小套单元房，一个人在单元房里写东西。在开始阶段，王安忆的写作几乎是封闭性的，她不想让别人知道她在北京写作，也不和别的文友联系。她主动看望的作家只有一位，那就是史铁生。此时，史铁生的家已从雍和宫那里搬到了城东的水碓子。王安忆写作的地方离史铁生的家比较远，王安忆对北京的道路又不熟悉，她每次去史铁生家，都是让我陪她一块儿去。每次见到史铁生，王安忆都是求知欲很强的样子，都是"终于又见到了铁生"的样子，总是有许多问题要向史铁生发问，总是有许多话要与史铁生交谈。常常是，我们进屋后还未及寒暄，他们之间的交谈就进入了正题。在我的印象里，王安忆在别人面前话是很少的，有那么一点儿冷，还有那么一点儿傲。只有在史铁生面前，她才显得那么谦虚、热情、话多，简直就是拜贤若渴。他们的交谈，涉及的内容十分广泛，有中国的，世界的；历史的，现实的；哲学的，艺术的；抽象的，具体的；等等，可谓思绪飞扬，海阔天空。比如王安忆刚出版了新的长篇小说《纪实与虚构》，史铁生看过了，她要听听史铁生的批评意见。比如他们谈到对同性恋的看法，对同性恋者应持什么样的态度。再比如他们探讨艺术的起源，是贵族创造了艺术？还是民间创造了艺术？富人和穷人谁更需要欣赏艺术？由于王安忆的问题太多，有时会把史铁生问得卡了壳。史铁生以手扶额，说：这个这个，您让我想想。仍想不起该怎么回答，他会点一支烟，借助烟的刺激性力量调动他的思维。由于身体的限制，史铁生不能把一支烟抽完，只能抽到三分之一，或顶多抽到一半，就把烟掐灭了。抽了几口烟之后他才说：我想起来了，应该这么说。

王安忆如此热衷于和史铁生交谈，可她对史铁生的看法并不是一味认同，而是有的认同，有的不认同。对于不认同的看法，她会严肃认真地摇头，说她觉得不是，遂说出自己不认同的理由。王安忆这样做，像是准备好了要去找史铁生"抬杠"似的，并在棋逢对手的"抬杠"中激发思想的火光，享受在心灵深处游走的乐趣。

由于思想水平不在一个层面上，对于他们两个的争论，我只能当一个旁听者，一点儿都插不上嘴，跟一个傻瓜差不多。不过，听两个智者的争论，对我也有启迪，它至少让我懂得，世界上存在着很多问题，需要人类用心发现，加以思索。人类的大脑就是用来思索的，如果不思索，身体上方顶着一个脑袋恐怕跟顶着一个葫芦差不多。让我记忆特别深刻的是，有一次铁生兄在观察了我的头型之后对我和妻子说：我看庆邦的脑容量挺大的。在此之前，我从来未注意过自己的头型，也没有听说过脑容量这样的说法。是铁生兄的提示，使我意识到自己不但有脑子，而且脑子的容量还不小。既然脑容量不小，就不能让它闲置着，空着，应当把它开发利用起来，以不辜负脑子的容量。每个人观察别人都是从自己出发，铁生兄观察了我的头型，促使我反过来观察他的头型。观察的结果让我吃惊，我发现他的头颅格外地大，比一般人的头颅都要大。截瘫使他身体的下半部萎缩，变细变小，与他硕大的头颅形成了反差，说句不太恭敬的话，他看上去像一个"大头娃娃"。他的脑袋之所以这样大，我想有先天的原因，也有后天的因素。他失去了肢体行动能力，脑力有所偏劳，就使脑袋越变越大。他的脑袋大，脑容量就大，大得无与伦比，恐怕比电脑的容量都大。

史铁生的难处在于，他有这样一个超强智慧的大脑，靠这样的大脑思考和写作，供给大脑的能源却常常不给力。我们都知道，让大脑开动和运转的能源，是源源不断的血和氧，而铁生后来由于又得了尿毒症，恰恰是血液出了问题。为了清除血液中的毒素，保住生命和脑力劳动的能力，他不得不每星期到医院透析三次，每次都要在病床上躺两三个小时。铁生曾对我讲过，有一次在透析过程中，他亲眼看见他被抽出的血流，在透明的塑料管子里被一朵血栓堵住了，以至于血液停止了流动，滞留的血液很快变了颜色。他赶快喊来护士，护士除掉了血栓，透析才得以继续进行。铁生还曾对我讲过，在病床上透析期间，他的脑子仍然在思索，血液循环到了体外，可思索一刻都没离开过他的大脑。但由于大脑的供血和供氧不足，他的思索十分艰难，常常是好不容易得到了一个新的理念，因没有及时抓住，理念像倏忽闪过的火花一样，很快就消散了。铁生后来想了一个办法，透析时手里抓着一部手机，有了新的念头时，他赶紧在手机上记下一些记号，等回家后再在电脑上整理出来。我记下这些细节，是想让读者朋友们知道，史铁生为人类思想文化的贡献，付出了多么顽强的意志力。我还想让大家知道，我们在享受史铁生留下的思想成果时，应该感知到他的作品千辛万苦不寻常，看来字字都是血啊！

王安忆在北京写作的消息，还是被有的作家朋友知道了，他们打电话找到我，纷纷要求请王安忆吃饭，和王安忆聚一聚。参加聚会的主要作家有莫言、刘恒、刘震云、王朔等。当然了，每次聚会都少不了铁生。我在一些西方作家的传记中看到，在巴黎、伦敦、莫斯科等首都城市形成的文学沙龙，对某些作家的成长和提升曾起了重要的作用。我们那段时间的频繁聚会，几乎形成了一个文学沙龙，"沙龙"的活动让我受益良多。我想我是沾了王安忆和史铁生的光，不然的话，那些在京城已经很有名气的作家们不一定会带我玩。就史铁生的身体状况而言，其实他不适合外出参加那样的聚会，看着满桌子山珍海味，看到朋友们大吃大喝，他一点儿都不敢多吃。比如说他很喜欢吃花生米，可他每次只能吃六粒，多吃一粒，钾就会超标。他每次去参加聚会，对他来说都是一种负担。可为了朋友们之间的情谊，他还是坚持坐着轮椅去参加聚会。每次把铁生从家里接到饭店，差不多都是我争着为他推轮椅。我个子较低，轮椅也低，我推比较合适。还有，我视铁生为兄长，我在他身后为他推轮椅，有一种亲近感。

　　王安忆回上海后，我和妻子还是经常去看史铁生。有两三年的春节前，我和妻子每次去看史铁生，都会给铁生提去一桶十斤装的花生油。铁生和他的妻子陈希米，都不愿意让我们给他们送东西。有一次，铁生笑着说了一个词，让我觉得也很好笑。他说出来的词叫揩油，说我们给他送油，他就成了一个揩油者。我解释说：快过年了，我们单位给每人发了一桶油，我妻子的单位给每个职工发的也是油，这么多油吃不完，你们就算帮我们吃点儿吧。

在春节前去看望铁生，铁生会送给我们他亲手制作的贺年卡。要是赶上铁生有新书出版，他就会签名送我们一本。有一回，铁生一下子送给我们三本人民文学出版社出版的、厚重的《史铁生作品集》，在每本集子的扉页上都写上了我和妻子的名字。对于史铁生的每一部作品，我都是抱着十分虔诚的态度，就近放在手边，一点一点慢慢看，细细读。在我自己写作的间隙，需要休息一会儿，就捧起他的书，看上那么一两页。我在书中不仅夹有书签，还有圆珠笔，看到让我会心的地方，我就会暂停阅读，用笔在文字下面画上横线做标记。

　　拿史铁生的《病隙碎笔》来说，我读了将近半年才读完。我们不能像平时消费故事一样读史铁生的书，因为史铁生为我们提供的是与一般的写作者写的完全不一样的书。如果说史铁生的书里也有故事，那不是现实的故事，是务虚的故事；如果说他的作品里也有抒情，那不是形而下的抒情，而是形而上的抒情；如果说他作品中的人物也有表情，那不仅是感性的表情，更是思想的表情；如果说他的书写也离不开文字，他的文字不再是具象的，而是抽象的。史铁生的创作之所以为一般人所不能想象，之所以达到了别的创作者不能企及的高度和深度，是因为他是被逼出来的，命运把他逼到墙角，促使他置之死地而后生。轮椅上的生活，限制了他的外部活动，他只能转向内部，转向内心深处，并拿起思考的武器，进入一种苦思冥想的生活。像我们这些身体健全的人，整天耽于物质生活的丰富和外部生活的活跃，没时间也没能力思考那些玄妙而高深的问题，对世界的认识只能停留在人所共知的水平。史铁生以巨大的心智能量，以穿越般的思想力度，还有对生命责任的担当，从层层灰暗的概念中索取理性之光，照亮人们的前行之路。周国平先生称史铁生是"轮椅上的哲人"。铁凝评价史铁生说：铁生是一个真正有信仰的人，一个真正坚持精神高度的写作者，淳厚、坦然、诚朴，有尊严。他那么多年坐在轮椅上，却比很多能够站立的人看得更高，他那么多年不能走太远的路，却比游走四方的人拥有更辽阔的心。

我们都知道，作家的写作，背后离不开哲学的支持，特别是离不开务虚哲学的支持。然而我们不得不承认，我国的务虚哲学是薄弱的、匮乏的，以致我们的写作得不到提升，不能乘风飞翔，只能在现实的泥淖里挣扎。中华民族几千年文明史，不能说我们没有哲学，哲学还是有的，但我们的哲学多是社会哲学、道德哲学、人生哲学、处世哲学，还有治国哲学、集体哲学、权力哲学、斗争哲学，等等，多是实用性的功利主义哲学。我们说史铁生的写作上升到了哲学的高度，在于他贡献的是生命哲学，是超越了功利的哲学。我们长期缺乏的就是生命哲学，在20世纪末和21世纪初，是史铁生先生填补了这项空白。史铁生紧紧扣住生命本身这个哲学命题，深入探讨的是肉身与精神、精神与灵魂、生与死、神与梦，还有善与恶、爱与性、遮蔽与敞开、幸福与痛苦，等等。史铁生认为，不能把人的精神和灵魂混为一谈，这两者是有区别的，灵魂在精神之上。他谈道："人死后灵魂依然存在，是人类高贵的猜想。""灵魂的问题从来就在信仰的领域。""并非看得见摸得着的东西才存在。""作恶者更倾向于灵魂的无。死即是一切的结束，恶行便告轻松。"史铁生的论述，给我留下印象最深的是关于生命与生俱来的三个困境，那就是孤独、痛苦和恐惧。"孤独，是因为人生来只能是自己，无法与他人彻底沟通。痛苦来自无穷的欲望，实现欲望的能力永远赶不上欲望的能力。恐惧是害怕死亡，又不可避免走向死亡。"史铁生指出生命的困境不是悲观的目的，而是要赋予生命以理想的、积极的意义。他接着指出：正是因为有了孤独，爱就显得弥足珍贵；如果没有欲望的痛苦，就得不到实现欲望的快乐；生命的短暂，人生的虚无，反而为人类战胜自己、超越困境和证明存在的意义敞开了可能性空间。

西方哲学家关于生命的哲学，一般来说是从概念到概念，从虚到虚。史铁生不是，他的生命哲学是从自己出发，从自己饱经苦难的生命出发，以自己深切的生命体验作为坚实可靠的依据。他的哲学先是完成了一种灵魂的自我拯救，再是指向对所有灵魂的拯救。正如中国社会科学院文学研究所研究员陈福民所言：史铁生以自己的苦难为我们这些健全人背负了"生与死"的沉重答案，他用自己的苦难提升了大家对生命的认识，而我们没有任何成本地享受了他所达到的精神高度。从这个意义上，史铁生堪称当代文化英雄。

很多人对死有所避讳，甚至有些自欺，不愿谈死。史铁生直面死亡，是作家中谈死最多的一位。他说："人什么都可能躲过，唯死不可逃脱。"他把人之死说成是节日，"死是一个必将到来的节日"。生命是一种欲望，人是热情的载体，是人世间轰轰烈烈的消息生生不息的传达者，圆满不可抵达的困惑和与之同来的思与悟，使欲望永无终途。所以一切尘世之名都可以磨灭，而"我"不死。"死，不过是一个辉煌的结束，同时是一个灿烂的开始。"在《我与地坛》结尾处，史铁生把生命比喻成太阳，"但是太阳，他每时每刻都是夕阳也都是旭日。当他熄灭着走下山去收尽苍凉或残照之际，正是他在另一面燃烧着爬上山巅布散烈烈朝辉之时"。

史铁生的作品读得多了，我从中读出了一种浓厚的宗教般的情怀，并读出了默默的超度人的灵魂的力量。莫言在评价史铁生的题词里说过："在他面前，坏蛋也能变为好人，绝望者会重新燃起希望之火。这就是史铁生的道德力量。"史铁生的文章不是宗教的信条，他也没承认过自己信什么教派，但他的一系列关于生命哲学的文章，的确与宗教信仰有相通之处。反正我读了他的文章之后，至少能够比较达观地看待死亡，对死亡不那么恐惧了。

但是，我们还是希望铁生兄能够活着，活得时间越长越好。只有他还活着，我们才能去看望他，跟他交谈，他才能继续写书给我们看。由于铁生的身体是那样在风雨中飘摇的状况，我们时常为他担着一把心，担心他有一天会离我们而去。2010年2月4日，我们在有的媒体上看到史铁生病危的消息，我和妻子都吃了一惊。未及和陈希米取得联系，我们就匆匆赶到史铁生家，看看究竟发生了什么。还好还好，我们来到铁生家一看，见铁生一切都好好的，仍在以惯常慈爱的笑容欢迎我们。那样的消息史铁生也看到了，他笑着说：他们发了史铁生病危的消息，接着还应该发一条消息，史铁生又活过来了！这次去看望铁生，我在铁生的卧室的墙角看到一台类似升降机的东西，希米说，那的确是一台电动升降机，是搬运铁生用的。铁生需要上床休息，希米就启动升降机把铁生升到床上，铁生需要下床写作呢，希米就用机器把铁生搬到轮椅上。一同前往的朋友冯敏为铁生照了相，还为铁生、希米、我和妻子照了合影。据说那是史铁生生前最后一次照相留影。铁生开玩笑说：这次照的相就算是遗像吧！希米嗔怪铁生：你瞎说什么！希米说：我们铁生的名字起得好，铁生且活着呢！铁生继续说笑话：别人家的主妇是里里外外一把手，我们希米是里里外外一条腿。铁生这样说，是指希米的一条腿有残疾，需要借助一根拐杖在室内忙来忙去，为铁生服务。

让人痛心的日子还是不可避免地到来了，在2010年的12月31日，在北京最寒冷的日子，史铁生永远离开了我们。希米把铁生病逝的消息在第一时间告给王安忆，王安忆通过短信转告我们。第二天就是新年，铁生怎么不等过了新年再走呢！得到铁生远走的消息，我们两口子都哭了，哽咽得半天说不出话来。我们敬爱的好兄长，他的苦难总算受到头了！

2011年1月4日，是史铁生60岁的生日。在当日下午，有上千位铁生的读者，从全国各地自发来到北京的798时态空间画廊，共同参加铁生的生日聚会，并深切追思史铁生。那天我一下子买了三束鲜花，一束是我和妻子送给铁生的，另两束是替王安忆、姚育明献给铁生的。在追思活动现场的墙壁上，我一眼就看到了那张放大了的铁生和我们最后的合影。我在合影前伫立良久，眼泪再次从眼角涌出。在追思环节，我有幸代表北京作家协会做了一个简短的发言，我说铁生是我们的同事，我们的兄长，也是我们这个团队最具有凝聚性的力量。

铁生高贵的心灵、高尚的人品、坚强的意志和永不妥协的精神，一直是我们学习的榜样。铁生虽然离开了我们，但死而不亡者寿，他的思想和灵魂之光会永远照耀着我们。记得我还特别说到了铁生的夫人陈希米，希米是铁生生命的支持者，也是铁生思想的同行者，简直就是铁生的一位天使，向陈希米表达了深深的敬意！

铁生离开我们已经十年了，我相信，众多铁生的尊崇者已经等了十年，也准备了十年，大家准备在铁生逝世十周年之际，再次集合在史铁生的思想之旗下，发起新一波对史铁生的追思。我不是有意神化铁生，随着时间的推移，史铁生思想与灵魂的神性光辉正日益显现，并愈加璀璨！

2020年12月10日早晨5点写完于福建泉州

我当了十五年北京市政协委员

出于热爱和政治上进步的需要，在很年轻的时候，我就申请加入中国共产党。但由于这样那样的原因，我的愿望一直未能实现。

1967年初中毕业回乡当农民期间，刚过了18岁，我就向大队党支部递交了入党申请书。在那"以阶级斗争为纲"的年代，因我父亲当过国民党冯玉祥部的一名下级军官，我的申请被拒绝。20世纪70年代初，我到河南新密煤矿参加工作，调到矿务局党委宣传部当新闻干事之后，再次向党组织递交了入党申请书。其时十年"文革"尚未结束，"极左"路线仍占据主导地位，只允许"造反派"入党，像我这样的"保守派"只能被排除在党的大门外。粉碎"四人帮"之后，我被调到煤炭工业部一家杂志社当编辑，第三次申请入党，杂志社的党组织很快把我列为入党积极分子，并定为党员发展对象。我想，这一次入党的愿望应该能够实现了吧？可是，在1981年，因我违犯了当时的计划生育政策，生了第二个孩子，就被取消了党员发展对象的资格，同时还被取消了当年的"煤炭工业部机关先进工作者"称号。

转眼到了2001年，我有幸调到北京作家协会当驻会专业作家。作协分党组的领导知道我还不是党员，希望我申请入党。我当然非常高兴，甚至有些感动，马上写了入党申请书，充分表达了由来已久的入党愿望。这次遇到的是新的情况，赶上了北京市政协换届，政协要求北京作协推荐一位作家，作为政协委员人选，这位人选必须是党外民主人士。作协的领导告诉我，让党外人士当政协委员，是共和国民主协商制度的需要，对政协委员本人来说，也是一种很高的政治荣誉。于是，我听从了北京作协的安排，在2003年1月，中国人民政治协商会议北京市第十届委员会换届时，我领到了红皮烫金字的委员证，当上了一名政协委员。从第十届开始，到第十一届、第十二届，我连续当了三届共十五年北京市政协委员。

在当政协委员期间，我遵照政协章程的要求，认真履行职责，积极参加政治协商、民主监督和参政议政，几乎每年都向大会提交一份提案。作为一名文化界的政协委员，我提案的内容多与文化工作有关。回忆起来，我曾提交过关于把北京作协单独建制的提案，关于授予刘恒"北京市人民艺术家荣誉称号"的提案，关于简化北京作家出访政审手续的提案，关于为京漂作家评职称的提案，关于提高专业作家工资待遇的提案，关于恢复老舍文学奖评选的提案，关于建立北京文学院的提案，等等。除了文化和文学方面的提案，我还提了一些有关民生、环保和教育方面的提案。不管我提什么提案，政协提案委员会立案后，提案承办单位都会认真对待，派专人跟我沟通，听取我的意见，并把办理情况以书面的形式郑重回复我。

　　除了在专用的提案格式纸上以文本的方式提交提案外，我们在会议的分组讨论会上和几个相关界别的联组讨论发言的时候，市领导也都到场当面听取政协委员的意见和建议。让我难以忘怀的是，2016年1月24日下午，在第十二届北京市政协第四次大会期间召开的科、教、文、卫联组会议上，我做了一个发言，着重谈了文化与文学、作家与城市、首都功能与文学的关系，并建议成立北京文学院。那次，时任北京市委常委、宣传部部长的李伟同志和有关部门的领导参加了我们的联组会议。我上来就说，我的发言主要是说给李伟部长听的。我发言的大概意思是，北京的其中一个功能定位是全国文化中心，而要建成文化中心，首先必须是文学中心。因为文学的原创性、母体性、高端性和深邃性，决定了文学在文化中的核心地位，如果不是全国文学的中心，就谈不上是文化中心。要确立文学中心，必须有作家和作品的支撑。我先举了外国的例子。莫斯科之所以成为当年俄国的文学中心，因为拥有托尔斯泰、契诃夫、普希金、高尔基等作家、诗人及其影响广泛的作品。我又举了我国唐代的例子，说因为有活跃在长安的李白、杜甫、白居易、王维等大诗人，长安才能成为当时的文学中心。目前我国的首都北京也是一样，与全国各地相比，北京拥有众多重量级作家，发表了在全中国乃至全世界有深远影响的作品，所以作为文学中心当之无愧。但这还不够，为了发现和培养更多的年轻作家，使北京的作家队伍和文学创作后继有人，要在体制和机制上加以保证，不仅要在软件建设上下功夫，还要在硬件建设上给予足够的重视。因此我建议，北京要建立文学院。全国不少省市都建立了文学院，北京在建设文学院方面应该迎头赶上。

让我没想到的是，在我发完言之后，李伟部长当场就对我的意见和建议做出了回应，他很谦虚地称我为"庆邦老师"，表示很赞成我的看法和建议，当即表态说，为了加强北京市的文化和文学中心地位建设，市里已经决定，北京不但要建文学院，而且要建两个文学院，一个建在北京市文联，一个建在北京出版集团。建在文联的文学院按事业单位建制，建在出版集团的十月文学院按企业管理模式运行。第二天，《北京日报》就以"北京要建两个文学院"的大字新闻标题，在文化新闻版头条把我的发言和李伟部长的回应做了报道。

当年的10月12日下午，十月文学院在佑圣寺举行了隆重的开院仪式，我受邀参加开院仪式，并代表北京的作家发言，向十月文学院的成立表示衷心祝贺！同年的12月29日，老舍文学院在北京市文联举行揭牌仪式，我被聘为文学院的副院长。

在没当政协委员之前，我曾听人说过，政协委员只负责举手，鼓掌，只是一个摆设，不能真正发挥作用。在中国共产党建党100周年之际，我特意回顾我当政协委员的亲身经历，是想证明，我国有我国的民主，我们的民主是具有中国特色的社会主义民主，是以人民为中心的民主，是为人民服务的民主。而中国人民政治协商会议，就是实现民主的有特色的政治制度。

2021年4月13日于北京和平里

"平安"归来

　　我外出的机会很多，每年都有好多次。到了外地，我很少逛街，很少买东西。别人送给我的礼品，我一般也不愿往家里带。一是我把带东西视为一种负担，一种累赘，能不赘就不赘。二是在这个物质丰富的时代，家里的东西已经够多了，新摆陈，陈摆新，把家里有限的生存空间挤占得越来越小，几乎构成了压迫。曾出现过这样的情况，我万里迢迢把一件包装精美的物品拿回家，随手放到一个地方就忘记了。等偶尔再发现时，已经过去了多少年，连我自己都想不起，这是什么东西，是什么时候放在这里的。

　　事情也有例外，有一年去新疆的和田，我竟一次买了四件玉制品。我们都知道，古往今来，和田是和玉连在一起的。"和阗昔于阗，出玉素所称"，把和田称为玉田也可以。到和田如果不观玉，不买玉，跟虚行一趟差不多。去和田之前，我已打定主意，要为妻子买一块玉。在上个世纪的八十年代，北京刚有金首饰上市的时候，我就用两个多月的工资，加上一些稿费，为妻子买了一枚五克重、带有纪念意义的金戒指，让妻子十分欢喜。到了和田，如果再给妻子买一件玉制品，那就"金玉"都有了。和田卖玉的商店当然很多，每个商店里的玉制品都琳琅满目，让人观不胜观。我和一帮北京去的爱玉的朋友在一家商店转来转去，我眼睛一亮，目光一聚焦，终于看上了一件玉制品。我的第一感觉是，这件玉制品就像是为我妻子准备的，并且已经准备了很久很久，在等妻子的丈夫有朝一日把玉买走，献给妻子。如果妻子的丈夫不去和田，那块玉也许还会默默地继续等下去。那是一件什么样的玉制品呢？原来是一只小小的玉兔儿。羊脂玉是白色的，在月宫中捣药的兔儿也是白色的，还有什么动物以玉相称呢，恐怕只有兔子吧。那只玉兔儿不是山料，是籽料。因为籽料上面有皮色，皮色在雕琢时还恰到好处地变成了巧色，就使玉兔儿成了全世界独一无二的孤品。更重要的是，我妻子是属兔儿的，我找来找去，找到了一只玉兔儿，没有比送她玉兔儿更合适的了。当然，这样的玉件有些贵，已不是我的工资所能衡量，得动用储蓄才行。我不怕贵，贵了，才显得宝贵、贵重，才更有保存和佩戴价值。于是，我毅然把玉兔儿收入囊中。

说不定一辈子只到和田一次，我不能太亏待自己，也应该买块玉作纪念吧。我接着买了三枚平安扣儿，打算留给自己一枚，另两枚分别送给外孙女和刚出生不久的孙子。

妻子对玉兔儿的喜爱自不待言，爱到有些舍不得戴，一怕丢失，二怕别人眼热，只在过年过节或有重要活动的时候才戴一下。对于妻子的玉兔儿，我就不多说了，这次主要说说我的平安扣儿失而复得、"平安"归来的过程。

回到北京后，我去商场卖玉的柜台让人家给平安扣儿拴上紫红的丝绳，就戴在脖子上了。我听人说过，玉养人，人养玉，人玉互养，久而久之，人才会有玉精神，玉才会越来越温润。那么好吧，从此以后，我就把平安扣儿贴肤戴在身上，再也不分离。在北京的时候，不管是在家写作，还是外出锻炼身体，或到澡堂洗澡，我都会把平安扣儿戴在身上。特别是到外地出差需要坐飞机时，我更是提醒自己，千万别忘记把平安扣儿戴上。我不是一个迷信的人，但人活在多种理念中，总会心存一些理念。有些理念在我的头脑里萦绕的时间长了，就会变成一种信念，参与我的生活。比如平安扣儿，它被赋予的理念是平安，是保佑人的平安。人生一世，谁不想一辈子平平安安呢！既然平安扣儿有着平安的意思，戴上又不费事，不碍事，为何不戴呢！每一次从外地平安归来，我都感念其中应有平安扣儿的功劳，对平安扣儿的喜爱又增加了几分。

　　有一次，我在北京郊区的怀柔创作室写东西，回到城里的家时，发现平安扣儿没有戴回，顿感脖子里空落落的。我相信平安扣儿没有丢失，很有可能落在创作室卧室里的床头柜上了。为避免睡觉时挂平安扣儿的丝绳缠脖子，睡觉前我习惯把平安扣儿取下来，放在床头柜的柜面上。床头柜的柜面是漆黑色的，平安扣儿放在上面如一朵雪，格外显眼。尽管我坚信平安扣儿不会丢，但一天不见，一天不戴，总觉得像是少点儿什么，心里还是不踏实。再来到创作室，我大步上楼，二事不干，马上去卧室找我的平安扣儿。怪事，床头柜的漆黑柜面空空如也，哪里有我的"一朵雪"呢！在我的想象里，"一朵雪"亮亮地在柜面上放着，我几乎把想象固定下来。在柜面上看不见"一朵雪"，这就超出了我的想象。"一朵雪"又不会融化掉，它到底到哪里去了呢？我一着急，头上的汗都出来了。在我的想象断片儿之际，一扭头，竟然发现平安扣儿在卧室一角的衣架上挂着。天哪，你怎么跑到这上面来了？你是要荡秋千吗？我急得什么似的，你怎么一声都不吭呢！平安扣儿玉容玉面，仍平静如初，仿佛在说：不用着急，我这不是好好的嘛，不是一直在等你嘛！我赶紧把平安扣儿取下来，在手里摩挲了一会儿，戴在脖子上。我让平安扣儿紧贴我的胸口，对它说：我的胸口是温暖的，总比在金属的衣架好一些吧，你今后不要再离开我了。

这次把平安扣儿落在自己的创作室里，因我确信不会丢，加上很快就找到了，谈不上是失。但是，当我把平安扣儿重新紧紧攥在手心里那一刻，失而复得的欣喜还是有一些的。到再次把平安扣儿长时间丢失在外地，当我失魂落魄似的对平安扣儿的思念愈来愈深，当我对找到平安扣儿已不抱什么希望，当我对余生能否平安感到焦虑的时候，谢天谢地，谢神谢灵，我的平安扣儿竟奇迹般地回到了我心口儿。真的，我不记得以前在我身上发生过什么奇迹，平安扣儿的失而复得，无疑是我人生过程中的一个奇迹。这次的失，是真正的失，这次的得，也是真正的得。失而复得的感觉是那样的强烈，失而复得的欣喜堪称异常。人世间现成的文章总是很少，不少文章是勉强为之。而我的平安扣儿失而复得的过程，就是一篇现成的文章。如不把文章写出来，我会觉得愧对平安扣儿，愧对朋友，也对不起自己。

时间是2020年，这年9月，作家出版社为我出了新的长篇小说《女工绘》。当年11月中旬，郑州松社书店的社长，邀我去书店跟读者聊聊这本书。到河南参加完一系列活动回到北京，晚上睡觉时，一摸脖子是空的，没有了平安扣儿。我的第一个念头是，坏了，平安扣儿一定是落在郑州的酒店了。有一种可能是，我睡觉时把平安扣儿取下来，随手放在枕头下面。第二天起床时，匆忙中没有看见平安扣儿，就把平安扣儿落下了。但我不敢肯定，也没有任何证据可以证明平安扣儿就是落在了酒店房间的枕头下面。有心给酒店前台的值班人员发一条短信，让值班人员问一下打扫房间的服务员，捡到一枚平安扣儿没有，可我没有值班人员的电话，连酒店的名字都没有记住，到哪里去问呢！紧接着，我先到广州参加一个国际读书活动，后又到泉州参加"茅台杯"《小说选刊》奖颁奖典礼，就暂且把平安扣儿的事儿放下了。

有些事情可以放下，有些事情是放不下的，正可谓可以从眉头放下，从心头却放不下。夜晚在家里一躺到床上休息，我就会想起平安扣儿。因为我睡觉时，常愿意把平安扣儿攥在右手的手心里。人一旦入睡，失去了自主意识，就不再能控制自己的身体。我以为自己睡熟后，攥平安扣儿的手会自动松开，任手中的玉自行掉在被窝儿里。让人感到不可思议的是，我把玉攥在手里，睡一觉醒来，再睡一觉醒来，玉都在我手里攥着。玉自身并不带暖度，但在我手心里焐得热乎乎的，似乎比我的手心都热。我想，当我们手里没什么东西可攥的时候，我们的手自然是松开的。而当我们手里有心爱的东西可攥的时候，在下意识的情况下，我们的手都会对所爱之物保持着爱不释手的状态。我的玉丢失了，睡觉时手里没什么可攥，手就成了空手。手里一空，心里也跟着空。

思玉心切，我开始怀疑自己的记忆力。我怀疑自己去郑州时没戴平安扣儿，而是把平安扣儿忘在了家里。有了这样的怀疑，我开始在我的床上彻底翻找。我拿开枕头，掀开被子，揭去床单，卷起褥子，连席梦思床垫都掀了起来，把我的床翻了个底朝天。我这样做，说来有些可笑，我模仿的是我的一篇短篇小说里面人物的作为。那篇小说的题目叫《羊脂玉》，是写一位女士在和情人幽会时，把自己所佩戴的平安扣儿落在了别人家的床缝儿里。而那枚平安扣儿是女士的母亲传给她的，如果平安扣儿丢失，对母亲实在不好交代。若干年后，等女士的情人千方百计终于帮她找到那枚平安扣儿时，女士泣不成声，因为她的母亲已经去世了。作为一篇小说，里面的人物和故事情节当然是虚构的。我作为虚构之物的作者，竟然模仿小说中的人物动作寻找自己的平安扣儿，这不是可笑是什么！这不仅仅是可笑，简直是有些迷乱和癫狂。

我敢肯定的是，那枚羊脂玉质的平安扣儿还在这个世界上存在着，它既没有飞上天空，也没有埋入地下，更没有化掉，一切圆润如初，一切美丽动人。只是我看不见它而已，它不在我手心里而已。平安扣儿啊，我的平安扣儿，你一切都平安吧，你到底在哪里呢？

对平安扣儿昼思夜想多了，我思绪不断，有时会想到人和物质的关系。人活在世上，一辈子不知会消耗掉多少物质。如果把一个人一生所消耗的物质重量换算成人体的重量，恐怕相当于数万人体的重量都不止。但世界上有些物质不是用来消耗的，而是用来保存的，用来收藏的，用来审美的，用来陪伴人的。它们本质上所起的作用已不再是物质的作用，而是精神上的作用。比如一些金品、银品、石雕和玉器等，它们所体现的精神、情感和艺术价值，往往会超越物质的价值。然而遗憾的是，很多人一辈子都没有保存一件物品，没有一件东西终生陪伴自己，走后也没有给后人留下任何可供怀念的物质线索。比如说，我母亲当过县里的劳动模范，获得过一枚精致的铜质奖章。母亲本来是要把奖章作为一种荣誉永久保存的，但不知什么时候就不见了，奖章的丢失成为我们家的不解之谜。比如我大姐出生时，父母曾在银匠炉上为大姐定制了一只戴银锁的白银项圈。我在我们家堂屋的后墙上曾看见过那只高高挂起的项圈，项圈银光闪闪，精美无比，大姐很是喜欢。但到了1960年困难时期，为了换一点吃的，父母就把大姐的项圈卖掉了。再比如，平顶山煤矿的朋友曾送我一支派克牌的金笔，那支金笔我使用了将近二十年，用它写出了几百万字的小说和散文。我对那支笔已有了感恩之情，以为它会一直伴随着我，助我写出更多文章。不承想，有一次我到山东的兖州煤矿参加文学活动，竟把那支笔丢失在火车的行李架上。我之所以记得这么清楚，是我上车时把装了金笔和笔记本的挎包放在了头顶的行李架上，我没把挎包口的拉锁拉上，下车时也没检查金笔是否还在，等我到活动现场需要做笔记时，才发现金笔不见了。我虽然想到了那支笔很可能落在了行李架上，可火车不等人，早就跑远了。这让我惋惜不已，甚至有些懊恼，觉得自己对那支笔爱护不够，对不起那支陪伴了我那么多年的派克金笔。

我的平安扣儿难道和我的派克笔一样，从此再也见不到了吗，真让人心有不甘呐！我有一位作家朋友叫王祥夫，他曾看见过我所佩戴的平安扣儿，他一看有些看不上，说我的玉是一块新玉，他要送给我一块古玉。在2021年春节前夕，祥夫果然如诺从大同把一枚古玉环快递给我。他在微信里告诉我，玉环是西周时期的，上面的纹饰是龙纹，还有老裂和沁色，玉质和砣工都是一流，嘱我贴身佩戴。收到玉环，我反复欣赏之后，去商场拴上深色的丝绳，就贴身佩戴上了。

有了古色古香的玉环可以佩戴，是不是就可以代替那枚丢失的平安扣儿呢？是不是从此就可以把那枚平安扣儿忘在脑后呢？不是的，仿佛每个人都不一样，谁都不能代替谁，每块玉也都不一样，古玉也不能代替新玉。虽说平安扣儿和玉环都是圆的，中间都有圆孔，形状有些相似，但它们各有来历，各有特色，同样不能互相代替。相反，天下美玉是一家，有了玉环和平安扣儿的玉玉相连，每看到玉环，以玉环为引子，我都会联想到平安扣儿。有一次做梦，我竟然梦到了平安扣儿。有人指着我的平安扣儿说，什么平安扣儿，不就是一块奶油巧克力嘛！是吗？我把平安扣儿放在牙上一咬，平安扣儿果然是软的，咬得满嘴巧克力味儿。醒来后，我把玉环抓在手里，心里想的却是平安扣儿。我想：我想平安扣儿，平安扣儿似乎也在想我，平安扣儿像是在对我说，你怎么不找找我，难道我们这一辈子都没有再见面的机会了吗？

是梦想提醒了我，催促了我，好吧，那我就再找一下试试。我想起我留有松社书店刘社长的微信号，就给他发了一条微信：刘社长您好，我去年在郑州参加松社书店的活动期间，可能把我的平安扣儿落在酒店的房间里了。此物是我在新疆和田买的，已贴身戴了将近十年。本想算了，不问了，但梦绕魂牵，老是不能忘怀。请您问一下酒店的值班人员，看打扫房间的服务员捡到没有，交到前台没有，要是没有，我就放下了。我到郑州住进酒店的时间是2020年11月15日，给刘社长发微信的时间是2021年的

4月18日，时间已经过去了五个多月。刘社长收到微信惊得啊了一下，说您怎么才讲，过去这么长时间，现在再找恐怕难度很大了。您可真沉得住气。我说找到找不到都没关系，只管试试吧！是刘社长给我安排的酒店，他记得酒店的名字叫华途艺术酒店。他马上与酒店的值班人员联系，很快就把我的平安扣儿找到了，并拍了照片发给我看，问我：是这个吗？我一看，可把我高兴坏了！我回复：正是它。失而复得，久别重逢，太好了，让人感激涕零啊！刘社长说：玉是通灵的，您念叨玉，玉感应到了，就该回家了。

从照片上看，平安扣儿被装进一只小小的透明塑料袋里，塑料袋里除装有完好的平安扣儿，还有一张粉红色的纸片，上面标注的是捡到平安扣儿的时间和房间号。不难想象，一枚扣子大小的平安扣儿，从捡拾，到登记，再到收存，几个月时间，不知经过了多少人的手。他们都能理解失玉者的心情，都希望平安扣儿能够早一天物归原主。该怎样评价他们的文明水准、无私精神和道德品质呢，恐怕只能拿玉来作比吧！这件事看似一件微不足道的小事，但放在大的历史背景下思考，它的意义并不小。当晚由于激动，我思考得多一些，以至迟迟不能入睡。

只过了一天，刘社长便以"顺丰速递"的形式，把平安扣儿递给了我。平安扣儿不像我那么激动，它玉容玉面，平平静静，仍和从前一模一样，一句话都不说。平安扣儿是从昆仑山下来的，还在原料时期，它就已经在山里修炼了亿万年，其来历和未来当然非我们这些人世上的匆匆过客可比。

回过头来，我翻看了一下以前的日记，日记里所记录的买平安扣儿的时间是2011年5月26日。买到平安扣儿的当晚，我还写了八句顺口溜发给妻子看。顺口溜的最后四句是：放下一汪水，拈起一片云；不言品自高，立身当如君。这样屈指算来，这枚平安扣儿属于我已超过十年。我衷心祈愿，平安扣儿再也不要离开我，陪伴我走完人生的全过程。

2021年6月1日（儿童节）至6月9日
（当年高考的最后一天）于北京怀柔翰高文创园

"北京三刘"的由来

　　一个人开始回忆往事，是不是表明这个人已经老了呢，是不是或多或少有些悲哀呢？然而，有些事如果当事人不回忆，别人不会当回事，大约也没兴趣回忆。就算偶尔只鳞半爪地提及，也不一定确切。比如曾在文学界流传的"北京三刘"这个说法的由来，别人很难说清，还是由我来回忆好一些。

　　据我所知，是北京"劲松三刘"的说法在前。"三刘"分别指的是小说家刘心武，评论家刘再复，诗人刘湛秋。恰好三位作家当时都居住在城东南部的劲松小区，三位作家又都姓刘，有人大概觉得这也算一个噱头，就把他们打包写进了文章里。好在劲松是个不错的意象，用劲松概括"三刘"，读者读到的也是褒扬的意思。尽管他们后来各奔东西，但一提"劲松三刘"的标签，大家还是很快就能记起他们的名字。

　　在我国的传统文化里，自从有了老子的"道生一，一生二，二生三，三生万物"之说，人们总愿意拿三说事儿，好像三本身就代表万物，甚至代表无限，说起来比较省事儿。于是，有了"劲松三刘"不够，又有人在更大范围内把刘恒、刘震云和我撮堆儿，"北京三刘"的说法也出来了。当然了，任何说法都不是凭空而来，都会有一些依据。之所以把我们三个刘氏兄弟放在一起说，是因为在上个世纪八十年代后期，我们都在《北京文学》发了有一定影响的作品。刘恒发的是中篇小说《伏羲伏羲》，刘震云发的是中篇小说《单位》，我发的是短篇小说《走窑汉》和中篇小说《家属房》。从我所保存的报纸资料里看，第一个在文章里说到"三刘"的是作家许谋清。文章发表在《北京日报》1990年2月13日"广场"副刊的头条位置，题目是《〈北京文学〉和北京作家群》。他在文章里列举了刘恒、刘震云的一些作品后写道："有人说叫'二刘'也可以，说叫'三刘'也不是不行。热心的读者在刊物中还可以发现，还有一个刘庆邦。他的年龄比'二刘'还大一点，正在走向不惑。一个作家的成熟，不能简单地以年龄而论。"

从文章里的口气不难看出，把我与"二刘"相提并论是勉强的，对我来说，作为"三刘"之一有忝列之嫌，颇让人有些捂脸。可三的神秘魅力再次显现出来，这个说法还是很快传播开去，并从北京传到了外地。时任吉林《作家》杂志副主编的宗仁发为了呼应这个说法，与时任《人民日报》文艺部副主任的王必胜共同策划，要在《作家》做一个"北京三刘作品小辑"。为此，宗仁发在1992年3月31日专门给我写了一封信，仁发在信中说："请仁兄及另外二刘给《作家》捧个场，这个主意是我在一月份在必胜家与必胜议定的，为不落空，我委托必胜在京督阵。不知仁兄的稿子可曾写出？最好是每人一篇小说，然后一篇自传或创作谈（短些即可）。我想发在八月号上，开一个栏目，北京三刘小辑。时间已不宽裕，望仁兄别光琢磨，要立即行动！"

不知为何，仁发在当年的八月号上推出小辑的计划未能实现，直到1993年的二月号，小辑才在《作家》头条推出。在小辑里，发的是刘恒的中篇小说《夕阳行动》和创作谈《警察与文学》；刘震云的中篇小说《温故一九四二》和创作谈《狭隘与无知》；我的短篇小说《水房》和创作谈《关于女孩子》。震云的小说后来被冯小刚拍成了电影，我的小说被当年的《新华文摘》选载。在同一个小辑里，王必胜还为我们三人写了数千字的"作家印象记"，题目是《"三刘"小说》。

要知道，《作家》是一本一直坚守文学立场、保持文学尊严、在全国文坛很有影响力的刊物，有了《作家》的小辑，我们的知名度仿佛有了规模效应，一下子提高了不少。如果说《北京日报》上的说法还是一个易碎的新闻信息的话，《作家》杂志上的"北京三刘作品小辑"，无疑是一个比较正式的、有公信力的文学信息。果然，这个信息很快得到了文坛的认同，遂产生了一些后续的效应。有的出版社张罗着给我们出三人的作品合集，《北京文学》也有了给我们出作品小辑的计划。我不知道具体原因是什么，作品合集后来没有出成。《北京文学》出作品小辑的计划也没有实现，其原因我倒是听说一些，说是北京的刘姓作家太多了，比如还有刘绍棠、刘毅然、刘索拉等，绝非一组或两组"三刘"所能概括。而如果打破三人组合模式，扩大成刘氏作品专号的话，恐怕一期刊物都容纳不下。说着说着就成了笑谈，只好作罢。

关于"三刘"的笑话还有一些，我略举一例，聊博朋友们一哂。"三刘"的说法传开以后，连我当时供职的《中国煤炭报》

社的一些同事都知道了。有一位副总编，只听其音，不知其字，把"三刘"的"刘"字理解成流水的"流"。有一次，我们一起到山东某大型煤矿企业去开会，副总编向企业的董事长介绍我说：这是我们报社的刘庆邦，副刊部主任，业余时间写小说，他被称为"北京三流"。如果副总编只介绍到这里，流水无痕，也就过去了。副总编大概怕董事长不明白，又解释了两句：刘庆邦在北京虽然算不上一流作家，说三流作家还是可以的。我怎么说？我没什么可说的。如果我说这个"刘"不是那个"流"，容易把话说多，显得我小气，太看重名声。再者，我要是忍不住加以解释，会让副总编有些尴尬。我宁可自己尴尬，也不能让别人尴尬，我只有点头，说是的是的。

我们哥儿三个都出生在上个世纪的五十年代，刘恒1954年出生，震云1958年出生，我生于1951年腊月。时间一晃，我说的都是三十年前的话了。刘恒后来写了小说写电影，写了电影写话剧，写了话剧写歌剧，每样创作都取得了骄人的成绩。我曾为刘恒写过一篇印象记，题目是《追求完美的刘恒》，在《光明日报》发了一整版。震云的每部小说差不多都被拍成了电影和电视剧，对全国的观众构成了大面积的覆盖，线上线下的"云粉"不计其数，把震云牛得不行不行的。和他们二位相比，我在名和利两方面都有相当大的差距。我虽说开始写作比他们早，却不如他们出道早；我虽说年龄比他们大，才气和名气却不如他们大。之所以旧话重提，我没有任何蹭热度的意思，若干年后，再若干年后，也许可以看作一点文学资料吧。

2021年9月16日至18日于北京光熙家园

洗澡

在童年和少年的记忆里，我整个冬天都不洗澡，一回都不洗，过年也不洗。冬天的水塘里结了厚厚的青冰，乡下又没有澡堂，去哪里洗澡呢？开玩笑！别说冬天了，到了秋天秋水一凉，或到了春天春水还没有发暖，我也不洗澡。也就是说，一年四季，我三个季节都不洗澡。别说洗澡，我连手和脸都很少洗。

家里的大人比较顾脸面，冬天做早饭，母亲在锅里馏馍蒸红薯时，会顺便蒸上一瓦碗清水。早上吃早饭之前，母亲把余温尚存的水倒进一只铁盆里，供家人洗脸。因水比较少，倒进铁盆里只能盖住盆底，用双手都捧不起来。母亲的办法，是把铁盆靠墙仄棱起来，把水集中在盆的一侧，这样大人们洗脸时才能把水撩起来。小孩子的脸也是脸，大人们洗过脸后，有时也会让我们小孩子洗一洗。等祖父、父亲和母亲洗过脸，铁盆里的水已变得黑乎乎的，稠嘟嘟的，而且水所剩不多，已经发凉，我们都不愿意洗。往往是，在父母的严厉催促下，我们才不得不蜻蜓点水似的把脸洗一洗。我们用手指蘸着水，只擦擦额头、鼻尖和两个脸蛋，别的地方一般都不涉及。我们这样做，像是应付父母，也像是应付自己。应付的结果，久而久之，我们的耳朵后面，下巴底下，还有脖子里，都积攒了一层黑黑的灰垢，如表皮上面结了一层皲裂的鳞片。大人笑话我们，伸手想摸摸我们的"鳞片"。我们怕痒，就赶快跑开了。

我们在天冷的时候好几个月不洗澡，当然也不洗头。这可便宜了头发丛中的那些虱子，它们的生活不会受到任何打扰，可以自由自在地在黑色的头发上下出成串白色的虮子，并孵化出它们的子子孙孙。高兴起来，有的虱子会爬到我们头发梢的梢头，在高处把酒临风，出尽风头。

好了，麦子黄了，知了叫了，夏天到了，我们终于可以洗澡了。我们甩掉了鞋子，脱光了衣服，一扑进水里就舒服得嗷嗷乱叫，好像迎来了一年一度的狂欢季。在整个夏季，如果天不下雨，我们每天都会去水塘里洗澡。往往是刚吃过午饭，我们把饭碗一推，赤脚跑过村街上被太阳晒得烫烫的地皮，就成群结队地扑进村外的水塘里去了。我们把洗澡说成抹澡，我们的抹澡，一点儿都不追求什么讲卫生的意义，就是一味地玩水，在水里瞎扑腾，做游戏。我们互相往对方脸上泼水，比赛潜在水底扎猛子，玩"鱼鹰捉鱼"。我们刚下水时，吃面条吃得肚子都圆鼓鼓的，在水里扑腾上一气、两气，肚皮就瘪了下去。我们的手指头、肚子先是泡胖了，接着又泡得出现麻坑，还是不愿意上岸。大人吃过午饭都要午睡，没时间管我们，我们正好可以放开手脚，把清水玩成浑水。刚开始脱光衣服下水抹澡时，因捂了一秋、一冬，又一春，我们每个人都是白孩子。我们抹澡才抹了一次，身上所有的"鳞片"就消失了，露出皮肤的本色。可是，我们连续抹澡一段时间，由于水泡、风刮、日晒，很快就变成了黑孩子。大人用指甲在我们黝黑的胳膊上划一下，马上就会出现一道白印儿。

万没有想到，我第一次真正意义上的洗澡，是发生在首都北京。1966年11月下旬，还不满15周岁的我，作为大串联的红卫兵，到北京接受毛主席的检阅。我背着棉被，与同村的另外三个红卫兵一起，坐了一天一夜挤满红卫兵的火车，在一个寒冷的早晨到了北京。我们被安排住在北京外国语大学的红卫兵接待站里。在接待站里，负责接待和管理我们的是一位年轻的解放军现役军官。我们不知道他是哪一级军官，他把我们与从火车站出站口新拉来的一卡车红卫兵编成一个排，自任排长。学校的大学生们大都到外地串联去了，学生宿舍空了下来，正好可以让我们住。住下后，排长没有马上安排我们吃饭，说为了表示对伟大领袖毛主席的无限敬爱，每个红卫兵必须先把个人卫生打扫一下。我们低头把自己身上穿的黑粗布棉袄棉裤看了看，不知道个人卫生指的是什么，也不知道怎样打扫。排长把我们领到一个地方，我们一看才明白了，打扫个人卫生指的是让我们洗澡。好嘛，好几个月没洗澡了，到北京先洗洗澡也是好的。可是，说是让我们洗澡，澡堂里却没有水塘一样的大池子，只有周边的墙壁上方，安装有一些倒挂的莲蓬头儿，水是从那里滋出来的，跟下大雨一样。我脱光了衣服，看看别人怎样拧下面水管的旋钮，我也怎么拧。长这么大，我这是第一次在冬天洗澡，第一次在室内的澡堂洗澡，第一次用热水洗澡，是三个第一次吧。澡堂里水雾腾腾，我想莲蓬里滋出来的水一定很热乎。尽管我有这样的思想预热，可当我把水管拧开，当如注的水猛地浇在我身上，我还是吓了一跳，赶紧跳开了。乖乖，这水太烫人了，这样烫皮的水，褪鸡毛还差不多，倘是连续浇在人身上，不把人皮烫掉一层才怪。旁边一个有经验的、正洗澡的人告诉我，下面两个旋钮，一个管热水，一个管凉水，要把两个旋钮儿都打开，把水温调节一下才能洗。他指出，我只打开了冷水管，是不能洗的。怎么，一个从没洗过热水澡的我打开的是冷水管，而不是热水管？我把手伸进莲蓬头儿里滋下来的水柱里试试，可不是咋的，上面下来的水的确是冷水，冰冰冰冷的水，而不是热水。可能因为冷水对皮肤同样有刺激作用，我就误以为是热水。这就是一个第一次进城洗热水澡的土老帽儿所闹的笑话，我一辈子都不会忘记。

关于洗澡这个话题，还有什么可说的呢？不要无话搭拉话哟！没问题，还有的说。后来我参加工作后，每天都要洗澡，不想洗也得洗，哪怕把皮搓薄也要搓，好像洗澡是每天的必修课，不修就无法见人。那么我参加的是什么工作呢？告诉您吧，是在煤矿里挖煤。我们在煤窝里滚上一个班，头黑了，脸黑了，身上全黑了，连耳朵眼儿和鼻孔里都钻进了煤，像是由一个黄人整个变成了黑人。这样的形象，我们不洗澡能行吗？怎么去食堂吃饭呢？怎么上床睡觉呢？怎么在矿区走动呢？怎么以本来面目去面对矿上的那些珍稀的女工呢？所以说，出得井来，第一要务，是一头扎进澡堂里，好好把澡洗一洗。其实洗澡也是个力气活儿，在井下干一班下来，我们累得有些精疲力尽，似乎连洗澡的力气都没有了。这时我们会洗得潦草一些，煤尘洗去了，沾在眼睑上的煤油却没有洗掉，洗完回到宿舍拿小镜子一照，眼圈还是黑的，像熊猫眼，好玩儿！尽管如此，当矿工时间长了，我们洗澡就养成了习惯，一天不洗就不得过。特别是冰天雪地的冬天，班前我们一穿上沾满煤泥的劳动布工作服，简直像穿上冰甲一样，冰得直打寒战。从穿上"冰甲"的那一刻起，我们就盼着早点儿结束一班的繁重劳动，好升井洗一个热水澡。因井下充满凶险，我们有时难免担心，今天夜里下井，到天明时不知道还有没有机会洗个热水澡。当我们从几百米深的井下出来，把身子泡进煤矿特有的大大的热水池子里，才长长地舒了一口气，仿佛又取得了一个阶段性的人生胜利。

人活着走来走去，说不定会走到哪里。我没有想到，我第一次洗热水澡是在北京，后来转来转去，竟有幸调到北京工作，成了一个在北京落脚的居民。我是1978年春天调来北京，至今已经在北京生活了四十多年。做什么事情变得比较容易，成了日常生活，就没什么可说的了。我调到北京后，先是到街道上的澡堂子里洗澡，后来在家里安装了电热水器，在家里就可以洗澡。再后来，热力厂的热水直接供应到居室的卫生间里，不管春夏秋冬，开关一开，洗浴用的热水就源源不断地流出。另外，北京的城内和郊区还建有一些温泉城，想在蓝天白云下面泡一泡露天的温泉，随时都可以去。

一路走来，好在我没有忘记过去，没有忘记少年时代一年三季洗不上澡的经历。长大后我才知道，生命来自水，水与生命相伴，生命与水有着紧密的联系。像月球、火星、木星等星球，就是因为上面没有水，才不能让具有生命体征的生物生长。从这个事实上说，水对人的生命的作用是决定性的，或者说水就是人，人就是水。我还从书上看到，一个人一辈子用水多少，决定着这个人幸福指数的高低，用水多，幸福指数就高，用水少，幸福指数就低。这个说法也许有一定道理，但不知为何，这样的说法却让我产生了警惕和忧虑，我担心它会影响人们的心理，造成用水攀比，继而造成对水的挥霍和浪费。我们还是要珍惜水，像珍惜我们自己的生命一样。

2021年10月26日于北京光熙家园

放炮和拾炮

从1951年到1970年，我在河南老家的农村长到19岁，在农村经历了一个未成年人到成年人的全部成长过程。这个过程使我记住了许许多多、大大小小难忘的事情，如果写所谓成长小说的话，有些事情也许能派上用场。特别是每年都有一系列节日，如春节、元宵节、端午节、中秋节、重阳节，还有妇女节、劳动节、儿童节、国庆节等。每个节日都是一个节点，也是一个记忆点。节点里的记忆总是比较丰富，也更容易被唤起。可回想起来，我极少写有关节日的应时应景的东西。我觉得写那样的东西是一个热闹，别人写我不反对，自己就不必凑那个热闹了。

倒是一些已经消失的东西，不时回流般地涌向心头，引发我书写的兴致。像以前过年时的放炮和拾炮，回忆起来历历在目，就很有意趣。

先说放炮。在我们老家，过年时有四样东西必须买，一是柏壳子香，二是黄表纸，三是红蜡烛，四是炮仗。烧香敬神灵，点纸祭祖宗。闪闪的烛光是为了增加室内的明亮度，烘托过年的喜庆气氛。那么放炮呢，则是为了驱除邪魔，庆贺新春，也有对外宣告的意思：一家人平平安安。

我们那里把赶年集购买过年用的物品说成"办年货"，自从我父亲去世后，每年办年货都由我母亲负责。对于母亲办不办别的年货，包括割不割肉，买不买鱼，我都不是很关心，我最关心的是母亲买炮没有。因为继父亲之后，作为家里的长子，过年放炮的重要任务就交由我来执行。这似乎是由来已久的家族文化赋予我的一项特权，在兄弟姐妹当中，只有我可以行使这项权利。人心渐慌，年味渐浓，每年的祭灶节之前，母亲就及时把炮买回来。母亲从竹篮子里取出炮，对我说一声"炮买回来了"，就把炮放进三屉桌的一个抽屉里。我看见了，母亲所买的炮的品种和数量与往年是一样的，一挂鞭炮和一盘散炮，鞭炮是五十头，散炮是三十枚。不管是鞭炮还是散炮，每个炮外面都包有一层薄薄的红纸炮皮，看上去红红火火的。

趁母亲不在家时，我把那盘散炮拿出来，放在鼻子前闻了闻。散炮既不是糕点，也不是煮熟的羊肉，有什么好闻的呢？可我就是喜欢闻，我闻到的是火药的香味，还似乎闻到了爆炸般的年味，让人兴奋。我承认我爱放炮，但我并不懂大人们所赋予的过年放炮的多重仪式般的意义，只是爱听响儿而已，只是觉得放炮好玩儿而已。这好比我在春来时吹柳笛，或在夏天用泥巴摔"哇呜"，都是为了闹出一点儿动静，发出一点儿声响。相比吹柳笛和摔"哇呜"，放炮发出的响声更干脆，也更具震撼力。

堂叔是生产队的队长，他们家在我们家隔壁。我注意到，堂叔家每年买回的炮都比我们家多一些，鞭炮至少有一百头，散炮估计有五十枚。特别让人眼热的是，堂叔每年都要买三门大坠子。大坠子腰粗体壮，以一当十，威风凛凛，十分霸气。一般的散炮，炮顶只栽一根捻子，而大坠子呢，每门炮的炮顶都栽有三根捻子。大坠子也叫开门炮，是堂叔家专门为大年初一起五更时放开门炮预备的。我也很想拥有三门开门炮，可我从未向母亲提过买大坠子的要求，我知道我们家的经济状况跟堂叔家没法比，大坠子比较贵，我们家买不起。更主要的是，堂叔家有堂叔，我们家没有了父亲。我虽说可以顶替父亲放开门炮，而我离一个真正意义上的父亲还差得很远很远。

这年的大年初一还不到五更，堂叔放的第一声开门炮就把我震醒了。炮声惊天动地，好像比夏天打的炸雷还响。我们家糊了纸的窗户被震得哗哗响，连我们家睡满了人的大床也被震得颤动了一下。不用说，母亲和我们兄弟姐妹都醒了，大家动了一下，谁都没有说话。我相信，堂叔放的开门炮，不仅我们家的人听见了，全村的人都会听得见。在不过年的时候，当队长的堂叔每天一大早都会打上工铃，铃声一响，社员们就得开门上工。堂叔在过年时率先放响的开门炮，所起的也有"开门"的作用。

等堂叔所放的三声炮全都响过，我才摸索着穿衣起床，履行为我们家放开门炮的义务。年初一月亮隐退，天总是很黑，黑得连窗户都看不见。好在我像熟悉我的手指一样熟悉我们家的各个角落，只要能摸到自己的手指，就能摸到放在抽屉里的炮。我不放没准的炮，在除夕之夜，当母亲把蜡烛点燃的时候，我就悄悄地把第二天五更要放的开门炮准备好了。我们那里卖的小拇指般粗细的散炮，炮顶所栽的炮捻子本来就短，炮捻子又向下窝了一个鼻子，显得更短。这样的小炮放在地上站立不住，只能拿在手里点，等把炮捻子点燃后，得赶快把炮扔掉。因窝成鼻子的炮捻子太短了，刚把炮捻子点燃，整个炮就有可能在手里炸响，那就太危险了。我的办法是提前把炮捻子的鼻子揪开，使炮捻子变得稍长一些，这样点起来就方便了，而且会延长一点炮响的时间，不致让炮炸在自己手里。我擦亮火柴，点燃一根香，把要放的开门炮装进口袋里，就开始到门外放开门炮。我用香火把炮捻子点燃后，不是把炮扔在地上，而是抛向空中。炮捻子在上升过程中闪过一道细碎的火花，炮随即在夜空中炸响。炮炸响时开放的是一朵大花，有漆黑的夜空衬底，辐射状的花儿开得格外明亮。我放的开门炮声响不是那么洪大，比堂叔放的大坠子差远了，但一点儿都不影响我高兴的心情。我时常想吼一嗓子，不管我怎么吼，都不如炮的响声大，响声脆，可以说我放炮发出的响声代表了我的心声。我把开门炮连续放过三声，全家人就可以起床了，对新的春天正式敞开了大门。

在放开门炮时，我有一个秘密，这个秘密我以前从没对人说过，连对母亲都没说过。什么秘密呢？是我放开门炮时，多了一个心眼儿，口袋里不只装了三枚炮，而是五枚炮。这是为什么呢？因为我想到，人有哑人，炮也有哑炮，我担心只预备三枚炮，不一定都能放响，必须多预备两枚。倘若规定的三声开门炮只响了两声，或一声，那就不好了，意味着门开得不够圆满，还会给人以流年不顺利和不吉祥的感觉。多预备两枚炮就好了，就算先放的三枚炮中有一枚或两枚是哑炮，自己悄悄补上就行了。实践证明，我的担心并非多余。有一年我放开门炮时，有一枚炮被我点燃扔向夜空后并没有炸响，而是哑头哑脑地掉在了地上。我不敢有半点儿迟疑，赶紧掏出一枚备用的炮放响，才凑够了三声炮。我们的写作，有时也是自我揭秘的过程。通过写这篇文章，我终于有机会把这个在心底埋藏了几十年的秘密公之于众。

放鞭炮是在五更开始吃饺子之前。我们那里过的是素年，饺子里包的是豆腐丁、萝卜泥、碎粉条等素馅儿。母亲把饺子煮得了，家人却不能马上吃，要在烛光的照耀下点香、烧纸、放鞭炮，并把第一碗饺子摆到供桌上。等这一系列程序完成后，家里人才能端起碗来吃带汤的水饺儿。我不爱吃素饺子，对放鞭炮更感兴趣。我把那挂鞭炮挂在我们家门前那棵石榴树的枝丫上，用香火把鞭炮下面编成小辫子状的炮捻子点燃。一挂鞭炮才五十头，还不如一棵豆子上结的豆角子多，不如一根芝麻秆子上结的芝麻蒴子多，还没怎么放呢就完了，一点儿都不过瘾。把炮放响后，我想数一数，比一比是我数数儿数得快，还是炮响得快。结果，我还没有数到十，五十头鞭炮已响完了。炮屑像夏天石榴花的花瓣一样落在地上。

再说拾炮。拾炮主要是流行在小孩子们之间的一种活动。你问小孩子过年最喜欢干什么，他们十有八九会回答最喜欢拾炮。拾炮是他们在过年期间最重要的活动，他们盼过年，很大程度上盼的是拾炮。比起过年时可以吃白馍，啃骨头，穿新衣，他们更乐意把拾炮排在第一位。若问他们为何如此热衷于拾炮，他们不一定能回答上来。我也有过少年时代在老家过年拾炮的经历，经过自我分析，我认为拾炮带给我们的快乐有双重性，既有物质性，也有精神性，而且精神性大于物质性。过年是可以吃点儿好的，穿点儿新的，这跟夏季拾麦穗、秋季拾豆子一样，所取都是物质性的意义。而拾炮的物质性价值很小，可以说微乎其微，能激发小孩子们兴趣的，主要在于它的游戏性、娱乐性和精神性价值。人类所有的狂欢都是发生在精神层面上，而不是物质层面上。

参加拾炮的大都是男孩子，极少有女孩子。民谣里说，腊八祭灶，年下来到。闺女要花儿，小子要炮。这样的民谣把闺女和小子区别开来，是说闺女家过年有花儿戴就可以了，炮要留给小子们去拾。有的小闺女或许也有拾炮的想法儿，但害怕大人说她们不像小闺女的样子，就把想法儿压制住了。还有，参加拾炮的大多是少年，一旦成了青年，或曰成年人，他们就不再跑来跑去地拾炮了。如此一来，拾炮和不再拾炮仿佛成了少年和青年的一个分界线，你不再拾炮了，就表明你不是小孩子了，已经是大人了。

刚过祭灶小年，村子里的小子们就开始兴奋起来，一碰面就互相摩拳，说拾炮、拾炮，并自觉地为拾炮做准备工作。我们那里杀年猪不吃猪蹄子，都是把猪蹄子剁下来，扔进粪窑子里。准备拾炮的小孩子把猪蹄子捡起来了，用秤砣把猪蹄子上的蹄甲子砸下来，使蹄甲子变成一只只角质的空壳。他们往空壳儿里塞进一些白色的猪油，在猪油里埋进一根用棉花搓成的捻子，就可以点燃了。这样的灯被叫成猪蹄甲子灯，灯被点燃后，猪油嗞嗞啦啦响着，会散发出一股股特殊的烤肉的焦香，让人很想把猪蹄甲子当肉吃。这样自造的灯，是他们准备在拾炮时照明用的。他们买不起手电筒，只能用猪蹄甲子灯代替。同时，他们还注意观察和打听村里各家各户的买炮情况，看看哪家买的鞭炮长，头数多，都要在心里留下一本账，到时候可以有选择性地到哪家拾炮，免得无目标地到处乱跑。

好了，大年初一的五更到了，炮声响起来了，孩子们纷纷出动了，迅速集结起来了，形成了一支不小的、生龙活虎般的队伍。听到哪家响起了炮声，他们像是听到了号令，就哇哇叫着，以冲锋的速度往那家跑。炮声不断，他们就奔跑不停，哇哇跑到西，哇哇跑到东，全村到处都是他们的欢闹声。奔跑带风，他们手持的猪蹄甲子灯早就被风吹灭了，没有任何东西为他们照明。可不管天多黑，都影响不了他们拾炮的热情，阻挡不住他们追求快乐的脚步。有的小孩子把棉鞋跑掉了，奔跑的惯性使他又往前跑了好几步，发现自己的鞋掉了，才停下来回头找鞋。刚在黑暗中把鞋摸到，穿上，就赶紧跑着追赶拾炮的队伍去了。有住在村外的姓普的兄弟二人，平日里因我们刘楼村刘氏大家族对外姓人的排斥，他们极少到村里来。是拾炮的开放性活动为他们提供了难得的机会，他们可以任意跑到一家人的院子里去。因路径不熟，有一次拾炮时，普家的弟弟一脚踏进人家的粪窑子里去了，不仅鞋壳子里灌满了水，连两条棉裤腿都湿了半截。遇到这样的意外情况，普弟弟会不会终止拾炮，回到自己家里去呢？没有，他像不愿错过一年一度拾炮的机会似的，仍马不停蹄地追着拾炮的队伍跑来跑去。任何欢庆活动都离不开孩子们的参与，孩子们拾炮的欢闹声，是欢庆春节的重要组成部分，各家各户都敞开大门，欢迎孩子们去他们家拾炮。

我把鞭炮放响后，一群孩子闻声向我们家跑来。可惜我们家买的鞭炮太短了，他们刚跑到我们家的院子门口，鞭炮就响完了，地上也没有多少哑炮可拾。我觉得有些对不起那些孩子们。

等到天亮，孩子们的口袋里都装有一些拾到的炮。那些炮多是哑炮，也有个别带捻儿的炮。孩子们掏出炮来互相炫耀，展示他们的拾炮成果。

父亲去世那年我9岁，按说还处在拾炮的年龄。可自从父亲去世后，我就没有再到处跑着拾炮。我把自己当成了一个大人，过早地失去了拾炮的快乐。

出于对空气质量和环境保护的要求，现在不让放炮了，不但城市不让放炮，连农村都不让放炮了。我只能通过回忆，重温一下过去的放炮和拾炮生活。

2022年1月23日至2月1日（农历虎年大年初一）

于北京光熙家园

蝈蝈

　　有一种昆虫，在我们河南叫蚰子，雌的叫老母蚰，雄的叫老叫蚰。到了北京，蚰子就不叫蚰子了，虫字边搭一个国，叫蝈蝈。蚰子的叫声与蝈蝈这两个字的发音毫无相似之处，我不明白为什么把蚰子叫成蝈蝈。

　　蚰子与夏季的庄稼和野草伴生，庄稼长起来了，野草发出来了，蚰子就出生了，哪里有庄稼和野草，哪里就有蚰子蹦蹦跳跳的身影。在我小时候的记忆里，我们老家的蚰子很多很多，恐怕要比村子里的人口多成千上万倍，人只要一走出村子，扑面而来的就是蚰子的叫声。如果把蚰子的叫声编成一个小曲儿：东地里吱吱，西地里吱吱，南地里吱吱，北地里吱吱，满地里吱吱，咿呀咿呀嗨。蚰子不仅在赤日炎炎的白天叫，阵阵声浪高过了热浪，在月光下的夜晚，蚰子们也叫且叫得更欢畅，遍地的鸣叫差不多能把月亮邀下来。有一天夜晚，我去邻村看完电影回家，蚰子洪大的叫声好像一路都在哄抬着我，不想让它们哄抬都不行。

我向土路两边的庄稼地里看了一下，见月光下的蛐子们纷纷爬到庄稼棵子的梢头，在高处尽情高歌。听大人们说，蛐子们之所以在夜晚爬得那么高，是为了方便喝露水。它们唱一会儿，喝点儿露水润润嗓子，唱出的歌声就更加嘹亮。

大人的话蒙不了我，我很小的时候就到野地里逮蛐子玩，知道蛐子没有嗓子，它们的叫声不是从嘴里发出来的，是从背上发出来的。蛐子的背上有两块鞍子样的东西，每块鞍子中间都有一个小小的镜片，镜片上下叠加，互相快速摩擦，就发出了声响。除了蛐子，还有一种叫蛐蛐的昆虫，同样也是通过摩擦背上的镜片发出声响。比起蛐子，蛐蛐的叫声只能算是低吟浅唱，就洪亮度而言，比蛐子差远了。别的被统称为蚂蚱的昆虫，种类也很多，大大小小，长长短短，花花绿绿，多得数不清。那些蚂蚱都不会叫，顶多只会打打翅膀，在同类之间互相传递一下信息。

蛐子中会叫的只有老叫蛐，老母蛐不会叫，一辈子都不会叫一声。老母蛐背上没有镜片，尾部却长了一根尾巴。尾巴长长的，翘翘的，尖尖的，通体闪着古铜色的光亮，酷似一把刚出鞘的利剑。老母蛐的尾巴是干什么用的呢？是产子儿用的。比如一些老母蛐生活在大豆地里，大豆的豆角子饱满了，它们肚子里子儿也成熟了。老母蛐看到哪里有一道地缝，便把"利剑"插进地缝里，让肚子里的子儿顺利地产进地下的温床里。就算地上没缝子也不怕，老母蛐会利用它的"利剑"，在地上开凿一个缝子，把子儿产进去，完成繁衍后代的使命。蛐子的生命短暂，只有一个夏季和初秋。在短短的时间内，老叫蛐和老母蛐分工明确，老叫蛐的一生用来鸣叫和求偶，老母蛐的一生则用来交配和产子儿。

我还是一个农村少年的时候，每年都会在夏末和秋初，去野地里逮蛐子。我钻进庄稼地里，或草棵子里，轻轻扒开庄稼的叶子和密集的草茎，瞪大眼睛，寻觅藏在青纱帐里的蛐子。蛐子的颜色有着天生的保护色，庄稼和野草颜色是绿的，它们身体的颜色也是绿的，绿得彻头彻尾，几乎和绿色的环境融为一体，要捉到一只蛐子并不是很容易。不过这难不倒馋嘴的和眼睛好使的我，看到草茎上爬着一只老母蛐，我伸手就把它的脖子捏住了。看到一片豆叶的背面藏着一只老母蛐，我伸手连同豆叶一起把老母蛐抓在手里。也发生过老母蛐咬我手指的情况，但不等老母蛐把我的手指咬破，我就把它制服了。是的，我不逮老叫蛐，只逮老母蛐。老叫蛐腹内空空，没什么内容。老母蛐大腹便便，肚子里装满了油和子儿。我逮到的老母蛐，都是用柔韧的淮草的草茎穿起来，差不多每次都能逮到一串子老母蛐，有几十只。我把老母蛐提溜回家，放进刚做过饭的灶膛里的柴草灰里一烧，或者在铁锅里放点盐一炒，把肚子变硬的老母蛐，剥开来看，里面是一包黄朗朗的油脂和栗色的长条形状的子儿。放在牙上一咬，那些子儿咯嘣咯嘣响，哎呀真香真香，恐怕能把人的大牙香掉。

　　逮老叫蛐的人还是有的，村里有一位堂叔，他在初秋的红薯地里瞅来瞅去，专门逮老叫蛐。他不逮老得有些发紫的老叫蛐，而是挑选新生的、有发展前途的，收入特制的蛐葫芦中。蛐葫芦小小的，圆圆的，稍稍有一点扁，它不是给人当菜吃的，仿佛生来就是给蛐子预备的。堂叔从葫芦架上摘下一只形状极佳的、白得发亮的蛐葫芦，放在窗台上晾，晾得蛐葫芦表面出现金子一样的颜色和光泽，他才开始对蛐葫芦进行细细加工。他用刻刀在蛐葫芦上方刻下一个圆形的、周边留有狗牙子的顶盖，取下顶盖，掏出蛐葫芦里面的瓢子和葫芦籽儿，使里面有足够的活动空间，就可以把蛐子放进去了。堂叔并没有把顶盖丢掉，而是把蛐葫芦底部打了两个小孔，把顶盖上也打了两个相应的小孔，用一根丝线兜底从蛐葫芦里穿上来，穿过顶盖的小孔，使蛐葫芦与顶盖联系起来。这样一来，周边带狗牙子的顶盖，可以以丝线为轴上下自由滑动，需要盖上盖儿时，就把顶盖儿滑下来，盖得严丝合缝。需要给蛐子喂食时，就把顶盖打开。这样的蛐葫芦，在还没装进蛐子之前，就称得上是一件精美的工艺品。

我看见过堂叔喂他的蛐子，他挑最嫩的白菜心儿，撕成小片，轻轻放进蛐葫芦里。有一次往蛐葫芦里放白菜心儿时，碰到了蛐子，蛐子吱地叫了一声。堂叔的样子似有些抱歉，连说没事儿，没事儿，我不是故意的。有了特殊待遇的蛐子，生命得到了延长，可以活到冬天。到了冬天，堂叔天天把蛐葫芦藏在贴胸的怀里，走到哪里带到哪里。蛐子没有辜负堂叔的期望。堂叔走到哪里，哪里就会传出蛐子的叫声。特别是到了下雪天，在雪落土地静无声的时候，蛐子叫得更嘹亮，持续的时间更长。有一回，堂叔在村街的雪地里走，我在我们家的堂屋里愣神，隔着好远，我就听到了蛐子奇迹般的叫声。

上个世纪的七十年代末期，我从河南的煤矿调到北京工作。到北京后，我知道了蛐子不叫蛐子，叫蝈蝈。蝈蝈就蝈蝈吧，小东西的本质完全是一样的，只是叫法不同而已。人既然来到了城市，城里没有庄稼地，也没有野草坡，恐怕再也见不到蝈蝈的身影了，既尝不到母蝈蝈的美味，也听不到公蝈蝈的叫声。

让我意想不到的是，有一年夏天我中午骑自行车回家，忽然听到一阵我熟悉的声音。我扭头一瞅，见街角立着一位头戴草帽农民模样的人，他旁边放着一辆自行车，自行车的后座上驮着一大坨鼓鼓囊囊的东西，叫声就是从那里发出来的。我听出来了，那叫声是久违的蝈蝈的叫声。为蝈蝈的叫声所吸引，我下了自行车，推着车来到那个农民的自行车旁边，探头向那些蝈蝈瞅去。蝈蝈被分别装进那些用高粱篾子编成的小小笼子里，笼子被细铁丝串联在一起，笼子大约有一百多个，蝈蝈大约有一百多只。隔着笼子的方形窟窿眼儿，我看见不少蝈蝈都在阳光的照耀下振翅鸣叫。如此一来，蝈蝈就不再是独唱，而是合唱，像在大平原的庄稼地里合唱一样，有着气势磅礴、震撼人心的效果。农民问我要不要买一只，我问他多少钱一只，他说两块钱。我说不贵，让他给我挑一只叫得欢的蝈蝈卖给我。农民说每一只都叫得很欢，都是好样的。他用剪刀剪开一只蝈蝈笼子上的一根高粱篾子，把蝈蝈笼子从铁丝上取下来，又在笼子上拴了一截事先准备好的塑料绳，才提溜着把蝈蝈笼子递给我。

从那一年夏天开始，我们家里也有了蝈蝈，我下班一回到家，就能听到蝈蝈的叫声。每天晚上，我听着蝈蝈的叫声入睡。每天一大早，我听着蝈蝈的叫声醒来。北京许多人家喜欢养宠物，他们养的宠物是猫，是狗，是鹦哥等。而蝈蝈就是我们家的宠物。为了能让蝈蝈呼吸到新鲜空气，我把蝈蝈笼子挂到阳台上通风的地方。我每天都给蝈蝈喂新鲜蔬菜，有时为了给蝈蝈改善生活，我还从外面掐来刚开的、嫩黄的丝瓜花和倭瓜花给它吃。听别人说，也可以给蝈蝈喂辣椒吃，因辣椒有辣味，蝈蝈吃了辣椒，受到刺激，会叫得更兴奋。我从没有给蝈蝈喂过辣椒，我觉得那样做对蝈蝈是一种伤害，不是爱惜宠物的做法。

妻子很支持我在家里养蝈蝈，有一年夏天，我还没有看到卖蝈蝈的农民进城，妻子先看到了，她马上就买了一只蝈蝈带回家。妻子跟她的同事说起来，有的同事不赞成她在家里养蝈蝈，说那不是引进噪音嘛！妻子解释说，蝈蝈的叫声不是噪音，那是大自然的声音，是天籁之音，很好听的。

在北京定居后，我几乎每年都回河南老家。在老家得知，我们那里没有了蛐子。因种庄稼之前先用农药拌种，庄稼生长期间还要用农药喷洒，就把蛐子统统杀死了。不光把蛐子杀死了，所有蚂蚱类的昆虫也都不存在了。农药的普遍使用，使夏天的田野变成单调的状态，万籁俱寂的状态。这样好吗？人类的生存，一定要以牺牲别的生物物种为代价吗？这是不是有点儿悲哀呢！

好在北京还有卖蝈蝈的，在夏天的北京城里，还能听到蝈蝈的叫声。我注意到，那些进城卖蝈蝈的农民没有固定的地方，都是骑着自行车在城里的大街小巷转来转去。在我看来，驮在他们自行车后面的像是一支蝈蝈合唱团，自行车就是合唱团的流动舞台，舞台流动到哪里，蝈蝈们嘹亮的大合唱的歌声就响到哪里。在高楼林立的现代化的大都市里，应该说这是一道独特的亮丽的风景。

有一次，我见进城卖蝈蝈的是一位年轻妇女，就过去一边挑蝈蝈，买蝈蝈，一边跟她聊了几句。聊天中得知，她是从河北易县的山区来的，夜里两点出发往城里赶，要骑车四五个钟头才能赶到城里。事先要一个一个编笼子，到山里一只一只逮蝈蝈，每一只蝈蝈来得都不容易。我说易县我去过，那是清西陵所在地。她说皇陵在那里瞎搭了，老百姓还是缺钱花，不然的话，谁费劲巴力地到城里卖蝈蝈呢！我问他们那里的庄稼地打不打药，她说也打，只是山里的荒草地里不打药，他们逮蝈蝈只能到山里去逮。现在山里的蝈蝈越来越少，他们全家出动，逮了两天，才逮了这么多蝈蝈。听了妇女的话，尽管蝈蝈涨价了，已经从两块钱一只涨到十块钱一只，我还是毫不犹豫地买了一只。

有一年我过生日，女儿送给我的生日礼物就是一只蝈蝈。那只蝈蝈有着超强的生命力，它不仅活过了冬天，在春节期间，我还听到了它的歌声。那蝈蝈之所以活这么长时间，妻子后来告诉我一个秘密，说她喂蝈蝈吃了肉。她偶尔发现，蝈蝈不但爱吃青菜，吃起肉肠来也很香。因为给这只蝈蝈格外增加了营养，所以它才能跟我们一块儿欢度春节。

我是一个喜欢写短篇小说的人，听着蝈蝈的叫声，有一天我突发奇想，觉得笼子和笼子里的蝈蝈很像是一篇短篇小说，笼子是短篇小说的形式，笼子里的蝈蝈是短篇小说的内容。用高粱篾子编的金色的笼子是来自自然，绿色的蝈蝈也是来自自然。它们之间的结合，仍是自然与自然的结合，只不过是经过加工而已，是改变一下呈现的环境和方式而已。尽管蝈蝈被装进了空间容积有限的笼子里，尽管蝈蝈连同笼子一起被运到城里，并进入市民的消费环节，但人们只要一听到蝈蝈的叫声，就会产生无尽的想象，想到广袤的土地、苍茫的原野、连绵的群山、蜿蜒的河流，还有阳光下的庄稼、月光下的荒草，人就变得心思邈远，心胸开阔。还有一点也很重要，蝈蝈笼子的四面八方都开有窟窿眼儿，笼子是透气的状态，是八面来风的状态，而不是封闭的状态。这与短篇小说的构成颇有相似之处。短篇小说虽自成一体，却开有门窗。透过窗，我们也许可以看到"千秋雪"；通过门，我们也许可以望到"万里船"。我的奇想也许是瞎想，但蝈蝈的确这样启示过我。

可能因为受到"新冠"肺炎疫情的限制，自2020年以来，两年多过去了，我再也没看到进城卖蝈蝈的农民。有些事情一旦中断，再接续起来总是很难。我悲观地想，从今以后可能再也见不到蝈蝈了。

2022年2月10日（正月初十）至2月16日（正月十六）
于北京光熙家园

我写她们，因为爱她们

　　一个男人，一辈子不会只爱一个女人，或两个女人，他有可能会爱好多个女人。他一辈子只娶一个女人为妻，是因为受到婚姻制度的限制，不等于他只爱妻子一个人。一个男人爱上好多个女人，这符合人性，是人之常情，也是正常的潜意识，构不成对婚姻的不忠，更构不成什么道德问题。同样的道理，女人也是如此。女人我就不多说了，这里只从男人的角度说一说。一个男人爱上那么多女人怎么办呢？由于受人类文明社会多种条件的制约，多数情况只能埋藏在心底，停留在精神层面上，连对被爱者表达一句都没有。倘若每爱上一个，都要付诸实践，那不是又回到动物世界了嘛！人类向往自由，很大程度上是向往对爱的自由。但你既然进化成了人类，就得收着点儿，准备付出不那么自由的代价。

　　这时候，写作者的优势就显示出来了，他可以把他所爱过的女人一一写进书里，做到应写尽写，一个都不落。他的书写是相对自由的，不必担心那些被写者会自动对号，因为他把那些女人的真名都隐去了，换上了假名，比如一个女孩子本来叫李小雨，他把人家写成了林晓玉等。他心中有些暗喜，心说如果那些可爱的女孩子对一下号也挺好的，不枉他的一番绵绵爱意。以己推人，他武断地做出了一个判断，天下所有的男作家，都不会忘记他们所心爱过的女人，都会把那些女人作为书写的对象，倾心进行描绘。是呀，只有爱过、动过心、脑子里活跃着女人的原型，他才能把女人写好，写得活灵活现，贴心贴肺，让人回肠荡气。曹雪芹写了"正册""副册""又副册"里那么多风姿各异的女孩子和女人，构成了洋洋"大观"，正是表现了曹雪芹对她们的爱。他不仅爱黛玉、宝钗、探春、妙玉、湘云、宝琴等，还爱平儿、晴雯、香菱、袭人、尤三姐、金钏等。这不是泛爱，不是自作多情，更不是什么轻薄，确实是爱之所至，情感诚挚，欲罢不能。爱，是一个写作者的基本素质。冰心先生说过："有了爱就有了一切。"

现在该说说我的新长篇小说《女工绘》了，如果用一句话概括，《女工绘》是一部爱的产物。

小说写的是后知青时代一群青年矿山女工的故事。一群正值青春芳华的女青年，她们结束了"接受贫下中农的再教育"的知青生涯，穿上了用劳动布做成的工装，开始了矿山生活。她们的到来，使以黑为主色调的黯淡的煤矿一下子有了明丽的光彩，让沉闷的矿山顿时焕发出勃勃生机。幸好，我那时也参加了工作，由农民变成了工人，那些女工便成了我的工友。"世上有朵美丽的花，那是青春吐芳华。"在我看来，每个青年女工都有可爱之处，都值得一爱。她们可爱，当然在于她们的美。粗糙的工作服遮不住她们青春的气息，繁重的体力劳动使她们的生命力更加旺盛，她们各美其美，每个人都像一棵春花初绽的花树。不光像我这样和她们年龄相仿的男青年被她们所吸引，连那些老矿工也乐得哈哈的，仿佛他们受到了青春的感染，也焕发了青春。

　　然而，女工们作为社会人和时代人，她们的青春之美和爱情之美，不像自然界的那些花树一样自然而然地生发，美的生发过程，受到了不同程度的压制、诋毁和扭曲。进矿之后，她们几乎都被分别贴上了两种负面评价标签。一种标签是政治性的，标明她们的家庭成分不好。在那"阶级斗争天天讲"的年代，这样的标签是严重的，足以把被贴标签的女孩子压得抬不起头来。另一种标签是生活方面的，标明她们在生活作风方面有过闪失。所谓生活作风，在当时有一个特指，指的是男女之间的生活作风。在那"政治挂帅"的高压空气下，在矿山被"军管"的情况下，心理有些变态的人们，以揭露和传播别人的隐私为快事，似乎对生活作风方面的事更感兴趣，更乐意对那些女工指指戳戳，添油加醋，以进行可耻的意淫。那些被舆论虐待的女工，日子更不好过，可以说每一天都在受着煎熬。

　　青春之美、爱情之美，是压制不住的，也是不可战胜的。如同春来时，板结的土地阻挡不住竹笋钻出地面，疾风骤雨丝毫不能影响花儿的开放。恰恰相反，凡是受到压制的东西，总会想方设法为自己寻找一条出路，哪怕是一条曲折的道路；越是禁止的东西，越能刺激人们想拼命得到它。在顺风顺水时，或许显示不出青春的顽强、爱情的坚韧，越是遭遇了挫折，越能体现青春的无价之价值，增加爱情的含金量。这样的青春和爱情，以及女性之美、人性之美，更让人难忘，更值得书写。

《女工绘》所写到的这些女工，我跟其原型几乎都有交往，有些交往还相当意味深长。在写这部小说的好几个月时间里，我似乎又跟她们走到了一起，我们在一个连队（军事化编制）干活儿，一个食堂吃饭，共同在宣传队里唱歌跳舞，一起去县城的照相馆里照相。她们的一眉一目、一喜一悲、点点滴滴，都呈现在我的记忆里。她们都奋斗过，挣扎过，可她们后来的命运都不是很理想，各有各的不幸。"华春堂"那么心灵，那么富有世俗生活的智慧，刚刚找好如意的对象，却突遇车祸，香消玉殒。曾有人给我介绍过"张丽之"，我因为嫌她是"地主"的家庭成分，没有同意。她勉强嫁给了她的一位矿中的同学。退休后，她到外地为孩子看孩子，留丈夫一个人在矿上。偶尔回到矿上，发现丈夫已经死在家里好几天。"杨海平"是一个那么漂亮、天真的女孩子，因流言蜚语老是包围着她，她迟迟找不到对象。听说她后来找的是她的一个表哥，生的是弱智的孩子……自打我从煤矿调走，四十多年过去了，这些女工工友我都没有再见过。想起她们来，我连大哭一场的心都有。

　　让我稍感欣慰的是，因为爱的不灭，我并没有忘记她们，现在，我把她们写出来了。时间是神奇的东西，也是可怕的东西。它给我们送来了春天，也带来了寒冬；它催生了花朵，也让花朵凋谢；它诞生了生命，也会毁灭生命。随着时间的流逝，那些女工会像树叶一样，先是枯萎，再是落在地上，最后化为泥土，不可寻觅。她们遇到了我。我把她们写进书中，她们就"活"了下来，而且永远是以青春的姿态存在。

　　当然，每个女工的命运都不是孤立的，女工与女工有联系，女工与男工有联系，更不可忽略的是，她们每个人的命运都与社会、时代和历史有着紧密的联系。她们的命运里，有着人生的苦辣酸甜，有着人性的丰富和复杂，承载着个体生命起伏跌宕的轨迹，更承载着历史打在她们心灵上深深的烙印。我写她们的命运，也是写千千万万中国女工乃至中国工人阶级的命运。他们的命运，是那个过去的时代我国人民命运的一个缩影。我唤醒的是一代人的记忆，那代人或许能从中找到自己的身影。往远一点儿说，我保存的是民族的记忆、历史的记忆。遗忘不可太快，保存记忆是必要的，也是作家的责任所在。我相信，这些经过审美处理的形象化、细节化的记忆，对我们的后人仍有警示意义和认识价值。

继《断层》《红煤》《黑白男女》之后，这是我所写的第四部描绘中国矿工生活的长篇小说。一般说来，作家会用所谓"三部曲"来概括和结束某种题材小说的写作，而我没有停止对煤矿题材小说的写作。我粗算了一下，在全世界范围内，把包括左拉、劳伦斯、戈尔巴托夫等在内的作家所写的矿工生活的小说加起来，都不如我一个人写的矿工生活的作品多。煤矿是我认定的文学富矿，将近半个世纪以来，我一直在这口矿井里开掘，越开越远，越掘越深。据说煤埋藏得越深，杂质就越少，煤质就越纯粹，发热量和光明度就越高。我希望我的这部小说也是这样。

2020年5月23日于北京怀柔翰高文创园

图书在版编目（CIP）数据

到处有道 / 刘庆邦著. -- 北京：作家出版社，2022.6
ISBN 978-7-5212-1882-4

Ⅰ. ①到… Ⅱ. ①刘… Ⅲ. ①散文集 – 中国 – 当代
Ⅳ. ①I267

中国版本图书馆CIP数据核字（2022）第059723号

到处有道

作　　者：刘庆邦
责任编辑：向　萍
装帧设计：王汉军
出版发行：作家出版社有限公司
社　　址：北京农展馆南里10号　　邮　　编：100125
电话传真：86-10-65067186（发行中心及邮购部）
　　　　　86-10-65004079（总编室）
E-mail:zuojia@zuojia.net.cn
http://www.zuojiachubanshe.com
印　　刷：唐山嘉德印刷有限公司
成品尺寸：145×210
字　　数：232千
印　　张：10.5
版　　次：2022年6月第1版
印　　次：2022年6月第1次印刷
ISBN　978-7-5212-1882-4
定　　价：48.00元